दामोदर दत्त दीक्षित
की
लोकप्रिय कहानियाँ

दामोदर दत्त दीक्षित
की
लोकप्रिय कहानियाँ

दामोदर दत्त दीक्षित

प्रभात
पेपरबैक्स
www.prabhatbooks.com

प्रभात पेपरबैक्स
4/19 आसफ अली रोड, नई दिल्ली–110002
फोन : 23289777 • हेल्पलाइन नं. : 7827007777
इ–मेल : prabhatbooks@gmail.com ❖ वेब ठिकाना : www.prabhatbooks.com

संस्करण
प्रथम, 2019

मूल्य
एक सौ पचहत्तर रुपए

अ.मा.पु.स. 978-93-5322-368-7

मुद्रक
आर–टेक ऑफसेट प्रिंटर्स, दिल्ली

---★---

DAMODAR DATTA DIKSHIT KI LOKPRIYA KAHANIYAN

Published by **PRABHAT PAPERBACKS**
4/19 Asaf Ali Road, New Delhi-110002

ISBN 978-93-5322-368-7

₹ 175.00

सर्वगुणसंपन्न युगल

बहूरानी पूनम वर्मा—भतीजेराजा डॉ. पीयूष वर्मा

के लिए

सस्नेह-साशीष-सद्भावेन

अनुक्रम

फिर चाय बनाने का आदेश दिया। वैसे तो वह कार्यालय चल देता, पर भाई ने बताया कि वह आवश्यक बात कर जल्दी ही गाँव लौटना चाहता है, इसलिए रुकना पड़ा।

दीनानाथ ने बातचीत के सिरे को चिमटी से यों पकड़ा, "चकबंदी फिर होने जा रही है।"

ऐसा बुझा भाव, मानो महायुद्ध छिड़ने वाला हो। सचमुच, भागूपुर के लिए चकबंदी महायुद्ध से कम नहीं। चर्चा छेड़कर दीनानाथ मुसलसल चुप्पी के कोटर में चले गए, पर उनकी आँखें मानो कह रही हों कि इस आसन्न संकट का प्रतिरोध करना है।

रमेश चकबंदी की व्यथा-कथा को जानता ही नहीं, महसूस भी कर चुका था। फिर भी उसकी समझ में न आ रहा था कि क्या कहे? जब काफी देर चुप्पी छाई रही, तो वह गुब्बारे की तरह फट पड़ा, "क्या एक बार की चकबंदी से सरकार का पेट नहीं भरा?"

"ऊँ हुँह।" दीनानाथ की आँखें रमेश या उसके बरामदे को नहीं, अंधे अतीत या फिर लँगड़े भविष्य को देख रही थीं।

चकबंदी क्या आई थी, मानो महामारी की विभीषिका आई हो। जिस टोले में निकल पड़िए, मरी चकबंदी का ही रोना। मेरे बलगर खेत के बदले ऊसर-बाँगर दे दिया है···। मेरे कुएँ वाले खेत के स्थान पर ऐसा खेत दे दिया है, जिसमें सिंचाई की सुविधा नहीं···। मेरे खेत के बदले तालाब का पट्टा कर दिया है। तालाब में कौन सा अन्न होगा? मछलियाँ अवश्य हो सकती हैं, जो खाने की कौन कहे, मारना भी मैं पाप समझता हूँ···। मेरे चार खेत आस-पास थे, उनके स्थान पर ऐसे खेत दे दिए, जो गाँव के चार कोनों में हैं···। जितने लोग, उतनी तरह की बातें, उतनी तरह की समस्याएँ और उतनी ही तरह की शिकायतें।

☐

गाँव में दो परिवार ऐसे थे, जो चकबंदी से अझींबिझ फैलने वाले बेहया पौधों की तरह फैल गए थे और जिन्हें उससे कोई शिकवा-गिला न था। एक ठाकुर गंगा बक्श सिंह का परिवार, दूसरा पं. राम अवतार मिश्र का परिवार। गाँव के अन्य लोग लकीर पीटते हैं, ठाकुर साब-पंडितजी खेती करते हैं। ठाकुर साब की अस्सी एकड़ खेती चकबंदी के बाद एक सौ एकड़ हो गई। चकबंदी ने 'सेंचुरी' पूरी कर दी। पंडितजी उनसे भी चार हाथ ऊपर रहे। उन्होंने 'डबल सेंचुरी' पूरी की। गाँव

की सर्वाधिक उपजाऊ तथा सिंचाई साधनों से सज्जित जमीन इन्हीं दो भू-स्वामियों के गुल्लक में गई! दुष्चक्रों और दुरभिसंधियों की पर्याय बनी इन विभूतियों को चकबंदी का वैसा ही लाभ मिला, जैसा लाभ धंधा करनेवाले को बाढ़ या अकाल से मिलता है।

भारी-भरकम सरकार कितने ही भारी-भरकम नियम बनाए, पर ये शतमुख-दोहनप्रवीण नर सरकार पर सदैव भारी पड़े। सरकार ने कहा, "सीलिंग होगी।" इन्होंने कहा, "बिल्कुल होगी, पर हमारी छोड़कर।" और हुआ भी ऐसा। सीलिंग हुई पँवारू पासी, कुँवारे कुर्मी और चतुरी चमार की। चतुरी का तो बहुत बुरा हाल हुआ। सीलिंग में जमीन जाने के बाद वह कालकवलित हो गया। उसकी खेती छह बेटों में बँट गई। जो थोड़ी-मोड़ी जमीन सबके हिस्से में आई, उसे कोई ओढ़े या बिछाए। परिणाम निकला कि सभी भाई खेत बेच-बाचकर शहर की ओर भागे। कोई आइसक्रीम बेचने लगा, कोई चौकीदारी करने लगा, कोई रिक्शा चलाने लगा। चतुरी में ठाकुर साब या पंडितजी जैसी बुद्धि तो थी नहीं कि सीलिंग पर ब्रह्मास्त्र चला दे।

ठाकुर साब तथा पंडितजी ने जिस मकड़फरेब से अपनी सीलिंग की जमीन बचाई, उस हिसाब से एक को कानून मंत्री तथा दूसरे को रक्षा मंत्री होना चाहिए था। ठाकुर साब कानून मंत्री होते, तो जो कानून बनता, उसका कोई तोड़ न निकलता। पंडितजी रक्षा मंत्री होते, तो दावे के साथ कहा जा सकता है कि चीन हमारी एक सेंटीमीटर जमीन भी नहीं ले सकता था। दोनों द्विजों ने सीलिंग से पूर्व ही अपनी जमीन परिवार के सदस्यों, नौकरों, फर्जी नामों, टूटे-फूटे मंदिरों-चबूतरों, कुत्तों, बिल्लियों आदि के नाम कर दी और सगर्व चातुरी से मूँछों पर ताव देने लगे।

पंडितजी ने तो सीलिंग को 'चेकमेट' करने के लिए सभी रिकॉर्ड तोड़ दिए। सब उपायों के बाद भी कुछ जमीन सीलिंग में जा रही थी। उन्होंने पत्नी की ओर से अपने ऊपर दुराचरण का आरोप लगवाकर न्यायालय से तलाक दिला दिया। पंडितजी को गुजारे के नाम पर पंडितानी को काफी जमीन देनी पड़ी। यद्यपि पंडित-पंडितानी एक ही छत के नीचे रहते हैं, पंडितानी दस्सी-जैसी बंदी लगाती हैं, गाड़ी-भर सिंदूर थोपती हैं, बीसियों चूड़ियाँ पहनती हैं, प्रातः उठकर पति का चरणवंदन करती हैं, उनसे साधिकार चुहलें और चोंचें करती हैं, पर कागज पर वे पति-पत्नी नहीं रहे। इस चातुर्य के बाद भी कुछ जमीन सीलिंग में जा रही थी। उन्होंने अपनी पुत्रवधू को ज्येष्ठ पुत्र से तलाक दिलवा दिया—उत्पीड़न और यंत्रणा का आधार देकर। पुत्र तथा पुत्रवधू दो-इकाई हो गए और सीलिंग से जमीन बच गई। पंडितजी जैसे चतुर प्राणियों

को पुत्र तथा पुत्रवधू भी ऐसे आज्ञापालक मिलते हैं, जो संपत्ति के पीछे पति-पत्नी के पवित्र रिश्तों पर भी निस्संकोच गँड़ासा चला देते हैं।

न जाने क्या बात है कि गरीबों और दलितों के हितसाधन हेतु जो भी नियम-कानून बनता है, वही उनके विपरीत बैठता है। चकबंदी और सीलिंग का वही हश्र हुआ और वही हश्र हुआ बाढ़ सहायता, घरगिरी सहायता एवं अन्य अनुदान योजनाओं का। घर गिरा बेचन कोरी का और अनुदान चला गया प्रधानजी की दुमंजिली कोठी में। भैंस खरीदी गई बशीर बेहना के नाम से, बाँधी गई तुलाराम किरानी के दरवाजे। गोबरगैस प्लांट लगा सुकरू के दरवाजे और गैस का उसने मुँह तक नहीं देखा। हाँ, सड़ते गोबर की खुशबू जरूर उसके हाथ लगी।

अनुदान ने गरीब को कहीं का न रखा। नाम भी हो गया और काम भी न हुआ। अनुदान का लाभ शोषक को मिला और शोषक तथा शोषित की खाई और बढ़ गई। अनुदान ने गरीबों को कर्जदार बना दिया। खेत, बैल-गोरू बिक गए, बहुतों को कोर्ट-कचहरी का मुँह देखना पड़ा और जेल की हवा खानी पड़ी। ऐसा समय आनेवाला है कि जब अनुदानदाता अनुदान का नाम लिया करेंगे, तो गरीब हाथ जोड़कर कहेगा, गिड़गिड़ाएगा, पैरों पर पड़ेगा कि हमें अनुदान दैत्य नहीं चाहिए।

जो भी योजना गाँव में आती थी, उसे ठाकुर साब-पंडितजी दुह लेते थे। गाँव के लोग विश्वास करने लगे थे कि दुबारा चकबंदी हुई तो ठाकुर साब की खेती की 'डबल सेंचुरी' बनेगी और पंडितजी की 'ट्रिपल सेंचुरी'। सारा गाँव रो रहा था और ये दोनों अट्टहास में थे। सारे गाँव पर मुर्दनी छाई थी, पर इनके चेहरे पर अतिरिक्त ज्योति उभर आई थी।

दुबारा चकबंदी होने का समाचार सुनकर रमेश की आँखों के सामने पहली चकबंदी के दृश्य 'फ्लैशबैक' की तरह नाचने लगे। उसका नहर के पास का खेत 'टेपुआ' पंडितजी के नाम लिख दिया गया था और बदले में उसे ऐसा खेत दिया गया था, जिसमें रेह ही रेह थी। बरसों तक उस गए-गुजरे खेत में पानी लगाकर तथा 'पाइराइट' का इस्तेमाल कर कृषि योग्य बनाया गया। 'ढकवा' खेत ग्राम समाज के नाम लिख दिया गया। लाख मिन्नतें की गईं, उजुरदारी की गई, पर चकबंदी वालों ने एक न सुनी। दरअसल ग्राम-समाज के नाम खेत करने में चाल थी। प्रभावशाली लोग चकबंदी के समय लोगों की जमीन ग्राम-समाज के नाम लिखवा देते हैं और फिर उस पर कब्जा जमा लेते हैं। 'ढकवा' के साथ ऐसा ही हुआ था।

दीनानाथ तथा रमेश ने 'ढकवा' के लिए सात-आठ वर्ष तक मुकदमा लड़ा।

न्यायालय का चक्कर लगाते-लगाते एड़ियाँ घिस गईं और खेत के मूल्य भर का पैसा मुकदमे की ओरौनी में बह गया। पक्ष में फैसला होने के बावजूद लेखपाल इंतखाब में फैसले की इंदराजी करने में आनाकानी करता रहा था। कहता था, अभी मेरे न्यायालय से कहाँ फैसला हुआ। सौ रुपए लेकर लेखपाल ने इंदराजी की और खेत पर कब्जा मिला।

यही सब बातें याद कर दोनों भाइयों के चेहरे पर चिंता की फफूँद जम गई थी।

रमेश ने जिज्ञासा प्रकट की, "आप लोगों ने एस.डी. एम. साहब को दरखास्त नहीं लगाई कि चकबंदी दुबारा नहीं कराना चाहते?"

"लगाई क्यों नहीं।"

"क्या बोले?"

"कहने लगे कि यह तो तुम्हारे भले के लिए है। हम लोगों ने कहा कि हमारा भला इसी में है कि चकबंदी न हो। बलबला पड़े ऊँट की तरह कि जनहित की योजनाएँ तुम जैसे अनपढ़ देहातियों तथा उजबकों के कहने से रोकी नहीं जा सकतीं। हम लोगों ने कहा कि सरकार, हम लोग तो लुटे जा रहे हैं। पर उसने डाँटकर कहा कि लुटो चाहे पिटो, चकबंदी होकर रहेगी। और भी कि तुम खड़ूस लोग 'योजना आयोग' को चैलेंज करने चले हो। क्रोध के कारण उसके ओठों के कोनों में थूक जम आया और उसने हम सबको भगा दिया।"

चाय के खाली प्यालों की तली में मक्खियाँ भिनभिना रही थीं। रमेश ने प्यालों को हैंडिल से थामा और नाबदान के पास रख आया। फिर उत्सुकता से प्रश्न किया, "क्या ठाकुर साब और पंडितजी ने भी दरखास्त पर दस्तखत किए थे?"

"न कहीं। वो क्यों दस्तखत करते? वे तो आग लगने पर हाथ सेंकने वाले और बाढ़ आने पर नौका विहार करनेवालों में हैं। उनके चूतड़ तो हमेशा सरग में लटके रहते हैं।"

"मैं भी यही सोच रहा था कि वे क्यों दस्तखत करने लगे?"

कमर सीधी करने के इरादे से दीनानाथ चारपाई पर लेट गया तथा सिर के नीचे तकिया मोड़कर लगा लिया, "अब असली समस्या सुनो। पिछली चकबंदी में तो 'दरवाजेवाला खेत' बच गया था, पर इस बार लगता है, बचेगा नहीं। ठाकुर साब ने दाँत लगाया है खेत पर।"

घर के सामने गलियारा है, गलियारे के उस पार मैकू का घर और मैकू के घर के पीछे 'दरवाजेवाला खेत।' जब मैकू का घर न बना था, तो यह खेत घर के ठीक

सामने पड़ता था, इसी से इसका नाम 'दरवाजेवाला खेत' पड़ा। बेहद उपजाऊ है यह खेत। इस खेत में साग-सब्जी उगाई जाती है, अन्न नहीं बोया जाता। इस खेत से ढेर सारी यादें जुड़ी हैं रमेश की। निराई-गुड़ाई-सिंचाई में भाई के साथ वह भी लगा रहता था इस खेत में। गाँव के लोगों को सब्जी की आवश्यकता पड़ती, देर-सबेर कोई पाहुन आ जाता, तो लोग उसके घर की ओर दौड़ते। सब्जियों में भिंडी, करेले, लौकी, कद्दू, तरोई, बैंगन, टिंडा व सोया-मेथी बोया जाता था।

इसी खेत के किनारे आम का एक पेड़ था जिसके नीचे गन्ना पेरने वाला कोल्हू गाड़ा जाता था। शीत ऋतु की दाँत किटकिटाने वाली रातों में वह रात-रात भर कोल्हू पर रहता और नीबू मिला रस, दूध डाली चिप्पी, राब और मेवा पड़ा गुड़ खाया करता था। रात का भोजन प्रायः गोल हो जाता, मीठी चाशनी से ही पेट लबरेज रहता। इस खेत से कुछ ज्यादा ही लगाव है रमेश को। पर अब यह हाथ से चला जाएगा। कड़वी कसक से भर उठा वह।

"क्या किया जाए, समझ में नहीं आता।" रमेश के माथे पर पतली नालियाँ बन गईं।

"तुम पढ़े-लिखे हो और तुम्हारी समझ में नहीं आता तो हम अनपढ़ों की समझ में क्या आएगा ? दौड़-धूप करो, किसी अफसर से चिट्ठी लिखाओ, टेलीफून कराओ।" कोहनी से कमर खुजाते हुए वह बोले।

रमेश सोचने लगा। तभी दीनानाथ ने वजन देने के लिए टुकड़ा जोड़ा, "मेरी ही नहीं, सारी बिरादरी की यही राय है। सबने कहा, रमेश के पास जाओ। वही कुछ कर सकता है, नहीं ठाकुर साब से नीचा देखना पड़ेगा।"

रमेश को यकायक क्रोध आ गया, "ठाकुर साब से कभी ऊँचा देखा भी है, जो चल दिए इस बार ऊँचा देखने।"

दीनानाथ हतवाक्। बात सच थी। ठाकुर साब के सामने वे कहाँ कभी उनरे हैं।

दरअसल बिरादरी का प्रसंग सुनकर उसे क्रोध आ गया था। बिरादरी में वही कुछ कायदे से पढ़ा-लिखा है और क्लर्क में लग गया है। बिरादरी के लोग समझते हैं कि हर मर्ज की दवा रमेश के पास है। कागज-पत्तर का काम पड़ा, रमेश को पकड़ो। बिरादरी का आनरेरी पी.आर.ओ. बना बैठा है वह, खामखाह।

तभी दीनानाथ बोल पड़े, "कलट्टर-कमिश्नर के यहाँ जाओ। तुम तो उनसे भी बात कर सकते हो। मैं न तो पढ़ा, न लढ़ा। मैं तो अफसरों से ठीक से बात भी नहीं कर सकता।"

रमेश को समझते देर न लगी कि यह सलाह भी दीनानाथ की न होकर बिरादरी के घाघ चौधरियों की है। उसे यह भी महसूस हुआ कि ठाकुर साब से ऊँचा देखने की बात कहकर बड़े भाई के प्रति वह व्यर्थ में कटु हो गया था। यदि वह कुछ करने का नाटक नहीं करेगा, तो उनके मन में गाँठ पड़ जाएगी। उसने मरहम लगाते हुए कहा, "आप कहते हैं तो चला जाऊँगा कलेक्टर के पास। रो आऊँगा दुखड़ा। मेरे जैसे भुनगे की दरखास्त वह रद्दी की टोकरी में डाल देगा और दीमक उसका 'डिस्पोजल' करेगी।"

"क्या कहा? दीमक क्या करेगी?" दीनानाथ के मुख पर गर्व की परत उभर आई कि उसका भाई गिटपिट वाली अंग्रेजी बोल देता है।

"यही कि दरखास्त जस-की-तस पड़ी रहेगी और दीमक उसे चाट जाएगी।"

"कोशिश करना। कोई-कोई साहब दयालु किस्म के होते हैं। शायद कागज खिसका ही दें।"

"हाँ, देखा जाएगा," रमेश ने बात बढ़ानी नहीं चाही, "मैं तो समझता हूँ कि आपके-हमारे क्या, पूरे गाँव के कलेक्टर ठाकुर साब-पंडितजी हैं। उनसे मिलजुलकर काम निकालने का प्रयास कीजिएगा। वहाँ और किसी कलेक्टर की नहीं चलनी। अब चलूँ। कार्यालय को देर हो रही है।"

रमेश साइकिल लेकर घर के बाहर निकल गया, पर तुरंत ही 'पुनश्च' के भाव से पलट पड़ा, "आज रुक क्यों नहीं जाते?"

"नहीं, रुकना न होगा। रात को नहर से पानी लगाना है। नंबर चला गया तो खेत सूख जाएगा।"

रमेश दोबारा भाई को पालागन कर घर से बाहर निकला। उसने इतनी तूफानी गति से साइकिल स्टार्ट की मानो एक ही छलाँग में कार्यालय पहुँचा जाना चाहता हो।

वह कलक्टर से मिला। न अपने, बड़े भाई के संतोष के खातिर ही सही। लगभग एक दर्जन प्रयासों के बाद भेंट हुई थी। फाइल में गड़ा सिर उठाकर जब कलेक्टर समुहाए, तो उसने हाथ जोड़कर 'हजूर-सरकार' वाली भाषा में फरियाद शुरू की। कुछ ही पल बीते थे कि कलेक्टर ने उसके हाथ से दरखास्त छीन-सी ली और ट्रैफिक सिपाही के 'स्टाप' सिग्नल की तरह अपना हाथ खड़ाकर उसे बोलने से मना कर दिया। वह भयभीत और करबद्ध अवस्था में खड़ा रहा।

कलेक्टर ने सरसरी तौर पर प्रार्थना-पत्र पढ़ा और उसे किसी को मार्क कर

अपने हस्ताक्षर बना दिए। फिर प्रार्थना-पत्र ट्रे में डालकर गुर्राया, "जाओ, देखा जाएगा।"

रमेश ने बड़े भाई को पत्र द्वारा सूचित कर दिया कि कलेक्टर को दरखास्त दे दी है और यह भी कि कुछ होने की संभावना नहीं है।

अनुज के निराशावादी पत्र के बावजूद दीनानाथ ने आशा त्यागी न थी। उन्हें विश्वास बना रहा कि देर-सबेर कलेक्टर की चिट्ठी चकबंदी अधिकारियों तक पहुँचेगी और वे भयभीत होकर 'दरवाजेवाला खेत' उसी के नाम बना रहने देंगे। गाँव-गंज के लोग जब पूछेंगे कि कौन सा जुगाड़ फिट कर लिया, तो वह मुसकराकर रह जाएगा, बताएगा कुछ नहीं। ऐसे ही खयालों की परवाज में वह डूबा रहता।

इसका मतलब यह नहीं कि वह हाथ धरकर बैठ गया हो। ज्यों ही चकबंदी विभाग का कर्मचारी गाँव आता, वह उसके पीछे मंत्रकीलित सा घूमता और ताक लगते ही अपनी फरियाद करने लगता। उसकी फरियाद से जब कर्मचारी ऊब जाते, तो झिड़क देते, "जो कुछ नियम-कानून में होगा, किया जाएगा। हमेशा 'दरवाजेवाला खेत' चिल्लाकर माठा किए रहते हो।"

समीप के कस्बे में कैंप कर रहे चकबंदी अधिकारी को भी उसने जा घेरा। चकबंदी अधिकारी का टेंटखसोटू पेशकार उसे टालता रहता, अधिकारी को व्यस्त बताकर उससे मिलने न देता। हाँ, दस्तूरी लेने में वह बिल्कुल न चूकता। वह उन्हें खुशी-खुशी देता। सुन रखा था कि घूस के धंधे में काफी ईमानदारी होती है। ये सब पैसे लेते रहेंगे, तो काम भी कराएँगे।

चकबंदी अधिकारी की प्रतीक्षा में वह कार्यालय कंपाउंड में स्थित गूलर के पेड़ के नीचे बैठा रहता। वृक्ष पर बैठी चिड़ियाँ उस पर बीट कर देतीं, तो वह कैरम के स्ट्राइकर की तरह उँगली से 'स्ट्रोक' मारकर साफ कर देता। आखिर एक दिन उसकी भेंट हो ही गई। चकबंदी अधिकारी ने उससे प्रश्न किया, "किस गाँव के हो ?"

"भागूखेड़ा के।"

"क्या बात है ?"

दीनानाथ ने समस्या बताई। वह बता ही रहा था कि चकबंदी अधिकारी के माथे पर बल पड़ने लगे। वह फट पड़े, इससे पूर्व ही दीनानाथ ने अपने टेंट से एक हजार रुपए निकाले और मेज पर रखकर हाथ जोड़कर खड़ा हो गया।

अधिकारी के माथे के बल मिट गए और वह मुसकराते हुए बोले, "काहे को तकलीफ करते हो?"

वह नोट भी गिन रहे थे और यह भी कहते जा रहे थे, "यह सब ठीक नहीं। क्यों कर रहे हो यह सब?"

उन्हें मन-ही-मन प्रसन्नता हो रही थी कि यह आदमी सीधा आ गया, अच्छा हुआ। दलाल के माध्यम से आता, तो आधा पैसा दलाल ही ले उड़ा होता।

अधिकारी ने रुपए ड्रार में इस भाव से रखे माने कोई खोटी, व्यर्थ की वस्तु रख दी हो।

चकबंदी अधिकारी उससे छेड़-छेड़कर लगभग पाँच मिनट तक मिठुआकर बात करते रहे। जब वह जाने के लिए घूमा तो बोले, "जरा सुनना तो।"

दीनानाथ पलट पड़ा।

"तुम्हारे खेत को लेने में किसी की रुचि तो नहीं है।"

"हमारे गाँव के ठाकुर साब, गंगाबक्श सिंह उसे लेने की फिराक में हैं।"

"क्या? ठाकुर साब लेना चाहते हैं।"

"जी हाँ।"

"फिर सौदा नहीं पटेगा।" इतना कहकर उन्होंने अपनी ड्रार खोली और रुपए निकालकर वापस कर दिए।

फिर बोले, "तुम्हारे गाँव में ठाकुर गंगाबक्श सिंह और पंडित रामअवतार मिश्र से मैं रार नहीं ले सकता। वही मेरे आँख-कान हैं और अपने आँख-कान से कौन झगड़ता है, यह तुम जानते ही हो।"

दुभाँती से दुःखी होकर दीनानाथ उनके चरणों पर गिरते हुए बोला, "साब, लाज रख लीजिए। खेत न जाने दीजिए। आप तो बड़े हाकिम हैं।"

"कान खोलकर सुन लो कि ठाकुर साब की खिलाफत मैं नहीं कर सकता, चाहे तुम जितने अधिक नोट मेरे सामने फेंक दो। दफा हो जाओ यहाँ से। बहुत से काम निपटाने हैं।"

दीनानाथ ने नोट गदेली में दबा लिये और पीपल के पीले पत्तों जैसा मुँह लिये, कमरे से बाहर आ गया।

दीनानाथ विचलित जरूर हुआ था, पर निराश नहीं। अगली सुबह वह ठाकुर साब के दरवाजे पहुँचा। ठाकुर साब घोड़े की तरह आगे की ओर मुँह निकाले, उघारे बदन चारपाई पर प्रतिष्ठित थे। नाई पीठ की मालिश कर रहा था—उचक-

उचककर। उनके दोनों हाथ चारपाई को इस तरह पकड़े हुए थे मानो चारपाई उड़ने जा रही हो और वे उसे थामे हों। ठाकुर साब का पोता बच्चों वाली साइकिल चला रहा था। एक नौकर पशुओं का गोबर सइँत रहा था, दूसरा बैल की चपटी निकालकर पानी के कटोरे में रखता जा रहा था। कुएँ से कोई पानी खींच रहा था, क्योंकि गड़ारी की कर्णकटु ध्वनि स्पष्ट सुनी जा सकती थी।

दीनानाथ ऊहापोह में था कि जाए या वापस लौट जाए, तभी ठाकुर साब की दृष्टि उस पर पड़ी। अंधे कुएँ से निकलती गूँजती ध्वनि में वे बोले, "क्या है रे?"

दीनानाथ लपककर आगे बढ़ा और उसने पालागन की। फिर हाथ जोड़कर फरियाद करने लगा। उसने रोजी-रोटी, बाल-बच्चों की दुहाई दी। दूसरे की गरम सिगड़ी पर अपना भोजन बनाने वाले ठाकुर साब ने उसे उलटे पैरों भगाया, "चल भाग यहाँ से। बड़ा आया है फरियादी बनकर। लेना होगा तो ले लूँगा 'दरवाजेवाला खेत', तुम्हारे राँड़रोदन का असर मुझ पर नहीं पड़ना। चकबंदी तुम्हारे लिए हो रही है या मेरे लिए?"

उस दुर्मुख के लट्ठमार संवाद से वह समझ गया कि यहाँ दाल नहीं गलनी। हर उपाय कर हार गया था। गाँववालों ने भी उसे सलाह दी कि वह 'दरवाजेवाला खेत' का मोह त्यागे। तभी उसे एक नया उपाय सूझा।

उसने दो मजदूर बुलाए और उनके साथ मिलकर छप्पर बुनना शुरू कर दिया। जब छप्पर बुन गए, तो उसने खेत में थोड़े-थोड़े फासले पर तीन झोंपड़ियाँ खड़ी कर दीं। झोंपड़ियों में चटर-पटर वाला सामान जैस पुआल, भूसा, झाँखर, झिंगही चारपाइयाँ, फटी कथरियाँ, झाबे रख दिए। इस प्रकार उसने खेत को आबादी का रूप दे दिया और आबादी की चकबंदी होती नहीं। उसने तय कर लिया कि जब जाँच होगी, तो कहेगा कि एक झोंपड़ी उसके भाई रमेश की तथा दो झोंपड़ियाँ अपने बच्चों की हैं।

दीनानाथ अब निश्चिंत था। रास्ते में पड़नेवाली नाली मानो डाँक गया हो। अपनी योजना से इस कदर प्रभावित हुआ कि शहर जाकर रमेश को सूचित कर आया। गाँववाले भी उसकी योजना से कम प्रभावित न थे।

अधिकारी द्वारा मुआयने की तिथि निश्चित हुई। वह पहले ही प्रार्थना-पत्र दे चुका था कि उसके गाटा सं. 572 में आबादी है।

मुआयने के दिन सुबह ही अधिकारी उसके घर आ धमके। उन्होंने पूछा, "कहाँ आबादी है तुम्हारे खेत में?"

दीनानाथ उन्हें अपने खेत की ओर ले गया और तमककर बताने ही जा रहा था कि चेहरा उतर गया, किसी पराजित योद्धा की तरह। झोंपड़ियाँ खेत से गायब थीं। रात किसी ने उनमें आग लगा दी थी। सदमे में डूबा वह दूसरी दुनिया का मनुष्य लगने लगा।

अधिकारी ने तीव्र स्वर में कहा, ''झूठ बोलते हो?'' और उसे अदबदाकर डाँटने लगा।

जिस प्रकार गंदगी का कृमि उलट जाने पर दयनीय और असहाय होकर व्यर्थ में पैर चलाता रहता है, उसी प्रकार की स्थिति में वह हो गया। कहा कुछ नहीं गया, सिर्फ खेत की तरफ देखता रह गया।

ठाकुर साब एक बार फिर जीत गए थे।

□

अंडरवेमेंट

फैक्टरी को गन्ना देने की परची तो चार दिन पहले के लिए मिली थी, पर उस समय वह गन्ना गिरा न सका था। किसके सहारे गन्ना ले जाता, न उसके पास 'डनलप' गाड़ी ही है और न पूरे बैल। रामबहलवा झूठ थोड़े ही कहता है, बिना गोई के धरती विधवा हो जाती है। एक बैल से कुछ भी तो काम नहीं निकलता!

ये नथुनिया भी डबल हरामी है, पारसाल मेरा बैल जोतता रहा, फिर मौके पर धता बता दिया, आजकल में बुवाई का टेम निकल गया, 'टेपुवा' परती छोड़ना पड़ गया। नथुनी ही क्या, जितने हैं, सब चार सौ बीस हैं। कोई कम, कोई ज्यादा। जब पानी बरसेगा और 'ओठ' का टेम आएगा, तो बैल ले जाएँगे और जब खेत ससुरा कंकड़ हो जाएगा, तो हमको 'ओहजी' देंगे। 'ओठ' होने के समय कोई ओहजी नहीं देता। बनते सभी धर्मावतार हैं। ये ढाई बीघे ऐसे गले पड़े हैं कि न निगलते बनते हैं, न उगलते, साल भर का अरझट्टा, फिर भी फाके! इससे अच्छा तो है शहर में रिक्शा खींचे। बच्चों का जी तो जिएगा। बैल मर गया, खाद नहीं पड़ी, शिवचरण बाऊ सरग में चूतर हिलगाए हैं, इन सबसे तो फुरसत मिले। धरती माता, तुम भी अजीब हो, तुम तो माँ हो। तुम्हें तो गरीब-दुखियारों का खयाल रखना चाहिए। पर तुम भी बड़कओं का साथ देती हो। पिछले साल शिवचरण बाऊ ने 'बेलवा' में कितना ज्यादा गन्ना पैदा किया था! पर तुम भी क्या करो? अपनी तकदीर ही खोटी है, जब समय पर बुवाई नहीं होगी, खाद-पानी नहीं मिलेगा, तो पैदा क्या होगा, खाक?

□

फर्राटे भरती कार के अचानक झटके और ब्रेकों की कर्कश चरमराहट के साथ रुक जाने पर मैकू की मानसिक यात्रा भंग हो गई। उसे लगा कि कारवाला ऊपर चढ़ा देगा। तब तक एक चेहरा कार से बाहर निकला और बोला, "देखो अभिजित, अभी दूर से जो चार दीपक चमकते दीख रहे थे, वे इन बैलों की आँखें

थीं। असल में बैलों की आँखों में फास्फोरस होता है, जो रात को चमकता है।"

"हाऊ कोल्ड ? उई, बंद भी कीजिए। शीशा बंद किए-किए दिखा देते तो क्या हो जाता ? ठंड लग जाएगी, तो क्या होगा ? कंपनयुक्त जनानी आवाज आई। शीशा बंद हो गया! कार फिर फर्राटे भरने लगी। उसे अब महसूस हुआ कि ठंड है, कारवाला साहब इतना बड़ा साहब है कि उसकी मेम को, जो निश्चित ही गोरी और चिकनी होगी, एक सेकंड की भी सर्दी बर्दाश्त नहीं है और अब बीड़ी पी जानी चाहिए।

तारकोल की सड़क के किनारे बनी 'सी.सी. ट्रैक' पर चलती 'डनलप गाड़ी' की 'चरमर-चरमर' फिर स्थितप्रज्ञ नीरवता को निश्चित लय के संगीत से रिझाने का दुस्साहस करने लगी। वह पुन: अपने विचार-सागर में खो गया। ये मोटर-ठेलेवाले क्यों इतना तेज चलाते हैं ? अरे, नासमुझ बच्चे हैं। गफलत में सड़क पर चले जा रहे हैं, तो उनको कुचल दो और आगे बढ़ जाओ। देहात के लोगों को नियम-कानून, दायाँ-बायाँ क्या मालूम ? अगर मालूम हो जाए, तो इससे क्या फर्क पड़ता है ? दूसरे की जान को चिरिया-चमक्को, भुनगों से भी बदतर समझनेवाले ये लोग ऊपर गाड़ी जरूर चढ़ाएँगे।

□

काँटे यानी चीनी मिल के गन्ना क्रयकेंद्र पर पहुँचा तो पास ही थाने में चार का ठनाका हुआ। वह गाड़ी के नीचे मुकुड़ी मारे लेट गया कि नींद आ जाए, तो कुछ देर सो ले, पर नींद नहीं आई। वह उठा और पास बिखरी सूखी पत्तियों को इकट्ठा कर अलाव जलाने लगा। पत्तियों की चरमराहट से काँटाबाबू की नींद उचट गई और उन्होंने तंबू से 'हुक' की तरह थोड़ी सी गरदन निकालकर कहा, "कौन है, बे ?"

"मोएँ हजूर, करमहा से⋯" वह बोला।

"क्यों नींद तोड़ रहा है, बे ? भोर से ही भेजा खाना शुरू कर दिया। शांति से बैठता क्यों नहीं ?"

"मैं कहूँ, हजूर, शीत बड़ा है। थोड़ा तपता बार दिया।"

"अबे, चुप बे! तपता बार दिया!"

अँधेरा छँटने लगा तो सड़क और सड़क के किनारे एक बाग आहिस्ता से उभरने लगा। बाग में एक मड़इया तथा तंबू भी उग आए। मड़इया के सामने एक काँटा लगा था, वैसा ही जैसा कि 'धर्मकाँटा', जो वजनी चीजों को तौलने के लिए शहरों में लगा रहता है। काँटे के एक तरफ 'ऊपरपाठ' गन्ने से भरी पंक्तिबद्ध

गाड़ियाँ खड़ी थीं, जिनके ऊपर उठे जुए तोपों की मुद्रा में, आसमान में निशाना 'टन्नाते' प्रतीत हो रहे थे। पास ही पेड़ों से बँधे बैल, जो सर्दी से सिहर रहे थे, पुआल टूँग रहे थे तथा घंटियाँ बजाकर प्रात:वंदन कर रहे थे। पास ही हैंडपाइप और टूटी हुई दो नाँदें थीं। हैंडपाइप इसलिए ठीक हालत में था कि क्रयकेंद्र के स्टाफ को भी पानी की जरूरत पड़ती थी और नाँदें इसलिए टूटी थीं कि क्रयकेंद्र के स्टाफ में कोई बैल न था।

एक-एक कर गाड़ीवान गाड़ी के नीचे से निकलते गए और दिशा-मैदान की ओर बढ़ते गए। एक गाड़ीवान फुरती से नीम के पेड़ पर चढ़ गया। कई टहनियाँ तोड़कर नीचे गिरा दीं। बारी-बारी से लोग आते गए और टहनियाँ अरोंछकर दातौन करने लगे। हैंडपाइप से सबों ने हाथ-मुँह धोया और पुआल जलाकर रातभर की सरदी देह से बाहर निकालने लगे।

चौकीदार ने काँटे की मड़इया में, जिसके भीतर काँटाबाबू काम करते थे, झाड़ू दी और मेज-कुरसी तथा काँटे की सफाई की। तौल से संबंधित कागजात मेज पर तथा चार क्विंटल के बाँट तंबू से निकालकर बाहर रख दिए। लकड़ी के 'ट्राइपोड' के सहारे 'दंडतुला' लटका दी। यह इस प्रयोजन से लगाई गई थी कि कभी काँटा खराब हो, तो बाँटों के सहारे इस पर गन्ने की तौल की जा सके अथवा मशीनी काँटे की तौल पर किसी किसान को संदेह हो, तो वह गन्ने को इस पर तौलकर जाँच कर सके। पर यह 'दंडतुला' अभी तक कौमार्य-व्रत धारण किए थी। आज तक इस पर कभी गन्ना तौला नहीं गया था।

इधर यह सब होता रहा, उधर पुखराज आहिस्ता से नीम की ठुन्नी पार आ जमा और थोड़ी ही देर में चारों तरफ पिघल गया। पास ही एक मोर पंख खोलकर नाचने लगा, जिससे लगा कि बीसियों नीले चाँद वृत्ताकार निकल आए। अलाव का धुआँ भी 'टेपरिंग' स्तंभ का रूप लिए उड़ा जा रहा था। ठिठुरन अब भी नि:शब्द चीख रही थी। अस्तित्व का अहसास बैलों की बजती घंटियों से हो रहा था।

सुबह काँटाबाबू साइकिल पर बैठ कहीं चले गए। परछाईं बिला जाने तक की धूप हो आई, तो भी काँटाबाबू नहीं लौटे और तौल बंद रही। मैकू की बेताब, कुलबुलाती आँतें रिरियाने लगीं और वह चिउड़ा पानी में मीसकर खाने लगा।

एक गाड़ीवान ने तब तक चौकीदार से पूछा, "हे बाबू, काँटाबाबू कब आएँगे? हमारा गन्ना कब तौला जाएगा? बड़ा अबेर हो रहा है!"

"क्या मैं कोई भड्डरी हूँ जो बता दूँ कि काँटाबाबू कब आएँगे? जब काँटाबाबू

आएँगे, तो तौल होगी ही। चुप नहीं बैठता। इंकुआयरी करता है।" चौकीदार ने जवाब दिया।

तभी एक गाड़ीवान दबी जबान से दूसरे से बोला, "हमारे प्रधानजी कह रहे थे कि नियम है कि काँटाबाबू को दिन में काँटा छोड़कर कहीं जाना न चाहिए।"

चौकीदार के कान में यह सब रिस गई। बोला, "ऐ हे हे, नियम है? आने दो बाबूजी को। अभी तुम्हारा नियम निकला जाता है।"

तब तक काँटाबाबू साइकिल से आते दिखे। उतरते ही चौकीदार ने साइकिल थाम ली और उसे मड़इया के सहारे टिका दिया। फिर चौकीदार बोला, "बाबूजी, ये पग्गड़वाला जो है, ये कानूनची है। आप भी जरा इसको अपना कानून पढ़ा दो।"

"क्या बात है?" काँटाबाबू डहके।

"कह रहा था कि नियम है कि काँटाबाबू को काँटा छोड़कर दिन में कहीं जाना न चाहिए।"

"अच्छा, अच्छा! तो निकाल दो इसकी गाड़ी लाइन से। चार दिन तक बैठाऊँगा, तब इसे असली कानून मालूम होगा।"

गाड़ीवान 'बाबू, बाबू साहब, साहब' कहकर माफी माँगता ही रहा, पर चौकीदार ने उसकी गाड़ी धकेलकर अलग खड़ी करवा दी।

काँटाबाबू ने धूप में चारपाई छुड़वाई और लेट गए। सिंदूरी दुपट्टा पश्चिम में लहराने लगा, तो एक गाड़ीवान ने काँटाबाबू से कहा, "बाबू, हमें बिसुनपुर जाना है। गाड़ी तौल दीजिए।"

"जा बे, खोपड़ी पर आकर खड़ा हो गया! गाड़ी आज नहीं तौली जाएगी।"

"अरे, सरकार, कल के आए हैं। तौल कर दीजिए।"

"कल के आए हो या पचास बरस पहले के, तौल आज नहीं होगी।"

"आखिर हम भी तो जानें, क्या बात है?"

काँटाबाबू चारपाई पर एकदम से उठकर बैठ गए और उनके पान चबुलाते चेहरे पर सामंती मुद्रा कौंध आई, "जाता है कि नहीं। कह दिया एक बार, दिमाग खाए है। ट्रक नहीं आया है। जब ट्रक आएगा, तब तौल होगी। भाग, दिमाग न चाट।"

थोड़ी देर में फैक्टरी का केन मैनेजर आया। गाड़ीवानों ने उससे शिकायत की कि उनका गन्ना पड़ा सूख रहा है, तौला नहीं जा रहा है।

केन मैनेजर ने उन्हें हड़काते हुए कहा, "काहे को जल्दी मचा रखी है, रे!"

"जल्दी यह है साहब कि यहाँ हम और हमारे बैल भूखों मर रहे हैं। इतनी सर्दी में आप लोगों को दया नहीं आती।" एक परेशान किसान ने जवाब दिया।

"अबे, चुप बे, बेकार बकवास लगा रखी है।"

"बकवास क्या साहब, नियम के हिसाब से यहाँ आने के दस घंटे के अंदर तौल हो ही जानी चाहिए। यहाँ चौबीस घंटे से ऊपर हो गए। ट्रक न आने की जिम्मेदारी हमारी थोड़े ही है। हमारा गन्ना तुलवाकर 'डंप' करा दिया जाए। जब आपका ट्रक आ जाए, तो आप ढोते रहिएगा। हमें जल्दी है, हमें जाने दीजिए।"

केन मैनेजर उठा और उसने गाड़ीवान के ऊपर ताबड़तोड़ कई छड़ियाँ सड़का दीं। फिर भद्दी सी गाली देते हुए उसने काँटाबाबू से कहा, "मत तौलना उसकी गाड़ी पाँच दिन तक, सारी टिर्र निकल जाएगी।"

सारे लोग उस गाड़ीवान को बुरा-भला कहने लगे कि अफसर से क्यों जबान लड़ाई और उसे अहसास होने लगा कि उसे नियम-कानून के रक्षक अफसर के सामने नियम-कानून की बात न करनी चाहिए थी।

अँधेरे ने प्रकाश को भगाकर जब एकछत्र साम्राज्य स्थापित कर लिया, तो कुछ गाड़ीवानों ने भौरी सेंकना शुरू कर दिया और कुछ ने चिउड़ा मीसना। जिनका सामान खत्म हो गया था, वे भूखे ही सो गए। जो खुद भूखे सोए थे, उन्होंने भी देश की परोपकार की परंपरा का पालन करते हुए अपने बैलों के लिए दूसरे गाड़ीवानों से पुआल माँग-मूँगकर व्यवस्था कर दी।

दूसरे दिन दोपहर को ट्रक आया। काँटाबाबू काँटे के पास बैठे। उनके पास सहकारी गन्ना समिति का लिपिक तौल पर निगरानी के लिए बैठ गया। काँटाबाबू तथा समिति-लिपिक ने काँटा चेक किए बिना काँटा-निरीक्षण-पंजिका में यंत्रवत् प्रविष्टियाँ कर दीं कि जाँच करने पर काँटा सही पाया गया। काँटाबाबू ने आदेश दिया, तो पहली गाड़ी काँटे पर ढकिलाकर लाई गई। लँगड़ीमैन ने लँगड़ी अर्थात् टेक गाड़ी के नीचे लगा दी, जिससे कि गाड़ी का वजन पूर काँटे पर आ गया। गाड़ीवान ने समिति-लिपिक को अपनी परची दी। परची से किसान का नाम, ग्राम इत्यादि मिल परची पर अंकित कर लिए गए। फिर गाड़ी की तौल प्रारंभ हुई। तौल करने के बाद काँटाबाबू मिल परची पर वजन अंकित करने लगे। गाड़ीवान ने पूछा, "बाबूजी, कितना हुआ?"

"उन्नीस दस।" काँटाबाबू बोले।

"पर बाबू, बीम तो बीस क्विंटल, तीस के. जी. बता रहा है?"

"बीम के बतलाने से क्या होता है?"

"बाबू, बहुत नुकसान होगा।"

"गाड़ी तुलवाना है कि नहीं?"

गाड़ीवान डर गया। दो दिन से अधखाया रहा था, बैल भी भूखे थे। घर पर बीवी अकेली थी। खेत सूखा जा रहा था। उसमें पानी देना था। उसकी गाड़ी तुल गई। इसी तरह और कई गाड़ियाँ तुल गईं।

थोड़ी देर बाद मैकू का नबंर आया। काँटाबाबू ने वजन बताया, "अठारह अस्सी।"

सही वजन बीस अस्सी था। वह बोला, ''हजूर, मैं गरीब आदमी हूँ। मर जाऊँगा। सबसे डेढ़ क्विंटल कटौती किया, मुझसे दो कर रहे हैं।''

"अबे, चुप रह। यहाँ आकर कटौती के वक्त सब गरीब बन जाते हैं। गंदे कपड़े पहनकर साले गरीब होने का बहाना करते हैं। देखा जाए तो अभी दसियों एकड़ जमीन निकलेगी।"

"नहीं हजूर, बड़ा आदमी नहीं हूँ। सिर्फ दो बीघे खेत हैं। छह परानी का पेट भरना है। दो क्विंटल का मतलब करीब पचास रुपए हुए।"

"कटौती करवाता है कि नहीं?"

"हजूर···।"

"चौकीदार, इसकी गाड़ी हटाकर लगा दो सबके पीछे। ऐसे नहीं मानेगा। चार दिन तक सड़ेगा, तब राह पर आएगा।"

वह रिरियाता रहा कि उसकी गाड़ी कटौती के साथ तौल दी जाए, पर काँटाबाबू नहीं माना।

थोड़ी देर में एक जीप झटके के साथ काँटे के पास आकर रुकी। जीप के ड्राइवर ने अपने हक-हकूक के लिए हॉर्न से एक विशेष प्रकार का इशारा कर दिया, जिससे काँटे का स्टाफ चौकन्ना हो गया था और 'प्रिकाशनरी मेजर्स' लेने लगा था। काँटा-निरीक्षण-पंजिका में दोपहर के बाद की प्रविष्टियाँ नहीं थीं। जब तक साहब जीप से उतरे, तब तक प्रविष्टियाँ कर दी गईं।

जीप से एक हिप्पी साहब उतरा। उसने लपककर तुली हुई गाड़ी को रोका, जो ट्रक में गन्ना गिराने के लिए जा रही थीं और झपटकर परची उसके हाथ से छीन ली। गाड़ीवाले से कहा गया कि गन्ने के वजन की जाँच के लिए वह गाड़ी को दोबारा काँटे पर लाए। साहब का अर्दली अनपढ़ गाड़ीवानों पर लाल झब्बे का रोब

मारता हुआ बैलगाड़ी को वापस लाने लगा और साहब मड़इया में जाकर कागज-पत्तर देखने लगे। गाड़ीवानों ने मड़इया के सामने मजमा लगा दिया। साहब ने डाँटा, "क्या भीड़ लगा रखी है ? कोई जादू थोड़े ही हो रहा है। हटो, कम-से-कम रोशनी तो आने दो!"

गाड़ीवानों ने भीड़ में से एक दरवाजा खोल दिया, पर बाकी घेराव बना रहा।

कर्मचारियों की सूची जो टँगी हुई थी, वह धुँधली हो गई थी और उसके नीचे सक्षम अधिकारी के हस्ताक्षर मिट गए थे। साहब नाराज हुआ। गन्ना नियमावली फट गई थी। साहब ने उसे काँटाबाबू के मुँह पर पटकते हुए कहा, "यह क्या मजाक बना रखा है ? नियमावली भी ठीक से नहीं रख सकते! नियमावली ऐसी जगह टाँगी जानी चाहिए, जहाँ से उसे किसान पढ़ सकें। इसे मड़इया में क्यों रखता है, बे ?"

साहब काँटाबाबू को छोटी-छोटी बात पर बुरी तरह से डाट रहा था। गाड़ीवान खुश थे कि आज सेर को सवा सेर मिला है। वे इस साहब का खासा रौब खा रहे थे। उन्हें यह नहीं मालूम कि इन साहब का 'साहब' इन्हें और बुरी तरह डाटता है। यही प्रथा है!

साहब ने गन्ने से भरी गाड़ी के वजन की दुबारा जाँच की। एक क्विंटल चालीस किलोग्राम कम तौल की गई थी। साहब उछला, "यह बंगलिंग! तुमको तथा तुम्हारे मालिक दोनों को चक्की पिसवाऊँगा, तभी 'बंगलिंग' कम होगी।"

एक गाड़ीवान धीरे से दूसरे से पूछने लगा, "ये बंगाली क्या है ?"

दूसरा बोला, "कमती तौल किया है, साइत इसी के बाबत साहब कुछ कह रहा है।"

काँटाबाबू हाथ जोड़कर गिड़गिड़ाने लगा, "हजूर, गाड़ी ट्रक के पास पहुँच गई थी। वहाँ नीचे का गिरा गन्ना गाड़ी के ऊपर रख दिया गया। इसी से दुबारा तौल करने पर वजन में अंतर आ गया। वैसे हजूर, मैं सही तौल करता हूँ। आज तक कोई गड़बड़ी नहीं पाई गई।"

"पर आज तो पाई गई।"

"माई-बाप, गरीब आदमी हूँ। मर जाऊँगा।"

तब तक दो आदमी सिर पर पग्गड़ बाँधे, हाथ में बैलों को हाँकने की छोर लिए आगे आ गए। उनमें से एक बोला, "हजूर, यहाँ तौल सही होती है। हम लोगों को तौल के बारे में कोई शिकायत नहीं। अभी हमीं ने चौकीदार से कहा कि ट्रक के पास गन्ना काफी गिर गया है। उसे किसी गाड़ी पर लादो। वहाँ से ट्रक पर लद

जाएगा। सो, सरकार, उसने वह गन्ना इस गाड़ी पर…।"

गाड़ीवानों का भेष धरे ये काँटे के ही दो कर्मचारी थे।

चौकीदार ने समर्थन किया, "हाँ मालिक, हमने अपने हाथ से उठाकर गन्ना गाड़ी पर चढ़ाया है। तौल में कोई गड़बड़ी नहीं हुई।"

गाड़ीवानों को चूँकि अपना गन्ना काँटे पर आगे भी लाना था, इसलिए इस सफेद झूठ को सहते रहे।

साहब मड़इया से निकलकर कुछ फासले पर स्थित हैंडपाइप, नाँद तथा दंडतुला चेक करने के लिए गए। हैंडपाइप के ऊपर लोहे की छड़ ढीली थी तथा नाँद टूटी थी। साहब ने इनके लिए भी काँटाबाबू को फटकारा। लौटते समय काँटाबाबू ने एक पुड़िया साहब को धीरे से खिसका दी, जिसे साहब ने अपनी जेब के सुपुर्द किया। साहब ने धीरे से पूछा, "हाऊ मच ?"

काँटाबाबू ने किसी भाषा में कुछ 'गुन्न सा' कहा, जिसे साहब के अलावा कोई समझ न सका।

साहब ने 'इंस्पेक्शन' लिखा और काँटाबाबू को डाँटते रहे। फिर वह जीप में धँसे और चले गए।

एक गाड़ीवान बोला, "साहब बहुत नाराज था। लगता है, अबकी छोड़ेगा नहीं। मुकदमा चलेगा।"

दूसरा बोला, "अब क्या मुकदमा चलेगा ? देखा नहीं, पुड़िया चल गई।"

उसकी समझ में एक बात नहीं आई। जब यही सब करना था, तो साहब ने काँटाबाबू को इतनी डाँट क्यों पिलाई ? इस क्यों का कोई जवाब नहीं ! काँटाबाबू भी तो उसे बिना वजह डाँटा करता है।

□

दो दिन तक मैकू भूखा पड़ा रहा। इन दो दिनों में काँटाबाबू से उसने मिन्नतें कीं कि उसकी गाड़ी कटौती के साथ ही सही, पर तौल दी जाए। पर काँटाबाबू का कौल ब्रह्मा की लकीर हो रहा था। अंत में वह काँटाबाबू के पैरों पर गिर पड़ा, "बाबू, यहाँ आए चार दिन हो गए हैं। मारे भूख के मरा जा रहा हूँ। गन्ना चूसने से कहीं पेट भरता है ? गन्ना भी हमारा सूखकर लकड़ी हो गया है।"

"छोड़ बे पैर, तू बहुत परेशान कर रहा है। जा, ले आ। तेरी गाड़ी तौल दें। पर तू कानून बहुत पोंकता है। आइंदा से कानून मत पोंकना।" काँटाबाबू बोले।

उसकी गाड़ी जब तौली गई, तब शाम हो चुकी थी। उसने तौल की परची,

अंकित वजन देखे बिना, निर्विकार भाव से जेब में रख ली। गाड़ी का गन्ना ट्रक पर लदने लगा, तो उसने ट्रक के गन्ना ढोनेवाले मजदूर से एक बीड़ी माँगी और नियामत की तरह पीने लगा। कल ही उसके पास बीड़ियाँ खत्म हो गई थीं। भूख से ज्यादा बीड़ी की तलब मारे थी। गाड़ी से गन्ना उठ गया, तो उसने रस्सा गाड़ी पर रख लिया।

शीतलहरी चल रही थी। उसका मन काँप गया। सोचा, कल सुबह चलें, पर तब तक भूख कुनमुनाने लगी। उसने बैल नह दिए और चल दिया। कमल-पत्र पर जलवत् वह अपने चारों ओर के वातावरण से निरपेक्ष हो गया, "यह भी कैसी खरीदारी है? बनिया कोई चीज देता है, तो पैसे पहले रखवा लेता है। गेहूँ खरीदने जाओ, पैसे पहले दो। गन्ने की खरीदारी अजीब है। अभी पिछले ही साल की बात है। गन्ना गिराने के आठ महीने बाद फैक्टरी ने गन्ने की कीमत का भुगतान किया। इस अनीति का कोई पुछइया नहीं है। किसान भूखों मर जाएँ पर उन्हें समय पर पैसा नहीं मिल सकता। आज वह शिवचरण को क्या जवाब देगा जाकर? बड़ी मुश्किल से एक बैल मँगनी में दिया था। यहाँ चारा नहीं मिला। बैल थोड़ा खटक भी गया है। वह तो खा ही जाएँगे।"

शिवचरण की याद आते ही वह काँप गया।

शिवचरण के सामने जब वह जान-बूझकर अपना जामा नुचवाने पहुँचा था, तो वह बोले थे, "बैल नहीं है, तो मैं क्या करूँ? गाँव में और भी हैं। तमाम धन्ना सेठ हैं, तुम्हारे पंडितजी हैं। उनसे क्यों नहीं माँगते? बैल देने का ठेका क्या मैंने ही ले रखा है?"

"पर बाऊ साहब, आपने आज के लिए कहा था कि बैल दे देंगे।"

"हाँ, कहा था। जाओ, नालिश कर दो जाकर कि बाऊ साहब ने वादा किया था और बदल गए।"

"नहीं, बाऊ साहब!"

"नहीं, बाऊ साहब क्या! ससुर हमको 'नीति' सिखाते हो?"

"बैल नहीं मिला, तो मेरा गन्ना पड़ा-पड़ा सूख जाएगा। न कटवाया होता, तो कोई बात नहीं थी।"

घंटे भर रिरियाने के बाद बाऊ साहब ने कहा था, "घंटा भर से माठा किए है। जा, खोल्ले जाकर। पर साले, कहीं ज्यादा न लाद देना कि बैल का कचूमर निकल जाए। और हाँ, बैल कल शाम तक वापस जरूर आ जाए।" वह तेज, ठंडी

हवा में दुबकता जा रहा था। लगा हाथ-पैर एकदम 'सुन्न' हो गए। वह दुबकता और दुबकता चला गया। उसे नींद आने लगी। बैल अपनी रफ्तार से घर की तरफ चलते रहे।

□

सुबह बसंतिया ने दरवाजा खोला, तो देखा, गाड़ी दरवाजे पर खड़ी है। बैलों के गले जुए से हटे थे, पर उनके गिराँव जुए से ही बँधे थे। उसने 'रम्मू के बप्पा' कहकर कई आवाजें दीं, पर कोई नहीं बोला। सोचा, कहीं दिशा-मैदान गए होंगे। थोड़ा समय और बीता और वह न दिखाई पड़ा, तो उसने समझा, किसी के दरवाजे या खेतों की ओर निकल गए होंगे। सोचा, बैलों को कम-से-कम जुए से हटाकर ओसारे में बाँध दे। जुए के पास जैसे ही वह पहुँची, उसे गाड़ी में फटी कथरी में सिकुड़े शरीर से एक चेहरा, जिसकी आँखे टँगी हुई थीं, झाँकता दिखा। दिल धक् से हुआ। वह जल्दी से लोटे में पानी लाई और मुँह पर छिड़कने लगी, पर खेल खत्म हो चुका था।

दहाड़ें सुनकर आस-पास के लोग बाहर आए। एक ने कहा, "लगता है सर्दी लग गई है।"

दूसरा बोला, "पर कल कोई खास सर्दी नहीं थी। भूख की वजह से तो नहीं मर गया।"

"इस तरह भूख से कोई नहीं मरता।" एक अन्य व्यक्ति ने कहा, "ऐसी अचानक मौत हार्टफैल होने से ही होती है। जब काँटे पर गन्ना ले जा रहा था, मुझे मिला था। बिलकुल चैतन्य था।"

इन महत्वपूर्ण सवालों पर बहस चलती रही। पागल धूप छप्पर से उतरकर अब नहलाने आई थी। बसंतिया सबसे बेखबर दहाड़ें मारे जा रही थी। □

छिपकली-कॉक्रोच से डरनेवाली हसीन लड़की

खाओ-पिओ, पड़े रहो—जाने कितने इसे ही जिंदगी मानते हैं और निभा भी ले जाते हैं। पर वह क्या करे, व्यस्तता के वायरस जिसकी साँसों में रच-बस गए हों? अचानक निठल्ला बैठा दिया जाए तो समझिए, बिना मुकदमे के कालापानी। घर बैठाए जाने पर शाजिया को लगा कि किसी ने हाथ-पैर काट डाले हों, प्राणवायु खींच ली हो जैसे।

अनपढ़ अम्मी पढ़े-लिखों के आत्मविश्वास की तरह दिलासा देतीं कि "नहीं रही नौकरी तो कौन आसमान सिर पर टूट पड़ा? किस बात की कमी है घर में? इतने दिन बैल की तरह जुटी रहीं, अब आराम भी कर लो। हो सकता है, शादी के लिए—जिससे तू दूर-दूर भागती है—खुदा ने यह रास्ता निकाला हो।" पढ़े-लिखे अब्बू अनपढ़ों की तरह हाँ-में-हाँ मिलाते। जो जिंदगी भर छात्रों को दुनिया-जहान का ज्ञान बाँटता रहा हो, कैसे उसे समझाया जाए कि एक पड़ाव पर पहुँचकर रुपया-पैसा, सुख-सुविधाएँ, स्थान-देश—सब अप्रासंगिक हो जाते हैं।

अब्बू सिर पर हाथ धरकर सांत्वना देते, "बेटी, हज पर जाने के लिए सब्र जरूरी होता है। इन शैतानों का भी अंत होगा और फिर पुराने दिन लौटेंगे।"

बात न तो इतनी आसान है और न ही इतना करीब। कट्टर-क्रूर सरकार में अपेक्षाकृत स्थायित्व होता है। फिर कुशासन का अंत हुआ भी तो बीच के बरबाद हुए सालों, फफूँदी की तरह जम आए 'प्रोफेशनल स्टैग्नेशन' की भरपाई हो सकेगी क्या?

विदेश जाने की अनुमति माँगी। कहाँ दी गई? यही शंका कि विदेश जाकर लोग सरकार की बुराई करेंगे, अपप्रचार करेंगे। जैसे विदेश में अभी बड़ी नेकनामी

हो रही है! यह भी आशंका कि विदेशी एजेंसियाँ इन पढ़े-लिखों से उलटे-सीधे बयान दिलवाएँगी, जासूसी करवाएँगी। 'जॉब सैटिस्फैक्शन' की, कॅरियर सँवारने की जो वैकल्पिक खिड़की हो सकती थी, उसे 'खटाक' से बंद कर मोटे-मोटे कीले जड़ दिए गए।

साथी डॉक्टर हौसला-अफजाई की मुहिम पर घर आते। एक दिन डॉ. हाफिज ने सलाह दी कि वह जनरल से बात करके देखे, जिसे उसने, बकौल उसके ही, मौत के मुँह से बाहर निकाला था। बमुश्किल तमाम फोन से बात हो सकी। दो टूक उत्तर मिलता है, "शुक्रगुजार रहूँगा, जो आपने जान बचाई थी। पर शरीयत के मामले में दखल नहीं दे सकता। सच पूछा जाए तो यह मेरे अख्तियार में है भी नहीं। शायद किसी के भी नहीं। अफसोस कि इस मामले में कोई मदद नहीं कर सकता।"

शीशों के निचले हिस्से काले रंग से रँगे जाने के कारण खिड़की अपनी आब खो चुकी है। ड्राइंगरूम भी अजूबा लगता है अब। प्रकाश से वंचित रहना है तो खिड़की में काँच की जगह काठ न लगा ले! गली दो मकान बाद बंद हो जाती थी और आम रास्ते की तरह इस्तेमाल न होती थी। पर सरकारी हुक्म तो सरकारी होता है और अंधी खिड़की की तरह अंधा भी। औचित्य-अनौचित्य के फेर में वह पड़ता नहीं।

खिड़की के ऊपरी हिस्से पर निगाह जाने पर अखरोट का पेड़ झलकी मारता है। वहाँ से फुरसत पाकर निगाह मूवी कैमरे की तरह घूमती है और आधे कमरे का चक्कर लगाकर शोकेस पर फ्रीज हो जाती है। वहाँ हैं मेडल, दीगर इनाम और स्मृति-चिह्न।

मेडिकल में जाने के बारे में सोचा ही कब था। अब्बू की ही तरह अध्यापन सोच की सीमा थी। इंटरमीडिएट में पाँचवीं पोजीशन और बायलॉजी में सर्वोच्च अंक मिलने पर डॉ. राशिद चाचा ने, जो अब्बू के बचपन के दोस्त और अपने दुर्रानी कबीले के ही थे, मेडिकल में जाने का सुझाव दिया, सुझाव क्या, घेराबंदी कर दी। जैसे अंग्रेजों की जिद थी कि उनका रेजीडेंट काबुल में रहे वैसे ही उनकी—और मानो पुराना हिसाब-किताब चुकता करने की नीयत से—जिद थी कि उसे लंदन जाना है। उन्होंने ब्रिटिश स्कॉलरशिप का फॉर्म भी भरवा दिया, वरना पता तक न था कि इंग्लैंड की चिकित्सा शिक्षा के लिए कोई स्कॉलरशिप भी है। खुदा का शुक्र कि चुन ली गई।

सर्दियों से ठीक पहले छिपकली-कॉक्रोच से डरनेवाली हसीन लड़की लंदन उड़ गई।

शुरू में वैसा ही हाल हुआ जैसाकि दूर-दराज के गाँव से आए कबीलाई का काबुल में होता है, बल्कि उससे भी बदतर। तौर-तरीके, चाल-चलन, रहन-सहन, सोच-विचार सबमें जमीन-आसमान का अंतर। पर धीरे-धीरे तुक-ताल बैठती गई। पचास फीसदी लंदन स्वीकार कर लिया, पचास फीसदी काबुल बरकरार रहा। एम.बी.बी.एस. में पाँचवीं पोजीशन आई, एम.एस. में दूसरी। ऊँची डिग्रियों से लैस होकर, लंदन में नौकरी के कई प्रस्ताव ठुकराकर काबुल हवाई अड्डे पर उतरी तो वह कुछ साल पहले की, पहली बार हवाई जहाज पर बैठनेवाली, सहमी-सकुची शाजिया न थी। वह बरसाती झील की तरह आत्मविश्वास से लबालब, स्मार्ट, फ्रैंक और खुले विचारोंवाली युवती में तब्दील हो चुकी थी। वह लंदन से अकेले नहीं आई थी, साथिन भी साथ थी, जो उसके पतले, सुर्ख होंठों पर बैठकर धुआँ उड़ाती रहती थी।

हाई प्रोफाइल कॅरियर को देखते हुए काबुल मेडिकल कॉलेज में आसानी से—बल्कि यों कहें, ससम्मान—चयन हो गया। ज्यादा समय नहीं बीता कि उसने वहाँ एक खास ऊँचाई पर अपना आला उकेर लिया। उसकी दक्षता के बारे में लोग 'सुभानअल्लाह', हैरतअंगेज', 'कमाल-ए-फन', 'उस्तादों की उस्ताद' जैसे जुमले उछालते, जो मेडिकल कॉलेज परिसर से उठकर शहर की नम हवा में घुल-मिल जाते। ऑपरेशन की सफलता के बाद मरीज के रिश्तेदार शुक्रिया अदा करते। वह सिर को जुंबिश दे, पलकें झपकाकर मुसकरा उठती। फिर होंठ बुदबुदाते, ''सब खुदा की मेहरबानी है।''

एक बार ड्यूटी लगातार सत्रह घंटे तक खिंचती चली गई। पर अगले दिन फिर समय पर हाजिर—सदाबहार मुसकान के साथ। गेट पर डॉ. हारुन मिल गए। देखते ही माथा ठोंक लिया, "खुदा जाने कितनी कूवत है तुम्हारे अंदर! किस हाड़-मांस की बनी हो? आखिर थकतीं क्यों नहीं तुम?"

"डॉक्टर, खुदा जाने या न जाने, पर मुझे पता है। मेहनत करना मैंने गोरी चमड़ीवाले अंग्रेजों से सीखा। ऐसे ही नहीं सूरज उनके राज्य में डूबने से शरमाने लगा था।" उसने तर्जनी से गोल-गोल आकृति बना भी दी।

लोग कहते, ''यहाँ क्या धरा है, शाजिया? अमेरिका जाओ। दाम भी खरे होंगे, नाम भी होगा। यों समझो, डॉलरों की बरसात होगी।''

वह फकीरी बेलौसी से जवाब देती, ''खाने भर को खुदा ने यहीं क्या कम दे रखा है? क्या करूँगी डॉलर से भीगकर? डॉलर के ओले कहीं लहूलुहान न कर दें।

फिर मरने के बाद डॉलर तो साथ ले जाएँगे नहीं। साथ ले जाने की कोई तरकीब हो तो बता दीजिए। जरूर चली जाऊँगी अंकल सैम से हैंडशेक करने। पर फिलहाल (बाएँ अँगूठे और तर्जनी से जाम जैसी आकृति बनाते हुए) थोड़ी देश-सेवा कर लेने दीजिए। सूँघ लेने दीजिए देश की मिट्टी की सोंधी महक।''

उसका खिलखिलाना सारे कमरे का खिलखिलाना हुआ।

□

चौथाई सदी पहले बादशाह जाहिरशाह को पदच्युत कर रोम निर्वासित कर दिया गया था । शाजिया उस समय चार साल की थी। उसी साल उसका नाम स्कूल में लिखा गया था और उसी साल छोटा भाई शहरयार पैदा हुआ था। तब अवश्यंभावी आश्वासन टपकाया गया था कि अच्छे दिन आएँगे। पर अच्छे दिन की बात बहुत दूर, अस्थिरता, अनिश्चितता, आपसी कलह, मार-काट और तोड़-फोड़ का दौर चल पड़ा।

नूर मुहम्मद तरक्की की कम्युनिस्ट सरकार की तरक्की लाने की और विद्रोहियों को दबाने की कोशिशें नाकामयाब रहीं और सहायता के लिए सोवियत फौज को आमंत्रित करना पड़ा। छिपकली-कॉक्रोच से डरनेवाली हसीन लड़की ने उसी साल पाँचवीं पास किया था और उसी साल चचेरी बहन फातिमा पैदा हुई थी। बखूबी याद है कि निगरानी के लिए काबुल में जगह-जगह रूसी टुकड़ियाँ तैनात की गई थीं। कुछ रूसी सैनिक उसके घर के सामने भी लगाए गए थे, जो सुंदर, साफ-सुथरे और स्मार्ट लगते थे। एक बार एक छरहरे, खूबसूरत सैनिक ने उसे गोद में लेकर हाथ मिलाया था, 'ज्द्रास्तवुइति' कहा था और चुंबनों से लाद दिया था। तभी पता चला था कि सलाम को रूसी भाषा में 'ज्द्रास्तवुइति' कहा जाता है। सैनिक का स्पर्श मोहक और महक मादक लगी थी। फैसला किया था कि वह किसी रूसी सैनिक से शादी करेगी। इससे पहले वह किसी ईरानी से शादी करना चाहती थी, क्योंकि ईरानी लोग भी उसे बहुत खूबसूरत लगते थे।

कई महत्त्वाकांक्षी राजनेताओं को मोहपाश में बाँधकर और फिर बेरहमी से झटककर सत्ता लेफ्टिनेंट जनरल डॉ. नजीबुल्लाह के हाथ में आई। यह साल शाजिया की जिंदगी का भी खास मुकाम साबित हुआ। इसी साल मेडिकल की पढ़ाई के लिए लंदन जाना हुआ था।

नजीबुल्लाह के कार्यकाल में भी पाकिस्तान समर्थित मुजाहिदों की विद्रोही गतिविधियाँ जारी रहीं। पूर्वी प्रांत में पहले मुजाहिदों का पलड़ा भारी दिखा, पर बाद

में सोवियत फौज ने ऐसा दबाव बनाया कि लगा, मुजाहिदों को खैबर पार जाकर ही दम लेना पड़ेगा। तभी तेजी से बदलते नाटकीय घटनाक्रम में रूस की कम्युनिस्ट सरकार का पतन हो गया। गोर्बाचोव की जगह येल्तसिन राष्ट्रपति बने और सोवियत रूस के टुकड़े-टुकड़े हो गए। नए राष्ट्रपति ने पूर्व शासन की अफगानिस्तान नीति को व्यर्थ आर्थिक बोझवाली और असफल बताते हुए रूसी फौज वापस बुला ली। नजीब की जीती बाजी हार में तब्दील होने लगी। कमजोर होता देख पाकिस्तान ने मुजाहिदों के वेश में अपने फौजी भी झोंक दिए। लड़ाई का साज-सामान तो वह बरसों से देता चला आ रहा था।

फिर एक दिन शाजिया ने 'लंदन टाइम्स' में पढ़ा कि नजीब को भागकर संयुक्त राष्ट्र संघ के दूतावास में शरण लेनी पड़ी और देश की बागडोर मुजाहिदों के नेता बुरहानुद्दीन रब्बानी के हाथ में आ गई। यानी कि उसके लौटने के पहले ही नजीब चल दिए।

नया खतरा तालिबान की ओर से था। शरीयत को 'खुदाई-अहकाम' (ईश्वरीय आदेश) माननेवाले ये अफगानी नागरिक पाकिस्तान के मजहबी मदरसों में पढ़े थे और इसी से 'तालिबान' के नाम से जाने गए। इनका आरोप था कि मुजाहिद सरकार पूरी तरह से शरीयत लागू करने से कतरा रही है। इन लोगों ने पाकिस्तान की मदद से मुजाहिद सरकार को उखाड़ फेंकने का बीड़ा उठाया।

शुरू में लगा कि ये अनुभवहीन, अपरिपक्व युवक अरसे तक जुझारू गुरिल्ला लड़ाई लड़ चुके, तपे-तपाए मुजाहिदों का क्या उखाड़ पाएँगे। पर जंग के फैसले पूर्वानुमानों के आधार पर नहीं हुआ करते। होते तो शायद बगैर जंग लड़े फैसले हो जाया करते। तालिबानों की तेज आँधी के वर्तुलों में क्या गाँव, क्या कस्बे, क्या शहर—सभी समाते चले गए।

शाजिया मेडिकल कॉलेज में थी कि पता चला, नजीबुल्लाह को संयुक्त राष्ट्र संघ दूतावास से निकालकर सड़क पर घसीटा गया और लैंप पोस्ट से लटकाकर फाँसी दे दी गई। यही हश्र उनके एक नजदीकी रिश्तेदार का हुआ। अगले दिन अब्बू किसी काम से उधर से गुजरे थे। नसीहत देने की गरज से दोनों लाशें तब भी झूल रही थीं। बेचारे अब्बू उस दिन खाना नहीं खा सके थे, गो कि वह कम्युनिस्ट नहीं थे। सदी की शुरुआत में पश्चिमीकरण के आरोप में बादशाह हबीबुल्लाह की क्रूरता के साथ हत्या कर दी गई थी। सदी खत्म होते-होते लगभग वैसे ही कारणों से नजीबुल्लाह को यातना देकर मौत के घाट उतार दिया गया। यानी कि लगभग एक

सदी के सफर के बाद भी हम जहाँ-के-तहाँ रहे, जरा भी नहीं खिसके।

एक मुजाहिद नेता हाथ लग गया, उसे बादशाह जामन शाह बना दिया गया, यानी कि आँखें फोड़ डाली गईं। ऐसे ही बहुत से नजीब समर्थकों और मुजाहिदों को मौत के घाट उतार दिया गया। काबुल, जिसकी सौभाग्यदायकता के बारे में कहावतें और किस्से मशहूर हैं, दुर्भाग्य का पर्याय बनकर रह गया।

□

सर्दी थी तो तीखी, पर एयरकंडीशनर की वजह से कमरे में महसूस नहीं हो रही थी। लग रहा था कि कमरे के बाहर की 'नो एडमिशन' की तख्ती उसके लिए भी है। वे चाय पी रहे थे। आमतौर पर विपरीत परिस्थितियों में—काम कम होने पर या ज्यादा होने पर—वे ऐसा करते थे। आज ऑपरेशन के सिर्फ दो केस—वह भी सामान्य श्रेणी में—आए थे, इसलिए उन्हें निबटाकर, निठल्लेपन की मुद्रा में सर्जन रूम में बैठे थे।

रैक पर रखा अखबार, जैसाकि होता है, बोल रहा था। तिरछे रखे होने के बावजूद हेडलाइन साफ पकड़ में आ रही थी—'काबुल के उत्तर-पश्चिम में तालिबान और मुजाहिद फौजें आमने-सामने : कुछ भी मुमकिन'।

छिपकली-कॉक्रोच से डरनेवाली हसीन लड़की के चेहरे पर टीस उभरती है, "यकीन नहीं आता कि यही वह धरती है, जहाँ कभी सारी दुनिया के कल्याण की कामना करनेवाली वैदिक ऋचाएँ गूँजीं, जहाँ कभी गौतम बुद्ध के शांति संदेश के सामने सिर नवाया गया, जहाँ सम्राट् अशोक की नैतिक शिक्षाओं का प्रचार-प्रसार हुआ, जहाँ की 'गंधार कला' ने कला के अनुपम मानदंड स्थापित किए।"

सहयोगी सर्जन हारुन ने तीखी नजरों से घूरा, फिर नाटकीय अंदाज में मुँह लटका लिया। कुछ कहने को हुई कि वह नखरेपन की गुफा से स्वयं उबर आए, "डॉ. शाजिया, तब से काबुल नदी में कितना पानी बह चुका है, पता है?"

"मेरा मानना है, इतिहास में आए इस परिवर्तन का कारण हिंदुस्तान है।" एनिस्थीसिया विशेषज्ञ हाफिज चाय के गिलास को हाथ से नचाते हुए बोले।

"अमाँ, यह कैसी थ्योरी ईजाद की है आपने?" हारुन के चेहरे पर विस्मय।

"हिंदुस्तान, जिसे सोने की चिड़िया कहा जाता था, के पर नोचने के लिए जो भी इधर से गुजरा, अफगानिस्तान पर कहर ढाने से बाज नहीं आया। यहाँ तक कि महानों की महानता में रहम नहीं रहा—चाहे वह पर्शिया के साइरस महान् रहे हों या ग्रीस के सिकंदर महान्।"

"यानी कि महान् लोग पूरे महान् होते हैं, कहर ढाने में भी।" टुकड़ा लगाने से शाजिया स्वयं को रोक न सकी।

"काफी हद तक यह सच है। वैसे इंडो-ग्रीक डिमेट्रियस और मिनैंडर रहे हों या कुषाण वंश के कुजुल कैडफाइसेस और कनिष्क, शक-पह्लव-हूण रहे हों या चंगेज खाँ, तैमूर लंग या नादिरशाह, हिंदुस्तान की ओर कदम बढ़ाते हुए यहाँ कहर ढाना न भूले। दरअसल इस देश को युद्ध, लूट और अत्याचार के पूर्वाभ्यास स्थल के रूप में इस्तेमाल किया गया। ऐसे में हमारी मानसिकता में जो जंगलीपन है, जो युयुत्सा है, उसके बीज खून से लथपथ इतिहास में हैं।"

"आप शायद सच कह रहे हैं। सदियों पहले लगी आग आज तक सुलगती आ रही है। इसी से शायद कहावत बनी—'पठान की दुश्मनी कंडे की आग की तरह होती है'।"

आखिरी से पहले का घूँट पीकर शाजिया ने दखल दिया, "किसी किताब में पढ़ा था, पिछली सदी में लार्ड लिटन ने अफगानिस्तान की तुलना लोहे के दो घड़ों के बीच रखे मिट्टी के घड़े से करते हुए धमकी दी थी कि उसने ब्रिटिश भारत की सरपरस्ती स्वीकार कर ली तो उसके चारों ओर लोहे के छल्ले लगाकर मजबूती प्रदान की जाएगी, अन्यथा उसे ऐसे तोड़ दिया जाएगा जैसे नरकुल। बादशाह दोस्त मुहम्मद ने महाराज रंजीत सिंह और शाहशुजा के हमले की आशंका से लॉर्ड ऑकलैंड से सहायता माँगी, पर उसने इनकार कर दिया। इस पर उसने रूस की ओर दोस्ती का हाथ बढ़ाया तो लॉर्ड ऑकलैंड तुनक गया तथा महाराज रंजीत सिंह और शाहशुजा के साथ मिलकर हमला बोल दिया। हार का मुँह देखकर बेचारे दोस्त मुहम्मद को गद्दी छोड़नी पड़ी। अंग्रेजों की घृणित शतरंजी चालें आगे चलकर प्रथम व द्वितीय अफगान युद्ध का कारण बनीं। कहना यह चाह रही हूँ कि पिछली सदी से इस सदी में कोई खास अंतर नहीं आया, सिवा इसके कि ब्रिटिश भारत का स्थान पाकिस्तान और अमेरिका ने ले लिया है। इक्कीसवीं सदी दस्तक दे रही है। आखिर कितनी सदियों तक इस देश को विदेशी षड्यंत्रों की मार झेलनी पड़ेगी?"

माथे पर चिंता की रेखाएँ—सदियों पुरानी!

हाफिज ने ऊपरी जेब से सिगरेट की डिब्बी निकाली और उसका मुँह बाएँ अँगूठे से खोलकर हारुन के सामने कर दिया।

"अब तो इस नीली खुशबू पर भी पाबंदी लगाई जा रही है। पर इसके बगैर हम जिएँगे कैसे?" हारुन ने सिगरेट निकालते हुए कहा।

"चोरी-छिपे पीते रहेंगे, यार।" सिगरेट उँगली में फँसाए-फँसाए हाथ कोष्ठक की तरह चेहरे के सामने लाकर हाफिज चिहुँके।

अनसुलगी सिगरेट उँगलियों में फँसाए-फँसाए शाजिया ने सूफियाना अंदाज में धीमे स्वर में कहा, "जब बाजार से सिगरेट-तंबाकू गायब हो जाएगी तो मिलेगी कहाँ से? चोरी-छिपे पीने की बात तो तब, जब बाजार में हो।"

"रोज किसी-न-किसी पाबंदी की घोषणा हो रही है। दुश्मनों से घिरे दोस्त मुहम्मद की तरह हम पढ़े-लिखे हर 'फ्रंट' पर मात खा रहे हैं। अब नमाज तो हम सब पढ़ते हैं, पर उसके लिए जरूरी तो नहीं कि जरूरी काम रोक दिए जाएँ, आमद-रफ्त बंद कर दी जाए, सारा देश 'पैरलाइज' कर दिया जाए। दुनिया में कहीं ऐसा नहीं होता।" हारुन ने लंबा सुट्टा मारकर धुएँ के क्रमिक चक्रव्यूह निकाले।

वह शरारती अंदाज से मुसकराई, "एक संभावना पर गौर कीजिए। अगर तालिबानों के जनरल घायल होकर नमाज के वक्त आएँ और हम लोग उन्हें अटेंड न कर नमाज पढ़ने लगें…"

"…और इसी बीच वह 'टें' हो जाएँ।" हाफिज ने बात के आखिरी सिरे को थामा तो सभी हँस पड़े।

"सुनने में तो यहाँ तक आ रहा है कि औरतों की तालीम पर, नौकरी पर पाबंदी लगा दी जाएगी।" हारुन ने काबुल के वायुमंडल में तैर रही ढेर सारी खबरों में से एक को मुट्ठी में भींचा।

"औरतों की नौकरी पर रोक? यानी मेरी तो छुट्टी।" शाजिया के स्वर की अंदरूनी परतों तक में उदासी।

हाफिज ने आशंका पर शंका व्यक्त की, "लगता नहीं कि ऐसा हो पाएगा। हद-से-हद नौकरी-पेशा औरतों को काम पर बुरका ओढ़कर जाना होगा।"

"अगर पाबंदी लगी भी तो शाजिया को बरी रखा जाएगा। आखिर यह देश की टॉप सर्जनों में से है।"

चपरासी अताउल्लाह ने खटाक से दरवाजा खोला। चेहरे पर बेतहाशा घबराहट और भय।

"कोई बहुत बड़ा आदमी घायल हो गया है। बहुत से लोग साथ हैं। जल्दी चलिए।" जबान लड़खड़ा रही थी।

सिगरेटें आनन-फानन डस्टबिन के हवाले।

मुख्य द्वार के पास घायल को स्ट्रेचर पर लादा जा रहा था। आस-पास

हुजूम था सलवार-कमीज पहने, लंबी झाड़नुमा दाढ़ीवाले, छोटी पूँछनुमा पगड़ी बाँधे, कलाश्निकोव-मशीनगन से लैस तालिबान जंगजुओं का, जिन्हें देखकर किसे दहशत न होगी। पीछे थी फौजी गाड़ियों की कतार।

घायल की दाईं ओर की कमीज और सलवार खून से सराबोर थी।

"मैं चल रही हूँ, इन्हें सीधे ऑपरेशन थिएटर में ले आइए।" हाफिज से कहकर वह तेजी से भागी।

ऑपरेशन तीन घंटे चला। गोलियाँ सीने और दाएँ पुट्ठे पर लगी थीं। लगता था, पहली गोली सीने पर लगते ही घायल व्यक्ति घूमा होगा, तभी दूसरी गोली पुट्ठे पर लग गई।

खुदा का शुक्र कि ऑपरेशन कामयाब रहा। घायल व्यक्ति तालिबानों के जनरल मौलवी शराफत यार खाँ थे।

□

वैसे तो नाम में कुछ नहीं धरा है, फिर भी कुछ धरा जरूर है। देश, जो अभी तक 'अफगानिस्तान का इसलामी मुल्क ' था, 'अफगानिस्तान की इसलामी अमीरात' बन गया था। दुश्मनों के इस्तेमाल से गंदे हुए नाम को जबान पर लाया कैसे जाए?

सरकार का इकलौता फॉर्मूला था पाबंदी, ज्यादा-से-ज्यादा पाबंदी। ज्यों-ज्यों प्रशासन पर पकड़ मजबूत होती जा रही थी, त्यों-त्यों सरकार की तंगदिली बढ़ती जा रही थी और उसी के साथ बढ़ती जा रही थीं पाबंदियाँ। इसे देखकर एक भोंड़ी कहावत बरबस याद आती थी—'ज्यों-ज्यों मुरगी मोटी होती है, मलद्वार सँकरा होता जाता है।'

शरीयत को सख्ती से लागू करने के लिए कट्टपंथी, खूँखार जंगजू मुल्ला अमानुल्लाह के नेतृत्व में 'पाप निवारण और सच्चरित्रता संरक्षण विभाग' खोला गया। इस विभाग में नियुक्त मुहतसिब एक हाथ में कलाश्निकोव, दूसरे में संटी थामे, चरवाहों की मुद्रा में सड़कों पर घूमते और विधि-निषेध का उल्लंघन करनेवालों को गूँगी भेड़ों की तरह पीटते। मजहबी तालीम सबके लिए जरूरी कर दी गई। संगीत, फिल्म, वीडियोग्राफी, फोटोग्राफी, सिगरेट, तंबाकू आदि पर पाबंदी लगा दी गई। चोरी करनेवाले के सरेआम हाथ काटने और व्यभिचारी को संगसारी (पत्थर मार-मारकर) से मारने के हुक्म दिए गए। बगैर बुरके के जो औरतें बाहर निकलतीं, उनकी पिटाई की जाती। पत्थर छोटा ही हो, घड़े के लिए काफी होता है।

कभी-कभी हम जैसा सोचते हैं, वैसा ही हो जाता है। पर कभी-कभी हम जैसा सोचते हैं, वैसा होता नहीं और जैसा होता है, हम सोच नहीं पाते। औरतों की तालीम और नौकरी पर पाबंदी लगा दी गई। पाबंदी से डॉक्टरों को छूट नहीं मिली। शाजिया को भी नहीं। काम पर रोक लगने से गरीब, बेसहारा औरतों के सामने भुखमरी की स्थिति आ गई। कारखाने में काम करनेवाली एक बेवा की प्रतिक्रिया थी, "या खुदा, यह कैसा दिन दिखाया? इससे तो कुत्तों-कौओं की जिंदगी बेहतर, जिन्हें कम-से-कम इतना तो हक है कि गंदगी के ढेर पर जाकर अपना खाना जुटा सकें।"

कुरान-ए-पाक कहता है, 'मर्द हो या औरत, तुम सब एक जात हो। औरत तुम्हारी पोशाक है।' अपनी जाति, अपनी पोशाक के साथ ऐसा सुलूक? यह भी कहा गया है, 'मुसलमान मर्द और औरतें आपस में दोस्त हैं।' पर यहाँ दोस्ती की कोई बात नहीं, दुश्मनी-ही-दुश्मनी।

उधर सुनने में आता कि सीमा पार पाकिस्तान में तालिबानों की बीवियाँ और बेटियाँ तालीम हासिल कर रही हैं। दोहरे मानदंड, दोमुँही सच्चाइयाँ।

हद खींची जाती। कुछ समय बाद आगे बढ़कर नई हद खींच दी जाती। हद की कोई हद न रहती, उसे बार-बार झुठलाया जाता। पहले कहा गया कि सभी मर्दों के लिए दाढ़ी रखना जरूरी है, फिर जोड़ा गया कि सिर के बाल छोटे होना भी जरूरी है। खोज की गई थी कि नमाज के समय लंबे बाल माथे पर आ गए तो शैतान वहाँ घर बना लेते हैं। हुक्म के साथ ही पैदल चलनेवालों, साइकिल सवारों और बस सवारियों को जबरदस्ती रोककर सिर मूँड़ना शुरू कर दिया गया। आधा सिर मूँड़कर बाकी आधे के लिए नाई के पास भेज दिया जाता। कुछ समय और गुजरा। फरमान जारी किया गया कि छोटी दाढ़ी से काम नहीं चलेगा, लंबी दाढ़ी रखनी पड़ेगी।

सख्ती लगातार बढ़ती जा रही थी। औरतों के लिए चटक-मटकवाली या आवाज पैदा करनेवाली चप्पलें और सफेद मोजे पहनने की पाबंदी लगा दी गई। कहा गया कि इससे मर्दों का ध्यान खिंचता है और उनके मन में 'नापाक खयाल' पैदा हो सकते हैं। छह फीट से नीचे की खिड़कियों के काँच काले रंग से रँगना जरूरी कर दिया गया, जिससे राहगीरों की निगाह घर की औरतों पर न पड़े और उनके जेहन में 'नापाक खयाल' न पैदा हों। कानून बनानेवालों को शायद पता नहीं कि पड़ोसी की छत छह फीट से ऊँची होती है और वहाँ से तो मुस्तकिल किस्म का खतरा रहता है। जो मर्द ताका-झाँकी कर औरतों को घूरें, उनपर कोई पाबंदी नहीं,

कोई जुर्म आयद नहीं। सारी आफतें औरतों पर ही। कहाँ का है यह इनसाफ ? खुदा का तो हो नहीं सकता।

ऐसी-ऐसी पाबंदियाँ जिन्हें न देखा गया, न सुना गया, न पढ़ा गया। पतंग उड़ाने पर रोक। कहा गया कि उनके उड़ाने से नमाज में बाधा पहुँचती है। रद्दी कागज के लिफाफों पर पाबंदी। कुरान-ए-पाक के पन्ने कहीं रद्दी कागजों में शामिल न हो जाएँ। तालियों पर पाबंदी। यह भी एक तरह से संगीत है। इसके बजाय 'अल्लाह-ओ-अकबर' के नारों से हौसला अफजाई की जाए। आदिम युग से—सुव्यवस्थित भाषा या धर्म के रूपाकार होने से पहले से—प्रसन्नता व्यक्त करने के सहज साधन को छीनने की बचकानी कोशिश। बच्चा बोलता बाद में है, ताली पहले बजाता है।

रोज रात रेडियो से शरीयत पर कार्यक्रम प्रसारित किया जाता, जिसे सुनने में लोगों को दहशत होती। न जाने कौन कठोर, अव्यावहारिक कानून थोप दिया जाए। सत्ता की लड़ाई तालिबानों और मुजाहिदों के बीच, पिट रही है आम जनता। वही मसल—'बैलों ने फसल खाई, कान काटे गए गधों के'।

□

छिपकली-कॉक्रोच से डरनेवाली हसीन लड़की का बाहर निकलना न के बराबर था। बुरके की आदत थी नहीं, इसलिए पहनने में दिक्कत होती थी। फिर जाए भी तो कहाँ ? कॉलीग जरूर न्योता देते कि कभी-कभी मेडिकल कॉलेज घूम जाया करे। कैसे समझाए कि 'डॉक्ट्रिन ऑफ लैप्स' (जब्ती का सिद्धांत) की आड़ लेकर जिस जागीर से बदखल कर दिया गया, उसमें 'कुछ नहीं' की हैसियत से जाना झकझोर देनेवाला नहीं, अंदर तक चीर देनेवाला अनुभव होता है।

फिर भी बेतरह याद आता है मेडिकल कॉलेज। याद आते हैं वे मरीज, जिनके ऑपरेशन कामयाब हुए थे, वे भी, जिन्हें बचाया नहीं जा सका था, वे जो सहमे-सकुचे, सीधे-सादे, भोले-भाले हुआ करते थे, वे जो चपल-चंट बकवासी हुआ करते थे, वे जिनमें दर्द बरदाश्त करने का माद्दा था, वे जो दर्द बरदाश्त न कर चीखते-चिल्लाते रहते थे। विभिन्न आयु-वर्ग, रूप-रंग के चिंतातुर-व्याकुल तीमारदारों का हुजूम। कॉलीग, नर्सें, वार्ड ब्वॉय—चेहरे ही नहीं, नाम भी 'टिप्स' पर। एक विस्तारित परिवार।

और ऑपरेशन थिएटर ? वह तो अब तक सपनों में आता है। दवाओं की गंध नथुनों में समाती लगती है। कुछ और याद आते हैं—जैसे कि भव्य भवन, उसके

बड़े-बड़े गुंबद, लॉन, हेज, क्यारियों के फूल, सड़क किनारे पेड़ों की कतारें। जैसे कि सब वजूद का हिस्सा रहे हों। फिर कहा गया कि इस हिस्से को मिटा दो।

घरेलू कालापानी के इस दौर में रेडियो से चिपकी रहती, पर कोई कब तक रेडियो से चिपका रह सकता है, यों आशिक (गो कि अब इस हैसियत पर पाबंदी है इस देश में, हाँ पहले ऐसा नहीं रहा होगा। तभी कहावत बनी—'काबुल की औरत बगैर आशिक के नहीं रह सकती') या शौहर से चिपकना हो तो भी हमेशा चिपके नहीं रहा जा सकता। फिर भी, इतना तो कहना होगा कि रेडियो उसका प्यारा दोस्त था, जिसका एहसास तब हुआ जब बुरा वक्त आया। अकसर हम सच्चे को पहचानते नहीं और स्वार्थी को गले लगा लेते हैं।

समय गुजारने का दूसरा सबसे बड़ा सहारा थीं किताबें। हर वह किताब पढ़ी, जो हाथ लगी। छोटा भाई शहरयार इतिहास से एम.ए. करने के बाद कॉलेज में पढ़ाने लगा था। उसने अपनी कॉलेज लाइब्रेरी से बहुत सी किताबें पढ़वाईं। 'कुरान-ए-पाक' भी पढ़ी और दीगर मजहबी किताबें भी। हैरत हुई जानकर कि इसलाम में औरतों की उतनी दुर्गति है नहीं जितनी कि आज के नुमाइंदों ने नुमाया कर रखी है। पाक पैगबंर ने समय-समाज को, व्यावहारिकता को देखते हुए विधि-निषेध का निर्धारण किया था। पर नुमाइंदे समय-समाज को, व्यावहारिकता को और मूल भावना को नजरअंदाज कर, आयतों और हदीसों के घुमा-फिराकर निकाले गए वक्र अर्थों से अपना मतलब साधते हैं। दयालु पैगबंर आज होते तो सरे राह औरतों को पिटते देख कराह उठते। कतई पसंद न करते कि उन्हें तालीम से, रोजी-रोटी कमाने के हक से, प्रतिभा के सदुपयोग से, व्यक्तित्व विकास से महरूम किया जाए, बेशर्मी की कल्पित और लिफाफी परिभाषाओं तथा अवधारणाओं को लेकर मुजरिमों की तरह सजा दी जाए।

फातिमा चचेरी बहन। इंटरमीडिएट में बारहवीं पोजीशन, आर्किटेक्ट बनने की तमन्ना, पर पाबंदी ने पढ़ाई छुड़ा दी। एक शाम घर आई—आँखों में मोटे-मोटे आँसू। शाजिया ने पीठ थपथपाई। 'उई माँ' कहकर उछल पड़ी।

"क्या हुआ ?

"पीठ पर चोट है।"

"देखें।"

फातिमा झिझकती रह गई, उसने पीछे से कुरती उलट दी। चिकनी, रुपहली पीठ पर लंबा नील।

"क्या चचा ने हाथ छोड़ दिया?"

"नहीं आपा, अब्बू कहाँ मारते हैं! आज गई थी बाजार। बुरका भी था। पीछे से एक मुहतसिब ने संटी चला दी। एक तो प्रहार तेज, फिर अचानक। आगे जा गिरी। कुहनियाँ छिल गईं। वह चीखने लगा, ''तेरे सैंडिलों से आवाज आती है। इससे मर्दों का ध्यान खिंचता है। तड़क-भड़क के चक्कर में मत पड़, सीधे-सादे सैंडिल पहन।''"

कलाई से आँसू पोंछकर वह आगे बोली, "कहने को हुई कि यह तो पुराने सैंडिल हैं। इनमें तड़क-भड़कवाली बात कहाँ? पर रुक गई कि सुनते ही दुबारा जड़ देगा। आपा, मैं सैंडिल खरीदने ही जा रही थी। पर जरा भी सब्र नहीं कमीनों में। सफाई तक का मौका नहीं देते। बस, हाथ चला देते हैं।"

"मत रोओ, फातिमा। अल्लाह इन करमजलों को दोजख जरूर दिखाएगा। मैं अभी दवा लगाए देती हूँ।"

छिपकली-कॉक्रोच से डरनेवाली हसीन लड़की फातिमा पर हुए प्रहार को अपनी पीठ पर महसूस करते हुए अंदर-ही-अंदर उबल रही थी। उसे लगा कि हर एक मुहतसिब अपने दायरे में चंगेज, तैमूर, हलाकू, नादिरशाह, हिटलर, पोल पोट और बोकासा बना हुआ है।

ओलंपिक स्टेडियम ने एक दिन शबाना को भी बुला लिया—उस खेल के लिए, जिसमें उसकी रुचि न थी। जुमे का रोज, काफी बड़ा हुजूम। उस जुर्म की सजा दी गई, जिसे उसने किया ही न था। घुटनों के बल बैठाकर पीठ कोड़ों से लहूलुहान कर दी गई। एक-दो नहीं, पूरे सौ कोड़े। कुरान-ए-पाक कहता है, ''जो लोग ईमानवाली, बेखबर, पाक औरतों पर छिनालपने का आरोप लगाते हैं, वे दुनिया और कयामत में फटकारे जाएँगे और उनको कड़ी सजा मिलेगी।'' पाक पैगबंर की बीवी आयशा पर जिन लोगों ने बदकारी का झूठा आरोप लगाया था, उन्हें खुदा ने सजा दी थी। यहाँ कौन सजा देगा—खुदा? देगा भी तो कब?

शबाना मुहल्ले में रहनेवाली बेवा थी। कुछ चलते-फिरते, गुंडे किस्म के लोग उसका मकान औने-पौने हथियाना चाहते थे। इनकार करने पर आरोप मढ़ा कि दरगाह में रहनेवाले एक नीम-पागल से उसके ताल्लुकात हैं। बात सिर्फ इतनी थी कि शबाना उसे कभी-कभी रोटी दे दिया करती थी। गुंडों ने झूठी गवाहियाँ खड़ी कर फँसा दिया।

शाजिया शाम को अब्बू और चचा के साथ शबाना के घर गई। मुहल्ले की

औरतों से घिरी वह पेट के बल लेटी थी—एकदम बदहवास। उसने दवा खिलाई, पीठ पर क्रीम मली।

शबाना बेइज्जती की बात न झेल सकी। अगले दिन रस्सी से झूल गई। झेलने का अपना-अपना माद्दा होता है!

इनसाफ के नाम पर जुल्म-ओ-सितम की ऐसी न जाने कितनी दास्तानें काबुल की हवा में डोलती रहती थीं।

एक दिन शहरयार ने बताया कि उसके कॉलेज के अध्यापक महमूद खाँ की छत पर एक रात मुहतसिब चढ़े और वी.सी.आर. पर भारतीय फिल्म देखने के आरोप में सारे घर को चोरों-डकैतों की तरह गिरफ्तार कर लिया। यहाँ तक कि बीस साल के गूँगे भाई को भी छोड़ा नहीं गया। तीन विदेशी पत्रकारों को जेल में डाल दिया गया, इस जुर्म में कि उन्होंने कुछ औरतों की तसवीरें बगैर बुरके के खींच ली थीं। सात संगीतकारों को गिरफ्तार कर महीने भर की सजा सुना दी गई और इस हादसे को बड़े फख्र से रेडियो से प्रचारित किया गया। क्या संगीत-साधना जुर्म है? अगर है तो दुनिया के बहुत सारे इसलामी मुल्कों में पाबंदी क्यों नहीं? क्या इसलाम के उसूल अलग-अलग देशों के लिए अलग-अलग हैं?

एक दुकान से पाँच सौ डॉलर चुराने के आरोप में गिरफ्तार दो युवकों को ओलंपिक स्टेडियम ले जाया गया। वे गिड़गिड़ाते, रोते-चीखते रहे, माफी माँगते रहे, पर माफी तो तब मिले जब यह शब्द उनके शब्दकोश में हो। इंजेक्शन देकर उन्हें बेहोश कर दिया गया और बेरहमी के साथ हाथ काट डाले गए। उधर लाउडस्पीकर लगातार चीखता रहा, 'चोरी करनेवाले का यही हश्र होगा। यह इसलामी कानून है।' स्टेडियम खेल के लिए होता है। इस सरकार के लिए यातना और मौत ही खेल हैं—राष्ट्रीय खेल।

अखबार में पढ़ा कि कंदहार में जिना (व्यभिचार) के मुजरिम औरत-मर्द को बड़ी मसजिद के पासवाले मैदान में संगसारी से मार डाला गया। विदेशी पत्रकार द्वारा सवाल किए जाने पर जनरल मौलवी शराफत यार खाँ ने भोली प्रतिक्रिया व्यक्त की, "तालिबानों का यह आयोजन बेहद कामयाब रहा। सिर्फ दो लोगों की मौत और कंदहार से हमेशा के लिए जिना खत्म। इस एक सजा के बल पर हमने वह पा लिया, जो एक लाख की भारी-भरकम पुलिस भी न दे सकती थी। दरअसल सेक्स लोड की गई कलाश्निकोव की तरह खतरनाक होता है; क्योंकि वह इस तरह के जुर्म का स्रोत है।"

बेशक, 'खुदा बहुत ही माफ करनेवाला, मेहरबान है', पर स्वयं को उसका अनुयायी बतानेवालों का माफी से, खुदा के बताए उसूलों से कोई वास्ता न था। किसी का खून बहाना, जान ले लेना उनके लिए नाखून काटना भर था। शाजिया के मन में एक सवाल बार-बार 'हांट' करता है कि ये लोग भी शबाना की तरह बेकसूर हुए तो?

संयुक्त राष्ट्र संघ, ऐम्नेस्टी इंटरनेशनल, एशियावाच, मानवाधिकार आयोग जैसे सुदर्शन हाथीदाँतों से खीज नहीं, घिन छूटती है। जिन देशों में मानवाधिकारों के प्रति थोड़ी-बहुत जागरूकता है, वहाँ ये बाल की खाल निकालते हुए किंकियाने से चूकते नहीं। इन्हें चाहिए 'सॉफ्ट टार्गेट'। पर जहाँ मानवाधिकारों का पूरी तरह गला घोटा जाता है वहाँ ये बालू में सिर दे देते हैं, सारी कौम को तंदूर में झोंक जाने के लिए अकेला छोड़ देते हैं। जहाँ तक कम्युनिस्टों की बात है, वे भी अपने घाव चाटते हुए दूसरी ओर ताक रहे हैं। 'दुनिया के सर्वहारा एक हों' की आवाज अब सुनाई नहीं पड़ती। वे मजहब के मामले में दखल नहीं देना चाहते। एक-चौथाई मानवता नष्ट हो जाए तो भी ये परमहंसी मुद्रा अख्तियार किए रहेंगे।

वह सर्द सोमवार था। धूप निकल तो आई थी, पर पोस्ते के पौधों से नशीली हुई हवा के झोंके उसे बेदम किए हुए थे। अनभ्यस्तता के कारण शुरुआती सर्दी की ठंड जितनी थी, उससे ज्यादा महसूस हो रही थी। सुबह लोगों की निगाह गोलियों से छलनी पहाड़ियों पर चली गई कि चोटियों पर पिछली रात बर्फ गिरी या नहीं।

आम दिन की तरह जनरल आम अवाम से मिल रहे थे। फरियादियों में गरीब भी थे, अमीर भी, बच्चे भी और बूढ़े भी, मर्द भी, औरतें भी।

क्रम आने पर एक औरत जनरल के सामने पहुँचती है, सलाम करने में दायाँ हाथ जितना उठता है उतना ही सिर झुकता है। जैसे कि दोनों में यांत्रिक संबंध हो। औरत के हाथ में दरखास्त है। अचानक वह चीख उठती है, "तू हम औरतों से तालीम और रोजी-रोटी का हक छीनता है। तेरे जल्लादी कानूनों पर, तेरी पाबंदियों पर थूकती हूँ (सचमुच थूक देती है)! नहीं मानती कि औरत को घर की चहारदीवारी में कैद रहना चाहिए, कि उसे तालीम और रोजी-रोटी का हक नहीं। मैं ही क्या, कुरान-ए-पाक भी नहीं मानता। जरा ठीक से पढ़कर देख। तुझे हमारे चेहरे की, हमारे हाथों की आजादी गवारा नहीं। तुझे अपना चेहरा, अपने हाथ दिखा रही हूँ। कहे तो वह भी दिखाऊँ, जिससे तू पैदा हुआ है?"

वह झटके से बुरका उतारकर जनरल पर फेंक देती है। जनरल का सिर बुरके

में उलझकर रह जाता है, जिसे वह बमुश्किल हटाता है।

"आँखें क्यों बंद करता है माटीमिले, कमीने? तेरी ही नहीं, मेरी नसों में भी अफगानी खून बह रहा है। हमारी लड़ाई शुरू हो चुकी है अब।"

जनरल बुदबुदाए, "डॉक्टरनी, तुम?"

कलाश्निकोव आग उगलती है। पहली गोली वहाँ, जहाँ से मर्द पैदा होता है, फिर दूसरे अंगों पर।

छिपकली-कॉक्रोच से डरनेवाली हसीन लड़की की देह फर्श पर ऐंठने लगती है।

अफरा-तफरी, भगदड़ में घरघराती आवाज उभरती है, "यह क्या कर डाला, अब्दुल्ला? इतनी सस्ती मौत। इस बदतमीज को तो हजारों के मजमे में तिल-तिल तड़पाते हुए मारना चाहिए था, ताकि फिर कोई…।"

आवाज ही नहीं, जनरल खुद काँप रहे थे। इतनी बेइज्जती कभी हुई नहीं। न ही इतनी बड़ी एहसानफरामोशी। जिसने जिंदगी बचाई उसका कत्ल। तौबा-तौबा! सिर्फ चंद पलों में क्या से क्या हो गया!

एक सिपहसालार बोल उठता है, "हुजूर, यह तो पागल थी, वरना मजाल कि होशो-हवास में आपके सामने कोई इतना घटिया नाटक करे!"

कोई सवाल करनेवाला न था कि पागल थी तो पागलखाने क्यों नहीं भेजा गया? गोलियाँ क्यों चलाई गईं? बहरहाल, सरकार रिकॉर्ड में वह पागल दर्ज हो गई।

शहर में—एक्स कॉलीग्स और परिचितों के बीच भी—सहानुभूतिपरक बहसें जारी थीं कि शाजिया ने यह आचरण पागलपन में किया था या होशो-हवास में। होशो-हवास में किया तो विरोध का यह कौन सा तरीका है भला? भोंड़ा और भदेस! और तरीके भी हो सकते थे। इतिहास में शामिल होने के लिए क्या यही तरीका बचा था? कौन समझाए कि उसकी पसंद इकलौती मौत थी और मौत भी ऐसी, जैसी कि जंग में लड़ी है, कि उसे सिर्फ इतनी ही राजनीति आती थी।

अम्मी को ट्रैंक्वालाइजर देकर सुला दिया गया। अब्बू और शहरयार ने बहुत ढूँढ़ा, पर छिपकली-कॉक्रोच से डरनेवाली हसीन लड़की का 'डेथ नोट' मिला नहीं। हाँ, उसकी मेज पर 'द फाइनल एक्जिट' किताब जरूर पड़ी थी।

□

दो बहिनिया

खड़ी चढ़ाई पर खिंचते जर्जर रिक्शे की 'कट्-कट्' करती चेन की तरह दिन मंथर गति से रेंग गया। जैसे फूटे पेंदेवाले लोटे से पानी निःशब्द रिस जाए, जैसे मुट्ठी की रेत भिंचने के कारण हौले-हौले सरक जाए···। उदास, सुस्त, बोझिल, निस्पंद दिन···। झुर्रियों की जर्जर पिटारियों को आसन्न अंधकार से भय न था। अंधकार से यारी में ही सारा जीवन कटा। भय था तो दिन में कोने-अंतरों में दुबके रहे कायर-कमीने, शातिर-शरारती मच्छरों से जो धुँधलका होते ही पहलवानी दिखाने आ धमकते, मच्छर जो उतावले-उत्तेजित प्रेमी की तरह रात सोने न देते और जिनके दंशित स्थानों को जहाँ एक ओर मसले बिना चैन न था, वहीं दूसरी ओर मसलने पर प्रभावित क्षेत्र खुनिया आता था।

झुर्रियों की एक जर्जर पिटारी काँखी, "चलें?"

दूसरी बोली नहीं, जमुहाई लेते हुए गरदन लंबवत् हिला दी, ठीक वैसे ही जैसे बिजली भाग जाने पर मशीन का पिस्टन ऊपर से नीचे आकर अचानक गुमसुम हो जाता है। वैसे तो गरीबी अपने मूल चरित्र में मितभाषिणी होती है, पर वह कुछ ज्यादा ही महँगे बोल थी। तभी बोलती जब संकेत की भाषा अभिव्यक्ति के लिए बौनी हो जाती। पर उसकी मितभाषिता को झुर्रियों की पहली पिटारी का वाणी-विस्फोट संतुलन प्रदान करता था।

दोनों ने बाल औत्सुक्य और वृद्ध मोह के साथ पैसे पोटली में बाँधे और उसे अज्ञात रंगवाली गंदुमी धोती की सलवटों के बीच कहीं अंतर्धान कर दिया। सावधानी और गोपनीयता वैसी ही जैसे विदेश यात्रा में पासपोर्ट रखने में बरती जाती है। दोनों ने इत्मीनान से अपनी-अपनी बोरी चौपतीं, एल्युमिनियम का कटोरा और बोरी एक हाथ में थाम, दूसरे हाथ से डंडा टेकते हुए चल दीं—ठक्-ठक्-ठक्-ठक्। चेहरों पर दुकान बंद कर घर जाते समृद्ध व्यवसायी के अभिमान का भार, पर चाल में

शिफ्ट खत्म कर लौट रहे, थके-हारे मजदूर की सुस्ती। गठिया के कारण पहली वाली दाएँ पैर से ढपकती थी, दूसरी वाली बाएँ पैर से। इस प्रकार इस युग्म में दक्षिण और वाम दोनों की ढपकन देखी जा सकती थी।

कुछ दूर तक फुटपाथ पर डंडा ठकठकाकर वे नाले की कच्ची, अनपढ़ ढलान में—जिसमें झाड़ियों के बीच पतली पगडंडी कटी थी—विलीन हो गईं। ढलान ऊबड़-खाबड़, कँटीली और रपटीली थी। उससे बदबू का भभका छूटता रहता, जो बरसात और जाड़े में कई गुना तीखा हो जाता, क्योंकि तब लोग ठीक पगडंडी के इर्द-गिर्द मल-मूत्र विसर्जित करते थे। पगडंडी की तरह उन दोनों का जीवन भी ऊबड़-खाबड़, कंटकाकीर्ण, ढलवाँ, रपटीला और बदबूदार। सच तो यह है कि वे अगर अभी तक जीवित थीं, तो भाग्यवशात् या आस्तिकों का मुहावरा इस्तेमाल करें तो भगवान् भरोसे।

थोड़ी ही देर में भिखमंगों से आबाद फुटपाथ ट्रेन से बिछुड़े हॉल्ट स्टेशन की तरह वीरान हो गया। फुटपाथ इस वीरानगी पर सारी रात जार-जार रोता होगा।

आज दोनों ने एक साथ भोजन तैयार करने कर निश्चय किया। कारण दो अदद बड़े, पर सड़नशील आलू थे, जो किसी समृद्धि के भीख-औदार्य के परिणाम थे। सड़नशीलता और भीख की पुरानी यारी जो ठहरी! चूल्हे पर दाल चढ़ा दी गई। अदहन में ही आलू डाल दिए गए। दाल पकाने के बाद चावलाभिषेक। दाल से आलू निकालकर छीले गए, चाकू से टुकड़े किए गए। फिर नमक और लाल मिर्च बुरक दिया गया। न तेल, न मसाला, सब्जी तैयार! आपने सुनी है कभी इस तरह की सब्जी। नहीं न! दोनों बुढ़िया इसी तरह सब्जी बनाती हैं, जो उन्हें पंचसितारा भोजन-वैभव का एहसास दिलाता है, वरना अकसर दाल-चावल या दाल-रोटी से संतोष करना पड़ता है। दाल भी बिल्कुल पनीली। कभी-कभी तो नमकीन चावल या रोटी-प्याज ही और कभी-कभी तो फाके जब खाली पेट पानी पीकर झिलँगी खाट पर करवटें बदलने के अलावा कोई चारा नहीं। पर इन बुढ़ियों की ही क्यों, देश की लगभग पचीस फीसदी आबादी की यही भोजन या अभोजन शैली है, जो सहसा विश्वास योग्य भले न लगे, पर सच है। अंत्योदय योजना, बी.पी.एल. राशन कार्ड, जवाहर रोजगार योजना, काम के बदले अनाज योजना, विधवा पेंशन योजना, वृद्धावस्था पेंशन, स्वरोजगार योजना, विश्व बैंक, योजना आयोग वगैरह इनके सच नहीं थे।

दोनों बुढ़ियों ने आपस में अविच्छिन्न नाभिनाल बहनापा जोड़ लिया था—एक

दूसरे को 'बहिनिया' से संबोधित करती थीं। इसी मूलाधार पर अन्य भिखमंगे कुछ इस अंदाज में उन्हें 'दो बहिनिया' संबोधित करते, मानो यह किसी एक व्यक्ति का या किसी भोजपुरी फिल्म का नाम हो, यद्यपि वे भलीभाँति जानते थे कि उनके बीच दूर-दूर तक रक्त-संबंध नहीं। व्यंग्य से शुरू हुआ नामकरण सामान्यता के द्वार से होता हुआ रूढ़ि के पड़ाव तक पहुँच गया।

दोनों बुढ़ियों में रंग का अंतर था, एक का पक्का यानी गहरा काला, दूसरी का गोरा। रंग और भिन्नपादी ढपकन के अलावा उनमें कोई विशेष असमानता न थी। दोनों सूखे एरंड के ठूँठ की तरह कृशकाय। चेहरों पर झुर्रियों का गझिन ग्राफ और दंतविहीनता, जिसके कारण पोपल मुँह निष्प्रयास लगातार हरकत में रहता और स्वर में रहती तज्जनित गिलबिलाहट। वे दंतविहीन भले ही थीं, पर नखविहीन नहीं। नख फैशनपरस्त किशोरियों की तरह करीब-करीब बघनख हो रहे थे। उनकी धोतियाँ स्थायी तौर पर मलिन रहती थीं, जिन्हें वे गरमी के दिनों में स्कर्टधारिणी अत्याधुनिका की निस्संकोचता के साथ घुटनों तक खींच लेतीं। ब्रा-विहीनता भी उन्हें अत्याधुनिक नग्नवक्षस्थला के समकक्ष रखती थी। दो भिन्न वर्गों का विस्मयपरक मिलनबिंदु! चप्पल न पहनने के कारण उनके तलवे इस कदर सख्त हो गए थे कि छोटे-छोटे काँटों को लज्जाशील बना देते थे। गरमी में चटकी तालाब की मिट्टी की तरह उनकी एड़ियों में बिवाइयाँ फट जाती थीं, जो रह-रहकर टीस पैदा करती थीं। उन दोनों के स्वरूप में अगर कोई भव्यता थी, तो वह थी सन जैसे सफेद बाल।

शहर की सामूहिकता में अगर किसी चीज में उनका साझा था, तो वह था मौसम। बाकी शहर की गतिविधियों से वे वैसे ही बेदखल थीं, जैसे बाँध के डूब-क्षेत्र में आने से विस्थापित हुए लोग, जिनकी वापसी कभी संभव नहीं। शहर के प्रति उनका दृष्टिकोण भी स्थितप्रज्ञता का संस्पर्श करता था। स्वतंत्रता दिवस, गणतंत्र दिवस जैसे राष्ट्रीय पर्वों में उनकी कोई साझेदारी नहीं। होली के रंगों से वैसे ही वंचित जैसे कि दीपावली की दीप-सज्जा से। सारे शहर को रंगों से सराबोर करने के मंसूबे रखनेवाले उत्सवधर्मियों की वेधक दृष्टि इन पर कभी न पड़ती। न ईदमिलन से मिलन होता, न ही रक्षाबंधन के अवसर पर कोई राखी बाँधने आता। रामलीला भी पहुँच के बाहर। मन में दृढ़ और स्थायी धारणा कि कहीं भी गए, मिलेगी दुरदुराहट ही।

आए दिन होनेवाले जलसों-जुलूसों के लिए भी 'दो बहिनिया' अप्रासंगिक। बहुत से गरीब-गुर्बाओं को जलसा-जुलूस में पूड़ियाँ खिलाई जातीं, पर इन अंत्य

बुढ़ियों का कोई उदय नहीं। आयोजक सोचते, साँस टूटने के कगार पर खड़ी ये बुढ़िया-सुढ़िया थोड़ी दूर चलकर लोट जाएँगी। अब इनकी तीमारदारी में उलझो या अपना जुलूस हाँको, कहीं बीच में ही टें हो गईं, तो अखबार वालों को 'धोबीपाट' लगाने का अद्‌भुत अवसर मिल जाएगा। नए-नए किस्से गढ़े जाएँगे। कौन सफाई पेश करता घूमेगा ? गरज यह कि 'दो बहिनिया' उसी तरह शहर के लिए अप्रासंगिक जैसे मतदाता सूची में नाम न होने से व्यक्ति मतदान के लिए अप्रासंगिक हो जाता है। वैसे भी नाले के किनारे बजबजाती झोंपड़पट्‌टी शेष शहर के लिए निर्जन, दुर्गम द्वीप सरीखी थी। उसे नाले की ढलान से नीचे उतरने में बहुआयामी आपत्तियाँ थीं।

भव्य लकदक शहर की इस झोंपड़पट्‌टी में न नल था, न बिजली। वह आज भी ढिबरी-युग में थी। पानी के लिए फुटपाथ की ऊँचाई तक आना पड़ता था। यहाँ के निवासियों को नाले की गंध चिर परिचित सोंधी-सोंधी, प्राणवायु सरीखी लगती। सड़क से गुजरते हुए सफेदपोश नाले की बदबू से नाक-भौं सिकोड़ते, रूमाल नाक पर रख लेते। बुढ़ियों के पोपले ओठों पर 'फिस्स सी' हँसी फिसल जाती, "ये अभागे हमारी गंगा मइया की खुशबू मिनट भर बर्दाश्त नहीं कर सकते, आदमी हैं या पायजामा ?"

'दो बहिनिया' का जीवन नाले के किनारे की झोंपड़पट्‌टी से लेकर सड़क के किनारे के फुटपाथ तक सीमित यानी संक्षिप्ततम, पर दुर्गमतम सफर। यद्यपि उन्होंने श्री श्री रविशंकर का नाम नहीं सुना, पर मुतमइन कि जीवन जीने की कला इसी विकल्पहीन मार्ग में अटकी है। इनकी इस कला के आगे बाकी कलाएँ बौनी। ये यहीं जनमीं, यहीं पली-बढ़ीं, यही बूढ़ी हुईं। जाहिर है, प्राण भी यहीं निकलेंगे। जब निकलेंगे, झोंपड़पट्‌टी के लोग इकट्‌ठे होंगे और थोड़ा-बहुत रोने-कलपने की फर्जअदायगी कर नाले के किनारे ही, थोड़ा आगे बढ़कर धरती में गाड़ देंगे। सहानुभूतिक चंदा ज्यादा मिल गया और बहुत मान दिया, तो नदी किनारे स्थित श्मशान-घाट में दाह-संस्कार कर दिया जाएगा।

लोग ठहरे थोक जिंदगी जीनेवाले। योजनाएँ हफ्तों की नहीं, महीनों की भी नहीं, वर्षों की···। फिर भी संतोष कहाँ ? कई पीढ़ियों की, शताब्दियों की योजनाएँ बनाने को तत्पर···। पर गरीब टुकड़ों में, किश्तों में जीता है। छोटी-छोटी किश्तें···। दिन गुजरता है, तो लगता है, युग बीत गया और रात बीतती है, तो लगता है, नया युग शुरू हो रहा है। 'दो बहिनिया' का भी यही हाल। दिन में चार पैसे मिल गए, खाने का जुगाड़ हो गया, न मिले, तो अगल-बगल से माँग-जाँचकर काम चलाने

की सफल-असफल कोशिश। अगले दिन फिर शुरू अबूझ पहेली, अव्याख्येय भविष्यत् जैसी कवायद।

दोनों बुढ़ियों के पति मर चुके थे। एक के इकलौते बेटे की हैजे से मृत्यु हो गई थी। दूसरे का बेटा जब से भागा, लौटा नहीं। कुछ अता-पता नहीं। पता नहीं जीवित भी है या नहीं। दूसरी बुढ़िया के एक बेटी थी, जिसे लेकर झोंपड़पट्टी का ही एक युवक चंपत हो गया। दोनों परिवार पूरी तरह से विशृंखलित।

किसी की या यों कहें कइयों की नजर लगी और शहर में सांप्रदायिक दंगा हो गया। यह शहर ही नहीं, बहुत सारे शहर और कस्बे दंगे की चपेट में आ गए। दंगे लंबे खिंचे, बहुत से लोग हताहत हुए। हालात इतने बदतर हुए कि शहर से हिंदू आबादी पलायन करने लगी। मृत्यु और स्थानत्याग में से किसी एक को चुनना था। जाहिर है, लोगों ने स्थानत्याग का विकल्प चुना। शहर में अब एक ही संप्रदाय के लोग रह गए। हजारों साल की सह-अस्तित्व की परंपरा सांप्रदायिकता की अप्रत्याशित ज्वाला में झुलसकर राख हो गई। बात यहीं तक नहीं रुकी। लोग स्वतंत्र राष्ट्र की माँग करने लगे।

हिंदू आबादी के पलायन के बाद भी हिंसक वारदातों का सिलसिला थमा नहीं। अब मुसलमान हिंसा के शिकार हो रहे थे, आतंकवादियों का एक ही लक्ष्य— आजादी। पर बहाने ढेर सारे। जैसे आजादी कोई सुंदरी हो, जिसे आम नगरिकों ने बंधक बना लिया हो और इसी नाते चुन-चुनकर मारा जा रहा हो। सारा शहर भय के आगोश में, झकझोर देनेवाले तनाव में। कब कोई कहीं से ऑटोमेटिक कलाश्निकोव झोंक दे, कोई मानवबम सार्वजनिक स्थान पर विस्फोट कर दे। नाले की पार्श्ववर्ती, नामालूम सी, कीड़े-मकोड़े जैसे जीवन वाली झोंपड़पट्टी ही एक ऐसी जगह थी, जहाँ कोई सांप्रदायिक वारदात नहीं हुई थी। यहाँ आते ही आतंकवादी भी आतंकित हो जाते होंगे शायद!

दिन की शुरुआत ही अशुभ रही। सुबह आते समय बिल्ली झाड़ी से निकली और रास्ता काटते हुए नाले की ढलान की ओर उतर गई। फुटपाथ पर अंधा भिखारी बगल में आकर बैठ गया। कुछ समय तक इधर-उधर की बात करता रहा। फिर अचानक पास की बुढ़िया के सीने पर हाथ रखकर मसल दिया। आँख न दीदा, पर हाथ जो है सीधा सीने पर ही। बुढ़िया इस आकस्मिक आक्रमण से अचकचा गई, "तेरे हाथ सड़ जाएँ, तू कोढ़ी हो जाए, पीप टपके। यमराज तुझे उठा ले, तेरा जनाजा निकले, नरक में जाए। कुत्ता कहीं का...।"

दूसरी बुढ़िया ने भी कोसने में कसर नहीं छोड़ी।

दोनों बुढ़ियाएँ उठीं और अपनी-अपनी बोरी उठाकर लँगड़े भिखारी के बगल में बैठ गईं। अंधा भिखारी बहुत शैतान, बेइंतिहाई छिछोरा। हमेशा 'दो बहिनिया' के बगल में बैठने के फिराक में। बैठने पर गंदी-गंदी बातें, गंदे-गंदे प्रस्ताव। एक बार तो 'दो बहिनिया' ने उसे पीट भी दिया था। पर धधकती कामज्वाला और उद्दंडता ने उसे बेशरम और दुस्साहसी बना दिया था। पर लँगड़ा भिखारी बेहद शरीफ। बिल्कुल परेशान न करता।

चमकीली धूप दोपहर से घंटा भर पहले ही खिली। सर्दी से राहत महसूस हुई। लगा, शरीर में स्पंदन लौट आया हो। खुशगवारी के बीच एक युवक आया—गोरा-चिट्टा, हट्टा-कट्टा, भरे चेहरे पर फबती हलकी दाढ़ी। बुढ़िया ने स्वचालित मशीन की तरह दायाँ हाथ आगे फैला दिया।

युवक ने घूरा, घूरता रहा, फिर तीखेपन से बोला, "ऐ बुढ़िया, तू अभी तक यहीं है। गई नहीं। कल से दिखी तो डगडगाती गरदन वैसे ही तराश दूँगा, जैसे डंठल से तरबूज अलग किया जाता है। सुना, नहीं सुना?"

हाथ से जिबह करने का संकेत। लाल अंगारे जैसी आँखें मानो भस्म कर देंगी। बुढ़िया निर्वाक्। थर-थर काँपने लगी। युवक धमकी देकर चलता बना। वह उसे वापस जाते देखती रही। क्या इस खाते-पीते घर के सुदर्शन युवक पर लाल अंगारे जैसी आँखें पेबंद नहीं लगतीं? क्यों अकारण जान लेने पर आमादा है वह? क्या बिगाड़ा है उसने इस युवक का? क्या इसके घरवालों को इसके बुरे कामों की जानकारी है?

पहली वाली बुढ़िया बुरी तरह डर गई। हाय-हत्यावाले माहौल से कौन नहीं डरेगा? दो दिन तक भीख माँगने की हिम्मत नहीं जुटा सकी। तीसरे दिन फिर शुरू हुआ सिलसिला। जीने की पहली शर्त पेटपूजा है, भय स्थायीभाव होता गया, हर चेहरे को पढ़ने की कोशिश कि कहीं वही युवक तो नहीं। कभी-कभी मन जिससे दूर भागना चाहता है, वह हठात् बार-बार उमड़ता-घुमड़ता रहता है। पर भय की एक अन्य विशेषता भी है। वह समय पाकर छीजने लगता है। सघन से विरल होता जाता है, जब तक कि उद्दीपन दुबारा प्रकट नहीं होता।

कोई दसेक दिन बाद। धुआँती, सर्दीली शाम। दाढ़ीवाला युवक फिर आ धमका। आव देखा न ताव, सीधे लात जड़ दी। बुढ़िया कराहते हुए चारों खाने चित्त गिरी। दूसरी लात भीख के कटोरे पर। वह ढनकता हुआ पिछली ढलान के नीचे

सरक गया। सिक्के खनखनाते हुए इधर-उधर बिखर गए।

लँगड़े भिखारी ने न जाने कैसे छलाँग लगाई कि युवक और बुढ़िया के बीच में आ गया, "क्यों मार रहे हो इस दुखियारी को, भइया जी?"

"बताऊँ?"

उसने बुढ़िया को छोड़कर चार-पाँच लातें लँगड़े भिखारी को जड़ दीं। फिर चीख उठा, "साले, भिखारीवाद चलाता है। एक बची है, उसे भी तोड़ दूँगा। लूले होकर जिंदगी भर सरकते रहोगे—चूतड़ों के बल।"

मार-धाड़ के बावजूद दूसरी बुढ़िया से रहा न गया। चिल्ला उठी, "छोड़ दो बेचारे को, बाबूजी।"

"चुप रह टुकड़खोर, वरना मार-मारकर तेरा कचूमर निकाल दूँगा।"

वह वापस लौट पड़ा, पर बूटों की खट्-खट् दिमाग पर हथौड़ा चलाती रही—ठक्-ठक्...।

दूसरी बुढ़िया छिटक गए सिक्के बटोरने लगी।

बुढ़िया झोंपड़ी में झिलंगी चारपाई पर लेटी कराह रही थी। घुनी लकड़ी जैसी जर्जर कमर पर ऐसा प्रहार पड़ा कि गुम्मड़ निकल आया। दूसरी बुढ़िया ने गुम्मड़ के स्थान पर हलदी मल दी। दूध कहाँ से मिलता? गरम पानी में ही हलदी डालकर पिला दिया। कुछ-न-कुछ असर तो होगा ही।

सुबह बुढ़िया ने डंडे के सहारे खड़े होने की कोशिश की, पर खाट के पास ही भरभरा गई। चीख सुनकर दूसरी बुढ़िया सामने की झोंपड़ी से आई। दो आदमियों की मदद से चारपाई पर लिटाया।

अगले तीन दिन तक बुढ़िया खाट से न उठ सकी, दूसरी बुढ़िया खाना बनाकर खिलाती रही। पर इस तरह लंबा नहीं खिंच सकता था। दूसरी बुढ़िया को खुद अपना 'डिल्ल' भारी पड़ रहा था। चौबीस घंटे झोंपड़ी में बिताना भी निहायत उबाऊ, त्रासद दंड था।

चौथे दिन दो पुरुष भिखारियों ने बुढ़िया को टिकाकर फुटपाथ तक पहुँचा दिया। वह बोरी पर बैठ गई—भगवान् भरोसे। जो भी पुरुष गुजरता, संभावित हमलावर नजर आता। भीख माँगने के लिए आगे बढ़ा काँपता हाथ भयप्रेरित होकर पीछे पिछड़ता, पर पेट की आग उसे आगे की ओर ठेल देती।

जाए भी तो कहाँ? प्रदेश छोड़ना दूर, शहर छोड़ना भी बस का नहीं। भगवान् कुछ-न-कुछ रास्ता निकालेगा, सिर्फ इस भरोसे तो शहर छोड़ा नहीं जा सकता।

सारा जीवन नाले से फुटपाथ तक सिमटा रहा। इस घेरे से बाहर जाकर बसने की न तो हिम्मत और न ही ताब। झोंपड़ी बनाने की जमीन कहाँ मिलेगी? कौन बनाएगा झोंपड़ी? भीख माँगने के लिए ठीक-ठाक ठीहा कहाँ मिलेगा? अन्य जगह के भिखमंगे अपने अधिकार-क्षेत्र में भीख माँगने देंगे भी? सवाल-दर-सवाल, जवाब कोई नहीं।

दिन जिंदगी-मौत के साये में झूलते, राम-राम जपते बीता। गनीमत रही कि 'राम नाम सत्य है' की नौबत नहीं आई। शाम के वक्त अपने अंदर का खौफ 'बहिनिया' पर प्रकट किया। उपाय तलाशते-तलाशते रात चढ़ आई। खामोशी भी। अचानक दूसरी बुढ़िया के स्वर में बालसुलभ चहक पैदा हुई। निश्चित ही आँखों में चमक कौंधी होगी, जो अँधेरे में दिखी नहीं। वह बोली, "बहिनिया, एक रास्ता है। जो मेरी बात मान लो, सारे कलेश कट जाएँगे तुम्हारे।"

"वह क्या?" बुढ़िया के स्वर में विस्मयपरक जिज्ञासा।

"तुम भी मेरी तरह हो जाओ, यानी बुरका ओढ़ लो। सारा झंझट खत्म। लोग समझेंगे, तुम भी मेरी जैसी हो। जान बच जाएगी और ठीहा भी न छूटेगा। हमारा साथ भी बना रहेगा।"

"न बाबा, न। मैं ठहरी हिंदू। बुरका पहना, तो मुसलमानिन न बन जाऊँगी?" मुसलमान सहेली के साथ खान-पान, उठना-बैठना, बहनापा सब मंजूर, पर मुसलमान दिखना नहीं। यह धार्मिक आस्था भी अजीब चीज है। अंतर्वस्तु की अपेक्षा बाह्य आवरण में कहीं ज्यादा कट्टर होती है!

"सुनो तो बहिनिया" उसने सहेली की दाईं हथेली अपनी हथेलियों में सैंडविच कर दी।

"मैं हिंदू परिवार में जनमी। हिंदू ही मरना चाहती हूँ। अपना धर्म छोड़ने से रही।"

"'बेवकूफ कहीं की! कहीं बुरका ओढ़ने से कोई मुसलमान बनता है। नमाज पढ़ने से, रोजेदारी से, खुदा को मानने से मुसलमान होता है।" मानो कोई बुजुर्ग, वाग्मी इमाम मजहबी तकरीर कर रहा हो।

"चलो मान लिया, बहिनिया। पर तंबू-जैसी पोशाक पहनी तो मेरा दम घुट जाएगा।" गंभीर मुद्दा होने के बावजूद वह खिलखिलाहट में हो आई।

"दुर्! जान चली जाए, मंजूर है, पर बुरका नहीं पहनेंगी महारानी! है कोई तेरे जैसा पागल इस दुनिया में? नहीं न! क्यों गरदन कटवाने पर तुली है री? अब न

मानी, तो इसी डंडे से मार-मारकर चमड़ी उधेड़ दूँगी। हाँ नहीं!" तो उसने अपने डंडे को ऊपर की ओर ताना।

"पर बहिनिया, मुझे बुरका ओढ़ने की आदत नहीं।"

"मुझे ही कौन आदत थी? तू क्या सोचती है? मैं क्या अम्मी के पेट से बुरका ओढ़कर आई थी? जवानी की दहलीज पर सीने में उभार आया और अम्मी ने बुरका डाल दिया। अब तो इतनी आदत हो गई है कि सड़क पर बुर्का उतार दूँ, तो लगेगा, फिल्लम की लौंडियों की तरह नंगी हो गई हूँ। आदत तो आदत से ही पड़ेगी, मेरी बहिनिया।"

"पर बहुत शरम आएगी उसके अंदर बैठकर।" उसने ऐसे अंदाज से कहा जैस बुर्का पहनना शरीर को ढकना नहीं, नंगा हो जाना हो।

"फिर वही अहमकपने की बात। बुरके की तो यही खास बात है कि कोई नहीं जान सकता कि उसके अंदर कौन है। जब कोई जानेगा नहीं, तो शरम कैसी?"

"लो यह बात तो भेजे में चढ़ी ही नहीं, बहिनिया।"

"खुदा करे, अब चढ़ जाए।"

दोनों जोर से हँसने लगीं। कलहास्य ने रात की नीरवता को तोड़कर तार-तारकर दिया, जिस पर किसी कुत्ते ने भूँककर अपना विरोध दर्ज किया।

अगली सुबह। रोज की तरह भिखमंगे फुटपाथ पर सुशोभित हो गए, जिनमें थे—अँधरा, काना, टेपंखा, लँगड़ा, लूला, कोढ़ी, हकला, पोपला, गंजा आदि-आदि। इन सबके व्यक्तिवादी नाम थे जरूर, पर अंत्यों की इस अजीब दुनिया में शारीरिक अभाव के आधार पर संबोधित करने का चलन था। इस प्रवृत्ति का विरोध करनेवाले नियम-अधिनियम इस दंडद्वीप में बौने साबित हुए थे।

इस समय पहली बुढ़िया बुरके में थी। दूसरी बुढ़िया ने बक्से में पड़ा मृतप्राय यानी जर्जर होने को बेताब बुरका उसे सादर समर्पित कर दिया था।

पहली बुढ़िया के ओठों पर आज शब्द थे, "अल्लाह भला करे और दौलत दे, बाल-बच्चे सुखी रहें, हज्ज पर भेजे, लंबी उमर दे…।"

"भगवान् की जगह 'अल्लाह' ने ले ली थी। बुढ़िया के अनुसार 'भगवान्' और 'अल्लाह' अलग-अलग शख्स थे। अल्लाह की मेहरबानी से उस दिन ठीक-ठाक पैसे मिल गए थे। इसके बावजूद दमघोंटू एहसास कि दिन भर गेहूँ की तरह बोरे में कैद रही है।

शहर में बहुत कुछ हो चुका था। शायद बहुत कुछ होने को था, पर झोंपड़पट्टी

में कुछ होने की आशंका करीब-करीब समाप्त हो गई थी।

कहानी यहीं खत्म होती है क्या? नहीं, देश के एक दूसरे छोर पर स्थित शहर में भी एक झोंपड़पट्टी थी—इसी तरह नाले के किनारे। वहाँ भी एक बूढ़ी थी। फर्क सिर्फ इतना कि वहाँ बूढ़ी औरत बुरका उतारने के लिए बाध्य होकर, नंगेपन के चुभते एहसास के साथ फुटपाथ पर भीख माँगने बैठ गई थी। अगली रात काफी देर तक नींद नहीं आ सकी। जब आई तो सर-ए-बाजार नंगे बैठे होने का भयावह सपना साथ था।

समय जो है, जान बचाने की कीमत वसूल रहा था। कुछ नहीं घटा था, फिर भी बहुत कुछ घट गया था। पढ़े-लिखे लोग अयोध्याकांड में ही उलझे थे, पर लोकतांत्रिक-धर्मसहिष्णु देश बहुत आगे निकल चुका था। व्यक्ति क्या पहने, किन प्रतीकों का प्रयोग करे, इसकी भी आजादी नहीं रही थी!

□

समय साम्राज्यवादी

रेलवे पुल से दूर, रामगंगा के ऊँचे तटबंध की गड्ढानुमा जड़ में बैठा हूँ—नम, ठंडी रेत पर। यहाँ आसानी से किसी की निगाह नहीं पड़ सकती। नदी की निर्मल जलधारा की भी नहीं। हवा चुप है और आकाश साफ। धूप लग रही है, पर उसमें न तो पहले जैसी गर्मजोशी है और न ही सुनहरापन।

याद आ रही है। आपकी याद आए और ज्यादतियाँ याद न आएँ, संभव है क्या? वैसे भी ज्यादतियाँ मुश्किल से भूलती हैं। भूलनी चाहिए भी नहीं!

शिकायत है आपको कि हम फसलें नष्ट करते हैं। जरा सोचिए, दिमाग पर जोर दीजिए कि जिन जमीनों पर फसलें खड़ी हैं, वे क्या आपकी हैं? सुनते ही आप खसरा, खतौनी, जोत-बही सब मेरे सिर पर पटक देंगे, "देखो इसमें। देखो न! नाम, पता, चक संख्या, रकबा फसल—सबका इंदराज है और कह रहे हैं कि जमीनें हमारी नहीं हैं।"

चट्टानी दृढ़ता से कही गई बात को दूनी दृढ़ता से नकारूँगा। ये फर्जी कागजात तैयार किसने किए? आप ही लोगों ने न? वही हाल— 'अंधा बाँटे रेवड़ी, अपनों को ही देय।' 'अपन हत्था जगन्नत्था' वाली कहावत भी चस्पाँ होती है। इस तरह से तो आप सारी दुनिया अपने नाम लिख सकते हैं, पर उसका सच्चाई से वास्ता होगा?

जहाँ आपके खेत हैं, वहाँ जंगल हुआ करता था। पर आपके लालच का ओर-छोर नहीं। जंगल काटकर लकड़ी चट कर गए और खेत बना लिये। हम जार-जार रोए थे तब। जरा सोचिए, आपको भी कोई घर से बेदखल कर दे और आप सड़क पर आ जाएँ तो कैसा महसूस होगा?

सदियों पहले हमारा जंगल दो-चार-दस योजन नहीं, सैकड़ों योजन तक फैला था। खाने-पीने की चाजें इफरात थीं। जहाँ चाहें, जा सकते थे—कोई रोक-टोक

नहीं, कोई अवरोध-प्रतिबंध नहीं। फिर शुरू हुई अत्याचार, अनाचार, साम्राज्यवाद और विस्तारवाद की कहानी। सबसे पहले आपने जंगल के किनारे के पेड़ काटे और खेत बना लिये। फिर तो जैसे खून लग गया मुँह में। खेत बढ़ते गए, जंगल सिकुड़ता गया। हम खेतों की ओर भूलकर भी निकलते, तो आप हमारा शिकार कर डालते—कभी-कभी मांस के लिए, पर ज्यादातर मौज-मस्ती की खातिर। आप हमें घुसपैठिया कहते। एक घुसपैठिया असली मालिक को घुसपैठिया कहे, यह दारुण विडंबना नहीं तो क्या है?

हिम्मतें खुलती गईं। आप जंगल के भीतरी भाग में प्रवेश कर पेड़-पौधे, जीव-जंतु नष्ट करते गए। जंगल सघन से विरल होते गए और उनका जंगलपना गायब होता गया। फिर भी जमीन की आपकी सुरसामुखी भूख का अंत नहीं हुआ। एक कहावत हम बचपन से सुनते आए हैं, जिसे हमारे किसी पूर्वज ने गुरुकुल के किसी ऋषि से सुना था—"वनं हि रक्षति व्याघ्रैः, व्याघ्रान् रक्षति काननम्।" (व्याघ्र वन की रक्षा करते हैं और वन व्याघ्र की।) आप तो इस कहावत को भी चर गए। सारा वन नष्ट हो गया। न ही व्याघ्र वन की रक्षा कर सके और न वन व्याघ्र की।

बहुत सी प्रजातियों के पशु नष्ट हो गए। सियार, भेड़िया, खरगोश, सेही और हम नीलगाय जैसे पशु ही बच सके—अलग-अलग कारणों से। जैसे कि हम नीलगाय अपनी तेज रफ्तार और फसलों, बागों, झुरमुटों में छिपने की प्रवृत्ति के कारण बचे रह गए। भगवान झूठ न बुलवाए, पिछली कुछ सदियों से एक कारण और जुड़ गया। 'नीलगाय' नाम के कारण बहुत से लोग हमें गोवंश से जोड़ने लगे और धर्मभीरुता के कारण मारने से हिचकिचाने लगे। बहुत से लोग शब्द की महत्ता नहीं समझते। उन्हें जान लेना चाहिए कि शब्द का अर्थ कभी-कभी जीवन-रक्षा भी हो जाती है!

भूखे का कोई धर्म नहीं होता, इसे आप बखूबी समझते हैं। आपकी बिरादरी में तो बहुत से भरे पेटों का कोई धर्म नहीं होता। हाँ, आपकी तरह ठूँस-ठूँसकर खाकर तोंद नहीं फुलाते हम। उतना ही खाते हैं जितनी कि भूख होती है। अरहर की कसैली फलियों, मटर की मीठी फलियों, उड़द की फीकी फलियों, ज्वार के दूधिया भुट्टों और बाजरे के भूरे भुट्टों से पेट भरना हमारी मजबूरी है। क्या कहा आपने? हमें आत्महत्या कर लेनी चाहिए? सॉरी सर, आत्महत्या जैसा कायर पाप मनुष्य ही कर सकता है, हम चौपाए भगवान् की दी हुई अनमोल जिंदगी अपने हाथों नहीं नष्ट करते।

जंगल खत्म होने पर हमने ऊबड़-खाबड़ ऊसर में रैनबसेरा बनाया था, जहाँ बेर, मकोय, करौंदे और झड़बेरी के झाड़ थे। पर 'थू' है आप मानुषों की जात पर। यह सुख भी देखा न गया। हमारे खोजे हुए विकल्प नष्ट करने की जलन भरी जिद जो है। आपने ऊसर में एक उर्वरक कारखाना स्थापित कर दिया। खेत-बाग, गाँव-शहर और अब कल-कारखाने...।

शुरू-शुरू की बात। एक रात हमने कारखाने की कॉलोनी की हद में गुजारी। पहले भी वहाँ रहते आए थे। सुबह लाठी-डंडे लेकर 'हो-हो' करते हुए लोग पिल पड़े। जैसे कि हम भेड़िया-लकड़बग्घे हों और बच्चे उठाने आए हों। अगले दिन नाले के पास, बाउंड्री के खुले हिस्से में काँटे बो दिए गए, यानी कि कँटीले तार लगा दिए गए। इस तरह एलर्जी है हमसे!

उर्वरक कारखाना बहुत बड़ा है, उसकी चिमनियाँ इतनी ऊँची हैं कि हम कहीं भी होते हैं, ऊपरी छोर जरूर दिखाई देता है। उनसे निकलता तीखी गंधवाला धुआँ हमें बिल्कुल अच्छा नहीं लगता। वह आसपास के पौधों में इस कदर जज्ब हो जाता है कि चरने पर सिर चकराने लगता है। कारखाना हमारी नींद का दुश्मन है। जब हम नींद में या अधनिंदे होते हैं तो वह सायरन की 'भों-भों' से चौंका देता है। बच्चे बेचारे घबराकर इस तरह सिमटने और काँपने लगते हैं कि लगता है, दम न निकल जाए।

आपकी सरकार भी कुछ कम कसाई नहीं। कुछ समय पहले उसने आदेश जारी किया कि जिला मजिस्ट्रेट नीलगाय मारने का लाइसेंस जारी कर सकते हैं। भूल गई वह 'अहिंसा परमो धर्मः' को, 'सत्यं शिवं सुन्दरम्' को, भूल गई कि यह देश गौतम बुद्ध, सम्राट् अशोक और राष्ट्रपिता महात्मा गांधी का है। भूल गए आप सब वे दुर्भाग्यशाली दिन, जब राष्ट्रपिता की, एक प्रधानगंत्री की और एक भूतपूर्व प्रधानमंत्री की हत्या कर दी गई थी और आपने बड़े-बड़े आँसू टपकाते हुए अहिंसा की दुहाई दी थी। क्या अहिंसा दुखद अवसरों पर ही याद किए जाने की चीज है?

प्राकृतिक आपदा या किसी अन्य कारण से नरसंहार होते हैं तो कितना शोर मचाते हैं आप? पर हमारा संहार करने में कोई गुरेज नहीं। क्या चौपायों को मारा जाना हिंसा की परिधि में नहीं आता? कौन सी परिभाषाएँ, कौन से अर्थ गढ़ रहे हैं आप? क्या मूल्य, क्या मानदंड हैं आपके? अरे वाह रे मानवराज! हमारा 'जंगलराज' इससे लाख दर्जे बेहतर था। आप साम्राज्यवाद-विस्तारवाद का विरोध करते हैं, देश की सीमाओं की रक्षा की बात करते हैं, गैर-आबाद हिस्से पर भी

कब्जा हो जाता है तो बहुत बुरा लगता है आपको, पर खुद क्या किया? हमारे पूरे देश—बहुत बड़े जंगल—पर निर्लज्जता से कब्जा जमा लिया। सरकार किसानों से लगान और सींच वसूलती है, व्यापारी उनके साथ ठगी करते हैं। यह सब झेल जाते हैं वे। हम, जमीन के असली मालिक, थोड़ा सा चारा टैक्स वसूलते हैं, बस वही बरदाश्त नहीं होता।

लाइसेंस खोल दिए जाने पर भी हमें उतनी तादाद में नहीं मारा गया, जितना कि नामाकूल सरकार चाहती थी। उसने दूसरा फरमान जारी किया कि जो भी नीलगाय को मारेगा, उसे उसका मांस और चमड़ा दिया जाएगा। पहले मांस खाने पर पाबंदी थी और चमड़ा सरकार को देना पड़ता था। नए फरमान के चलते, जैसा कि स्वाभाविक था, हम लोगों की हत्या में वृद्धि हो गई। गालियाँ हम पर पड़तीं, दोषी हमें माना जाता, "नीलगाएँ हरामखोर बहुत चालाक हो गई हैं। ऐसे निशाना बचाती हैं जैसे कमांडो की ट्रेनिंग ली हो।" अरे, गए-गुजरे आदमी! जब जान पर बन आती है तो इतनी चालाकी हर किसी को आ जाती है। इसके लिए किसी ट्रेनिंग की जरूरत नहीं होती।

पिछली रात की बात। हम सड़क पार कर रहे थे। दाईं ओर से एक कार आई और करीब-करीब मेरे सामने आकर रुक गई। कारवाला अपने बच्चों से बोला, "देखो, यह है नीलगाय। बहुत तेज भागती है, पर लाइट पड़ने से इसकी आँखें चुँधियाँ गई हैं और इसे कुछ दिख नहीं रहा है। कैसे सहमी-सिमटी खड़ी है! हाँ, यह नर नीलगाय है। देखो इसके छोटे-छोटे सींग हैं। मादा के नहीं होते और वह थोड़ा छोटी, थोड़ा खुले रंग की होती है।"

मेरी घबराहट पर बच्चे चिल्लाते हैं, ताली बजाते हैं। एक बोलता है, "आओ पत्थर मारकर इसे भगाएँ।"

दूसरा दरवाजा खोलकर पत्थर तलाशना चाहता है, पर माँ मना कर देती है।

सड़क पार करने के बाद हम अरहर के खेत में घुस गए। नरम फलियों को टूँगना शुरू कर दिया। मतलब भर पेटपूजा कर वहीं पड़कर सो गए।

भोर होते ही नींद खुल गई। भय जो है, अवचेतन में भी पीछा नहीं छोड़ता। हम सब चल दिए कि कहीं खेतवाला डाकू टपक पड़ा तो जान ले लेगा। जा छिपे काँस, पतवार और सरकंडे की झाड़ियों में। अँधेरा छँटने पर हम उस सुनहली धूप का बेसब्री से इंतजार करने लगे, जो रोओं में झुरझुरी पैदा कर दे।

हम चुप थे, पर ढीठ चिड़ियाँ कब माननेवाली थीं। उनका प्रात:राग बदस्तूर

जारी था। गोली की आवाज चहचहाहट को तोड़कर रख देती है। वे उड़ चलती हैं। गोली की आवाज और इस समय? क्या कोई घात लगाए बैठा था? बाएँ मुँह घुमाने पर पेड़ पर दो मानव आकृतियाँ झलकती हैं। हाथ में राइफलें हैं, जिनकी नालें चिड़ियों की ओर नहीं, हमारी ओर हैं।

जो नीलगाय निशाना बनी है, दुर्भाग्य से वह मेरी ही मादा है। पेट में बच्चा है, यानी कि वह भी खत्म! उठने की चेष्टा, पर लोट जाती है। पैर तेजी से हिलने लगते हैं, मुँह जमीन पर रगड़ने लगता है, गले के ऊपर का बालों का गुच्छा लहरें लेने लगता है, आँखों के गोले याचना में इधर-उधर नाचने लगते हैं। उफ, देखा नहीं जाता!

दूसरा फायर—शायद मेरे लिए। निशाना चूक गया। साथी पहले ही भाग चुके है। अब न भागा तो शर्तिया मौत। व्यथा का ओर-छोर नहीं। उसे न चुमकार-पुचकार सका, न संवेदना व्यक्त कर सका। भागकर झाड़ी से सटे गड्ढे में छिप जाता हूँ।

कुछ देर तक छिपे पड़े रहने के बाद चोरनजरों से देखता हूँ। उसे बैलगाड़ी पर लादा जा रहा है। भेड़िए बैलगाड़ी हाँक देते हैं। हिम्मत जुटाकर सड़क की पटरी तक आता हूँ, बैलगाड़ी को तब तक निहारता रहता हूँ, जब तक कि वह ओझल नहीं हो जाती। ओझल होते ही प्राणप्यारी का अस्तित्व मेरे लिए खत्म हो जाता है।

दुर्भाग्य दरवाजा खोल देता है। आज कोहरा नहीं घिरा, अन्यथा भेड़िए हमारे झुंड को ताड़ न पाते और वह बच गई होती। जैसे कुछ महीने पहले अचानक आए तूफान के धूल-धक्कड़ के कारण शिकारी भाग खड़े हुए थे और झुंड बाल-बाल बच गया था। साफ आकाश हमारा दुश्मन! तर-ब-तर आँखों के साथ लौट पड़ता हूँ रामगंगा की गोद में। एक वही तो है जिसने न कभी सताया, न धोखा दिया।

आदमी की हत्यारी संतान! तुमने मेरा परिवार तो खत्म कर दिया, पर भाइयों के परिवार अभी बाकी हैं। उन्हें बख्श दो, भगवान के खातिर! मत स्वाहा करो उन्हें हिंसा के हवनकुंड में। मत लो हमारी हाय! बगैर किसी अपराध के चोरों की तरह अरहर, ज्वार और गन्ने के खेतों में, बागों में और ऊबड़-खाबड़ ऊसरीली जमीनों में छिपते-भागते तंग आ चुके हैं हम। दूर देश में कुछ जंगल अभी शेष हैं, जिन्हें आपने अभयारण्य का नाम दे रखा है। हमें ले जाकर वहीं छोड़ दो। हम तैयार हैं अपना कब्जाया देश छोड़ने को। आपने हमारी सलाह न मानी तो वह दिन दूर नहीं, जब हम हमेशा के लिए खत्म हो जाएँगे। तब शायद आप भी अफसोस करें— हाय!

नीलगाय यानी बोसेलैफस ट्रैगोनेलस धरती से लुप्त हो गई, कि अब वह डायनासोर की तरह तसवीरों की ही चीज होकर रह गई।

नदी पार पेड़ों पर बड़ा-बड़ा लाल सूरज ठहरा था—सिर्फ कुछ पलों के लिए। शामवाली ट्रेन रोज की तरह चिड़ियों की चहचहाहट को तोड़ती हुई रेलवे पुल पर चिंघाड़ रही थीं—सिर्फ कुछ पलों के लिए। अगले कुछ पलों में झुंड के बिछुड़े साथी ढूँढ़ते-ढूँढ़ते आ पहुँचे। काफी देर तक संवेदना व्यक्त करते रहे। फिर बोले, "उठो साथी, उठो। दुख को भुलाने की कोशिश करो। आओ चलें,अपना धर्म-कर्म करें, खेत चरें।"

लगा, आखिरी वाक्य संवेदना का ही हिस्सा है!

□

एलांबली

उन लोगों ने लालगंज में 'अंधविश्वास-चमत्कार उन्मूलन समिति' गठित कर रखी थी। वे जिले और जिले के बाहर के विद्यालयों, कार्यालयों और अन्य संस्थानों में जाते और प्रदर्शन-व्याख्यान के माध्यम से तथाकथित चमत्कारों की तर्कसंगत और वैज्ञानिक व्याख्या करते, अंधविश्वासों का भंडाफोड़ करते। शून्य से मेवे-लौंग-इलायची प्रकट करना, बंद मुट्ठी में सिक्के की राख छोड़ना, खाली डिब्बे से कबूतर निकालना, आग पर नंगे पैर चलना, आँखों पर पट्टी बाँधकर सवाल लगाना या मोटर साइकिल चलाना, लड़की को बेहोशकर उसके टुकड़े करना, भूत-प्रेतों का नृत्य दिखाना—ऐसे बहुत से जादू-चमत्कारों की समिति के सदस्य वैज्ञानिक व्याख्या करते और इनके बहकावे-फरेब में न फँसने की सलाह देते। समिति ने राष्ट्रीय विज्ञान एवं प्रौद्योगिकी संचार परिषद्, दिल्ली से आवश्यक विषय-सामग्री तथा 'मिरेकिल किट' मँगा रखे थे। लखनऊ के क्षेत्रीय विज्ञान केंद्र से भी समय-समय पर सहायता लेते थे।

समिति का कार्यालय कृष्णकुमार के घर पर था, जहाँ महीने के दूसरे रविवार को समिति की बैठक होती थी। एक दिन ऐसी ही एक बैठक में विपिन ने प्रस्ताव किया था, "यार कनिष्क, एलांबली बाबा का क्या खटराग है ? यह तिलिस्म तोड़ो। लोहा मान जाऊँगा तुम्हारा।"

"इसमें बहुत मेहनत पड़ेगी, मेरे भाई।" कनिष्क ने ऐसे कहा, जैसे एक कुंतल गेहूँ का बोरा लादकर चार सौ मीटर की रेस दौड़नी हो।

"यार, इतिहास के मुदर्रिस हो, उर्दू-फारसी के दस्तावेज बाँच सकते हो। एलांबली बाबा के इतिहास की खोज सिर्फ तुम्हारे बस की बात है।" उसने पानी पर चढ़ाते हुए कहा, "तुमने कलेश्वरी देवी मूर्ति को जिस तरह मध्यकालीन सैनिक की प्रतिमा सप्रमाण सिद्ध किया था और अपना तथा समिति का नाम प्रादेशिक स्तर पर

रौशन किया था, उसे हम आज तक नहीं भूले हैं।"

मौजूद साथियों ने विपिन के प्रस्ताव का समर्थन किया था और ना-नुकुर के दो-चार झटके देकर कनिष्क ने उसे स्वीकार कर लिया था।

एलांबली बाबा का स्थान कस्बे के उत्तरी छोर पर, बस स्टेशन के बगलवाले बाग में है। पीछे जिगना झील है, सामने मुख्य सड़क। बाबा का स्थान बाग के बीचोबीच है। झील और बूढ़े बरगद की पृष्ठभूमि स्थान को सुरम्य बनाती है। बाबा हिंदू और मुसलमान, दोनों समुदायों द्वारा पूजित हैं। एक समुदाय उनके स्थान को साधु की समाधि मानता है, दूसरा पीर का मजार। पूजा पद्धतियाँ दोनों चलती हैं। जहाँ एक ओर धूनी जलती है, परिक्रमा की जाती है और बताशे का प्रसाद चढ़ाया जाता है, वहाँ दूसरी ओर चादर चढ़ाई जाती है, दीया जलाया जाता है। यह स्थान हिंदू-मुसलिम संयुक्त धर्मनिष्ठा का विशिष्ट उदाहरण है। पर कुछ लोग इसका उल्लेख लगभग विरोधाभासी रूप में, यानी धर्मनिरपेक्षता के उदाहरण के रूप में करते हैं। कुसूर शायद उनका नहीं, 'धर्मनिरपेक्षता' शब्द के चालू होते-होते घिस जाने का है। एलांबली बाबा के संयुक्त धर्मनिष्ठावाले स्वरूप को देखकर मेरठ की नौचंदी याद आ जाती है, जहाँ चंडी देवी का मंदिर और मियाँ की मजार दोनों पूजित हैं। अंतर सिर्फ इतना है कि नौचंदी में दो पूजास्थल अलग-अलग हैं, जबकि एलांबली बाबा 'टू-इन-वन' हैं।

कनिष्क बचपन से ही इस स्थान को पूजित होते देखता आया है। खुद उसने यहाँ अनगनित बार माथा टेका है। आगे चलकर धर्म-अध्यात्म से उत्तरोत्तर विरक्ति होती गई। जो मनौतियाँ-प्रार्थनाएँ बचपन में पूरी हुई थीं, वे अब मात्र संयोग लगती हैं। पढ़ी-लिखी जवानियों के साथ अकसर ऐसा होता है। धर्म और अध्यात्म ढकोसला और पोच सोच लगने लगता है, क्रांति और तर्क का उफान आता है। पर यह तसवीर का एक पहलू है, घटनाक्रम का मध्य अध्याय है। देखा यह भी गया है कि प्रौढ़ता के पायदान पर कदम रखने के साथ-साथ या कुछ समय बाद व्यक्ति पुनः धर्म-अध्यात्म में डुबकियाँ लगाने की आतुरी मुद्रा में हो आता है। क्यों होता है ऐसा? जीवन के अपराह्न में व्यक्ति अपनी 'बैलेंस शीट' का आकलन करता है। जिनमें आशाएँ-आकांक्षाएँ पूरी होने के फलस्वरूप संतुष्टि का भाव होता है, उनमें रिक्ति पिचक उठती है और जिनमें आशाएँ-आकांक्षाएँ पूरी न होने से असंतुष्टि रहती है, उनमें निराशा सूज आती है। कितना अजीब है कि ये दोनों विरोधाभासी स्थितियाँ अकसर एक ही दिशा की ओर हाँकती हैं—धर्म-अध्यात्म की दिशा की ओर!

इतिहास-सूत्रों की तलाश से पूर्व कनिष्क का ध्यान सहसा इस ओर गया कि बचपन में एलांबली बाबा के बृहस्पतिवार के मेले में बहुत कम दुकानें आती थीं, पर अब—जबकि वह पैंतीस पार कर चुका है और कनपटी के पास सफेद तार चिपक चुके हैं—मेला बाग की सीमा फलाँगकर मुख्य सड़क तक आ पहुँचा है। तब आसानी से दर्शन हो जाया करते थे, अब क्यू लगता है। जहाँ तक स्थान के माहात्म्य का प्रश्न है, वह दूर-दूर के गाँवों-कस्बों—यहाँ तक कि जिला मुख्यालय लखनऊ तक पहुँच चुका है। स्थान की छोटी, अंधी कोठरी बड़े कमरे में तब्दील हो गई है और चारों ओर चौड़े बरामदे बन चुके हैं। नलों की पंक्ति, चप्पल-जूता कक्ष तथा वाहन-स्टैंड स्थान को सुव्यवस्थित रूप देने में सहायक सिद्ध हुए हैं।

कनिष्क ने कस्बे के बुजुर्गों से संपर्क किया। वे एलांबली बाबा के कथित चमत्कारों और दैवी शक्तियों का बखान करते हुए अल्बेरूनी द्वारा वर्णित भारतीयों के इतिहास-बोध की पुष्टि करते रहे, पर विश्वसनीय इतिहास पर समुचित प्रकाश नहीं डाल सके। बस, यही बताया कि उनके बड़े-बूढ़े भी इसे सिद्ध स्थान बताते थे और उनके समय में भी मान्यता थी कि यहाँ बृहस्पतिवार को मानी मनौती पूरी होती है। बृहस्पतिवार को ही क्यों? अन्य दिनों में क्यों नहीं? वे इसका भी कोई स्पष्ट कारण नहीं बता सके। धार्मिक आस्था और विश्वास के घने जंगल का यही हाल होता है। उसमें कार्य का महत्त्व होता है, कारण का नहीं। बहरहाल, लोगों की धारणा बन चुकी है कि बृहस्पतिवार देवताओं के गुरु बृहस्पति का दिन है। उसका व्रत विद्या-बुद्धिदायक होता है, बृहस्पति का प्रकोप शांत करता है। इस दिन स्त्रियाँ केले की पूजा करती हैं। मुसलमानों के लिए भी बृहस्पतिवार, यानी जुमेरात मुकद्दस (पवित्र), मुरादों का दिन होता है। कहते हैं, पीर-औलिया बाकी सब दिन चाहे जहाँ घूमते रहें, जुमेरात को अपनी मजार पर रहते हैं।

एलांबली बाबा के इतिहास की खोज की दिशा में सबसे पहले इस निष्कर्ष पर पहुँचना जरूरी है कि स्थान किसी साधु-संत, भूत-प्रेत, ब्रह्मराक्षस, चुड़ैल या वीर हो चुके व्यक्ति की समाधि है अथवा किसी पीर या फकीर की मजार। संभावना मजार की ज्यादा दिखती है। देश के कोने-कोने में बहुत सी मजारे-दरगाहें हैं, जहाँ मुसलमानों के साथ-साथ हिंदू भी बाअकीदत जियारत करने जाते हैं। इसके विपरीत, ऐसे हिंदू पूजास्थल नाममात्र को हैं, जहाँ मुसलमान भी जाते हों। रही एलांबली नाम की बात। इसे हिंदू नाम माना जाय, तो 'बली' शब्द समझ में आ जाता है, पर 'एलाम' किस हिंदू नाम का विकृत रूप है, स्पष्ट नहीं होता। एलांबली

को मुसलमानी नाम की दृष्टि से देखा जाए तो यह या तो इल्म अली का विकृत रूप है या इमाम अली का। इल्म अली नाम सुनने में नहीं आता, इसलिए इमाम अली की संभावना ज्यादा है। 'इमाम' बोलते-बोलते 'एलाम' हो गया।

कनिष्क इमाम अली को प्रस्थान बिंदु मानकर चलने लगा। उसने बुजुर्गों से पूछा, लोकगीतों और लोककथाओं का अध्ययन किया, पर किसी स्थानीय इमाम अली के विषय में जानकारी नहीं हो सकी। इतना तो तय है कि एलांबली बाबा का स्थान अजमेर शरीफ के ख्वाजा मुईनुद्दीन चिश्ती, दिल्ली के निजामुद्दीन औलिया और फतेहपुरी सीकरी के शेख सलीम चिश्ती की दरगाहों जैसा प्राचीन नहीं है और न ही उतना प्रसिद्ध और पूजित। इस स्थान की ऐतिहासिकता हद-से-हद दो-ढाई सौ साल पीछे जाती है। पर मात्र यह कह देने से काम चलेगा? 'अंधविश्वास-चमत्कार उन्मूलन समिति' को क्या इतने से संतुष्ट किया जा सकता है? नहीं न!

कनिष्क ने लखनऊ जाकर 'अमीरउद्दौला पब्लिक लाइब्रेरी' में 'डिस्ट्रिक्ट गजेटियर' के पुराने अंक, कुछ पुरानी पुस्तकें और दस्तावेज उलटे-पुलटे, पर कोई चीज हाथ नहीं लगी। फिर 'राज्य अभिलेखागार' में पुराने, नवाबी काल के दस्तावेजों की छानबीन की—नवाबी काल के इसलिए कि इमाम अली उसके बाद के युग के होते तो उनका इतिहास लोक-स्मृति में जरूर जीवित होता। काफी खोजबीन के बाद नवाब नसीरउद्दीन हैदर के समय का एक दस्तावेज मिला, जिसमें लखनऊ जिले के नियुक्त कर्मचारियों की सूची थी। इसमें इमाम अली वल्द हुसैन अली साकिन (निवासी) नखास लखनऊ को लालगंज में जमादार के रूप में तैनात दिखाया गया था। यह सूचना महत्त्वपूर्ण थी, पर बिना किसी अन्य साक्ष्य के इन इमाम अली को एलांबली बता दिया जाए तो अंध-अनुमान या दूर की कौड़ी लाना कहा जाएगा।

आगे की खोज के लिए कनिष्क ने विशेष अनुमति लेकर तहसील के दस्तावेजों को देखना शुरू किया। कई दिन मुहाफिजखाने के पुराने बस्तों की धूल फाँककर आजिज आ गया कि एक दस्तावेज हाथ लग गया। दस्तावेज दाखिल-खारिज के रूप में था, जिससे विदित होता था कि जमादार इमाम अली वल्द हुसैन अली के तीन बीवियाँ थीं। पहली बीवी फातिमा से दो बच्चे हुए, जो असमय ही लड़ाई में मारे गए। दूसरी बीवी रुख्साना और तीसरी बीवी फिरदौस के कोई औलाद नहीं हुई। फिरदौस का जब इंतकाल हुआ तो कोई वारिस नहीं बचा और इमाम अली के सभी खेत तथा बाग लालगंज, जो तब गाँव था, की सार्वजनिक संपत्ति के रूप में दर्ज कर दिए गए।

जो दस्तावेज में दर्ज नहीं था, वह शायद यों था—लखनऊवासी जमादार इमाम अली को हरे-भरे खेतों और बागों से घिरा लालगंज इस कदर रास आया कि यहीं बस गए। उनकी भर्ती सिपाही के रूप में हुई होगी, बाद में तरक्की देकर जमादार बना दिए गए होंगे। मजार से कुछ दूरी पर जो लखौरी ईंटों का खँडहर है, वहाँ उनका मकान रहा होगा। इमाम अली की कब्र पर सबसे पहले उनकी बीवी ने चिराग जलाया होगा, फिर इसने, फिर उसने...। कुछ की दुआएँ-मुरादें संयोगवश पूरी हो गई होंगी और विशालकाय बरगद की पृष्ठभूमि में अंधश्रद्धा का बरगद अपनी जड़ें जमाने लगा होगा। दुनिया के विभिन्न धर्मों से जुड़े अधिकांश पूजास्थलों की भी तो ऐसी ही राम कहानी हैं।

यानी कि इमाम अली न पीर थे, न फकीर, न हाफिज, न इमाम। वह नवाबी सल्तनत के छोटे से मुलाजिम थे। उनके पास रूहानी ताकतें भी नहीं रही होंगी। तलवार और तीन-तीन बीवियों की मजाजी में डूबे व्यक्ति के पास रूहानी ताकतें आएँगी भी कैसे? कुल मिलाकर यही नतीजा निकलता है कि एलांबली बाबा का स्थान महज एक फ्रॉड है, विस्मृति के कुहासे से उपजा फ्रॉड।

बुधवार की रात कनिष्क के सुविचारित, गवेषणापरक शोध का रफ ड्राफ्ट तैयार हुआ। अगले दिन अपराह्न वह एलांबली बाबा के मेले में था।

मेले के छोर पर परिचित चौखटी नजर आती है। अरे, यह तो रन्नो है—साँवला रंग, मँझोला कद, गले में माला, सिर पर भभूत और हाथ में प्रसाद का दोना। चेहरे पर इस समय नैसर्गिक शांति है। वह परित्यक्ता है और उसे मिरगी के दौरे पड़ते हैं। पीछे अपने घर के बाहरी दालान में झँगली खटिया पर पड़ी रहनेवाली रामदेई डंडा टेकते चली आ रही है। वह अस्सी पार की है और उसकी कमर नब्बे अंश के कोण पर झुकी है। होंठ बुदबुदा रहे हैं। पास आने पर स्वर स्पष्ट होता है—"जय बाबा, जय बाबा!" कनिष्क उसके दर्शन का सिलसिला बचपन से देखता आ रहा है। उसके चेहरे की झुर्रियाँ मानो संचित श्रद्धा का हिसाब दे रही हों।

खिचड़ी बालोंवाले, लमछर फागू चाचा भीड़ में से रास्ता बना रहे हैं। उन्हें दमा है। गले के पास की हड्डियाँ निकल आई हैं, चेहरा निचुड़ गया है। हाँफते-हाँफते दिक हो जाते हैं। गले से ऐसी घरघराहट निकलती है, जैसे बढ़ई का रंदा चल रहा हो। उन्हें इस उम्मीद का सहारा है कि डॉक्टरों के भी डॉक्टर एलांबली बाबा की एक दिन कृपा होगी जरूर। बड़े-बड़े बिगड़े काम उन्होंने बनाए हैं। राशिद चचा अपनी मामूली चाँद और गैर-मामूली दाढ़ी के साथ, सफेद कुरते और चेकदार

तहमद से घिरे खरामा-खरामा चले आ रहे हैं। वह भी यहाँ के 'रेगुलर' हैं। उनका इकलौता लड़का बरसों पहले मुंबई गया था। उसी के लौटने का इंतजार है उन्हें। रामजतन अपने लड़के, चुँधी-चुँधी आँखों वाले शंकर के साथ है। शंकर पागल हो गया था, पर बकौल रामजतन, सारी दवा-दारू बेकार गई, एलांबली बाबा की कृपा से वह ठीक हो गया। कृतज्ञतास्वरूप दोनों दंड-प्रणाम करने आते हैं।

'थान' (स्थान) के समीप पहुँचने पर हनीफ उस्ताद की आवाज समवेत कोलाहल के गुबार से ऊपर उठकर साफ सुनाई देने लगती है—"एलांबली बाबा, हो एलांबली बाबा⋯!" वह अपने साथियों के साथ एलांबली बाबा का गौरव-गान कर अच्छी कमाई कर लेता है। वह और उससे भी ज्यादा उसका परिवार बाबा का शुक्रगुजार है, क्योंकि इससे पहले वह चोरी-ठगहाई किया करता था और पुलिस अकसर घर पर दबिश देती थी।

बहुत सी जवान लड़कियाँ अपनी माँ या भाभी के साथ आई थीं। उनकी उदास मासूमियत इस बात की गवाह थी कि शादी शीघ्र हो जाने की प्रार्थना के लिए उन्हें लाया गया है। बहुत सी स्त्रियाँ पुत्र-प्राप्ति (पुत्री-प्राप्ति नहीं!) की मनौती के लिए, तो बहुत भूत-प्रेत, चुड़ैल-शैतान के आतंक से मुक्ति की कामना हेतु यहाँ आती हैं। आज भी आई होंगी। विद्यार्थियों का तो पूरा झुंड है। वे माथे पर धूनी की भभूत लगाए, गले में माला पहने और हाथ में प्रसाद लिये चकर-मकर ताक रहे हैं। आजकल इम्तहान का मौसम है, इसलिए भक्ति बबलगम के 'बबल' की तरह फूल पड़ी है। कनिष्क कई साल के 'फ्लैश बैक' में चला गया और बच्चों में खुद अपना चेहरा तलाशने लगा। ध्यान इस ओर गया कि यहाँ समृद्धि, वैभव और सत्ता-सुख की याचना से लोग आते हैं, तो बहुत से ऐसे भी हैं जो इतनी मामूली मुरादों के साथ आते हैं कि विस्मय होता है कि क्या इतनी सामान्य जरूरतों, सामान्य बातों के लिए प्रार्थना में जाना पड़ता है।

बर्फ के ठेले के इर्द-गिर्द खड़े निश्छल, गुदगुदे बच्चों और उनकी हसरत भरी निगाहें देखकर कनिष्क के मन में विचार आया कि बच्चों के लिए एलांबली का अर्थ मेला है, जहाँ रंगीन बर्फ और चूरन की गोलियाँ मिलती हैं, बताशफेनी-गट्टे-खिलौने मिलते हैं और मिलते हैं रंगीन चश्मे तथा बहु आकृतियों वाले गुब्बारे। बहुत सी स्त्रियाँ बिंदियाँ, चूड़ियाँ, बुंदे, अँगूठी, क्रीम, पाउडर, चोटी और चोली खरीदने में मशगूल थीं। उनके लिए मूल कर्म है खरीददारी, बाबा का दर्शन आनुषंगिक कर्म है। कुछ घूँघटवालियाँ और बुरकेवालियाँ अपने घूँघट-नकाब उठाकर खुली हवा

की महक पी रही थीं। एलांबली बाबा ने इन्हें नाली की सड़ाँध, सीली-लोनाई दीवारों की हीक, मच्छर-मक्खियों की भिनभिनाहट, पसीने से महकते मलिन वस्त्रों और घर में हर समय मचे रहनेवाले माहनामथ से मुक्ति दिलाई थी। दर्शन का बहाना न होता तो इनके जालिम-जबरदंग ससुरालियों ने घर की देहली लाँघने की इजाजत न दी होती और सतत घुटने के संचित प्रभाव से उम्र कुछ साल जरूर छीज गई होती। बहुत से बूढ़े एकाकीपन काटने की गर्ज से और बहुत से जवान जवानी के तकाजे से आए हुए थे।

बात यहीं तक नहीं लचकती थी। आर्थिक पक्ष भी था। बहुत से दुकानदार साप्ताहिक मेले का बेसब्री से इंतजार किया करते थे। इनमें धागे-चोटीवाले पटवे भी थे, घड़े-कुल्हड़वाले कुम्हार भी और हँसिया-फावड़ेवाले लोहार भी। मनिहार भी थे और बिसातखानेवाले भी, पुस्तक विक्रेता भी थे और तसवीर विक्रेता भी। इसके अलावा थे 'थान' की व्यवस्था से जुड़े बहुत से लोग, जिनकी रोजी-रोटी मेले से जुड़ी थी और जिनके मार्क्स एलांबली बाबा थे।

मेले में घूमकर कनिष्क को एक नई दृष्टि मिली थी, एक नया अर्थ मिला था, जिसके अनुसार एलांबली बाबा अंधश्रद्धा, अंधविश्वास और पोंगापंथ के वाहक भर नहीं हैं। यहाँ अनगिनत सपने कैद हैं—अच्छे अंक पाने के सपने, हाथ पीले हो जाने के सपने, पुत्र-प्राप्ति के सपने, समृद्धि-सत्ता के सपने, असाध्य रोगों से मुक्ति के सपने, बेरोज़गार से बारोजगार हो जाने के सपने, दुकानदारी-खरीददारी के सपने, एकाकीपन काटने के सपने, खुली हवा में साँस लेने के सपने, छोटों के बड़े सपने, बड़ों के छोटे सपने…।

एलांबली बाबा का स्थान लालगंज का हृदयस्थल है और हृदय के बिना जीवन की कल्पना की जा सकती है क्या? यह स्थान इस छोटे से कस्बे की सामाजिक, सांस्कृतिक और आर्थिक गतिविधियों का 'प्राइम मूवर' है। ऐसे में शोध रूपी एटम बम इस स्थान से नाभिनाल की तरह जुड़े लोगों के सपनों, तमन्नाओं और आरज़ुओं के हिरोशिमा को तहस-नहस कर देगा। यह सच है कि शोध प्रकाशित न किए जाने की स्थिति में वह एलांबली बाबा के मिथ, वहम और अंधविश्वास कायम रखने में सहायक बनेगा, इतिहास लेखन की प्रतिबद्धता से च्युत होगा, बरसों से पोषित आधुनिक, तर्काधारित तथा वैज्ञानिक दृष्टि से मुँह चुराएगा, फ्रॉड का पर्दाफाश करते-करते खुद फ्रॉड हो जाएगा। पर यह भी सच है कि एलांबली बाबा का झूठ इतना आगे पहुँच चुका है कि उससे ढेर सारी सच्चाइयाँ

जुड़ गई हैं, जिन्हें नजरअंदाज करना बेहूदा हरकत होगी।

घर जाकर कनिष्क ने शोध के ड्राफ्ट के टुकड़े-टुकड़े कर दिए और टुकड़ों को खिड़की के पार हवा में लहराते तब तक देखता रहा, जब तक कि आखिरी टुकड़े के पैर जमीन पर टिक नहीं गए।

उसे लगा कि विपिन नीचे सिर उठाए खड़ा है और उसके सवाल के जवाब में होंठ खुद-ब-खुद फिसल पड़े हैं, "यार, एलांबली बाबा के मामले में कुछ हाथ नहीं लगा।"

सामने भी अलसाया सूरज अँगड़ाइयाँ ले रहा था।

□

आधुनिक होते गाँव की पुरानी कहानी

धरती दोआब की—हर तरह से, हर समय से उर्वर। संपर्क-मार्ग से जुड़ा कोई सात-आठ सौ देहलियों का उनींदा सा गाँव, जिसमें सरकार या सरकार पोषित संस्थानों के नाम पर पोस्ट ऑफिस, आठवें तक का स्कूल और ग्राम-पंचायत थी। मखमली हरियाली के साम्राज्यवाद ने ऊसर को देशनिकाला दे रखा था—दूर-दूर तक या तो खेत दिखते थे या बाग या फिर जंगल। देश के आम गाँवों की निगाह से देखा जाए, तो यह संपन्न-समृद्ध वर्ग में ही श्रेणीबद्ध होगा। कच्चे मकान मुश्किल से पाँच फीसदी। दुमंजिले, नियमित पुताईवाले मकानों की संख्या कम नहीं। ज्यादातर मकान घेरनुमा वास्तुशिल्प के, जिनमें गायों-भैंसों का ही नहीं, थ्रेशर, कार आदि का भी बँधान था।

राजधानी करीब होने के कारण गन्ना, सब्जी, फूल आदि नकदी फसलों और दूध के विपणन से अच्छे पैसे मिल जाते थे। शिक्षा के क्षेत्र में न तो समुचित प्रगति हुई थी और न ही उम्मीद बँधती थी, पर भौतिक प्रगति फ्रिज, टी.वी., केबिल, मारुति, सुमो, डेनिम जींस, लेदर जैकेट, जेनरेटर, इन्वर्टर, सेल्युलर, रेबन ग्लासेज, आयातित परफ्यूम आदि के रूप में सिर के ऊपर चढ़कर बोलने लगी थी। कुल मिलाकर गाँव परंपरा और आधुनिकता के बीच कटी उँगली सा झूलता रहता था। कभी लगता कि यह कितना बदल गया है, कभी लगता कि यह कभी नहीं बदलेगा। अकसर स्थिति बनती कि जिन चीजों में आधुनिकता की जरूरत होती, उसमें लोग परंपरा का कंबल ओढ़ लेते और जिनमें परंपरा का दामन थामे रहने की जरूरत होती, उनमें निर्मम झटका देकर आधुनिक बन जाते। बहुत कुछ अस्पष्ट, असमंजसपूर्ण, अनपेक्षित, अप्रत्याशित, अयाचित और अनावश्यक।

चैत लग गया था। गेहूँ की फसल करीब-करीब पक गई थी और उस पर नजर पड़ते ही चंद दिनों के फासले पर खड़े खलिहान के साये सहज ही दिखने

लगे थे। अमराइयों में अमियों ने आकार लेना शुरू कर दिया था और निष्फल रहे बौर साँवली शक्ल में सूखकर झड़ने लगे थे। अमलतास और गुलमोहर फूलने की तैयारी में थे और यूकेलिप्टस तथा पोपलर अन्य सभी पेड़ों के हैसियत का एहसास कराने की कोशिश में। डोलती हवा में महक, खनक और हुड़क भी। फागुन से उत्तराधिकार में मिली मस्ती भी।

पश्चिमी दिशा में पक्के तीन बीघे भर का मैदान था, जो एक ओर संपर्क-मार्ग, दो तरफ खेतों और एक ओर बाग से घिरा था तथा जिसका शील रामलीला, होलिकादहन, खेल कार्यक्रमों, जातीय पंचायतों और अन्य सामाजिक-सांस्कृतिक कार्यक्रमों से भंग हुआ करता था। मैदान के दक्षिणी छोर पर स्थित 'गांधी चबूतरा'—जो प्रथम पंचवर्षीय योजना की सौगात था—मंच का काम करता था।

जानने वाले तो जानते थे, न जानने वाले भी सुबह ही जान गए कि आज कुछ है। झाड़ू लगने लगा था, छिड़काव के लिए मशकें निकाल ली गई थीं। दोपहर गुजरते-गुजरते शामियाना तान दिया गया और दरियाँ बिछा दी गईं। उत्सुकता, उत्तेजना और बेसब्री का यह आलम कि खसखसी दाढ़ी, कमानीदार चश्मे, मटमैले पग्गड़ और हलकी लाठीवाले बूढ़े-बुजुर्ग दो घंटे पहले से ही आकर जम गए थे।

वे हुक्कों की लयात्मक गुड़गुड़ाहट के बीच बतिया रहे थे, प्रतिपाद्य विषय था कि हम कितनी ही तरक्की कर जाएँ, पर पुराने जमाने की रवानगी नहीं आ सकती। इन भूतजीवियों के लिए भूत अच्छा था, वर्तमान खराब और भविष्य अंधकारमय। वे पारंगत सामजशास्त्री की मुद्रा में लंबाई, चौड़ाई, ऊँचाई और गहराई में जाकर जमानों की तुलना करते थे और बताने की जरूरत नहीं, फाइनल मैच पुराने जमाने की झोली में जाता था। पुराने जमाने में अनुशासन था, आदर्श थे, मूल्य थे, चरित्र था, हेल-मेल था, इज्जत-आबरू थी, वगैरह-वगैरह। अंग्रेज बहादुर बहुत बुद्धिमान था, उसे शासन-प्रशासन की तमीज थी, उसके राज में सूरज अस्त नहीं होता था और शायद इसी नाते कागज सरकने में देर नहीं लगती थी।

ज्यों-ज्यों लोग बटुरते जा रहे थे, त्यों-त्यों पुराने जमाने की चर्चा लँगड़ाती-लड़खड़ाती जा रही थी। कार्यक्रम शुरू होने से कुछ पहले तक माहौल एकदम बदल चुका था। चर्चा ब्रैंड की होने लगी थी—मोटर साइकिल, कार, ट्रैक्टर, एयरकंडीशनर, सेल्युलर, शर्ट, जींस, घड़ी, चश्मे, परफ्यूम आदि के ब्रैंड। दरअसल नई पीढ़ी के लोगों की तादात बढ़ गई थी और अल्पसंख्यक हुए बूढ़ों ने मौन ओढ़ लिया था। मजमे में औरतें नहीं थीं। पर यह विस्मय की बात नहीं थी। यहाँ की

संस्कृति ही ऐसी थी। औरतें घरों के घेरे में थीं—बेशक कुछ-न-कुछ करते हुए।

'गांधी चबूतरे' के पास एक बूढ़ा होता हुआ व्यक्ति आया। कंधे से काला भूदानी झोला लटका था। मिश्रित नमक-काली मिर्च रंग की उसकी बड़ी, घनी मूछें नीचे उतरने के बाद ऊपर जाकर नोकीली हो जाती थीं। साँवली नाक के ऊपर तीखी, तेज और लाल डोरोंवाली सुल्फाई सी आँखें। सिर पर गुलाबी पगड़ी, जिसका एक सिरा कलँगी की तरह ऊपर लहराता हुआ, दूसरा गुद्दी के ऊपर लटका—अंदाज लगाना कठिन कि सिर पर बाल हैं या नहीं और हैं तो कितने? आदम के सेब यानी उभरे टेंटुए के नीचे भूरा कुर्ता, मटमैली धोती और घिसी नोकवाले पंप जूते। कुल मिलाकर सीपिया रंग के पुराकालीन फोटोग्राफ जैसी बनती छवि। प्रौढ़ व्यक्ति के साथ एक युवक भी था—आसमानी टी शर्ट, ब्लू जींस और रीबाक शूज में। उसके होंठों पर हलकी सी रेख थी और सिर के क्रू कट बाल करीने से कटे थे। तन गठीला, कद मझोला, रंग गोरा और रंगत स्मार्ट थी। एक लड़की भी थी—बीसेक साल की, गुलाबी बूटेदार सलवार-कमीज में। चेहरा गोल, बदन भरा-भरा, आँखें अमिया की फाँक जैसी बड़ी-बड़ी और कजरारी और रंग खुला हुआ। उसके बाल लंबी चोटी में गुँथे थे, पर माथे पर दो अदद ललित लटें झूल रही थीं। कानों में थीं गोल, उभरी झुमकियाँ। पहली ही नजर में खूबसूरती को लेकर उठनेवाले सारे संदेह समाप्त हो जाते थे।

वे चबूतरे पर बिछे कालीन पर बैठ गए। मजमे का शोर थमने लगा। युवक सीटी बजाता लग रहा था, गोकि ऐसा था नहीं। लड़की के चेहरे पर अजीब किस्म की निरपेक्षता और भावशून्यता थी। मानो आँखों की झील सूख गई हो और उसमें मछलियों के बजाय खालिस रेत बची हो। प्रौढ़ व्यक्ति में शुरू में उत्कट बेचैनी दिखी, जो शांतभाव में तब्दील होती चली गई। ज्यादा समय नहीं बीता कि चेहरे पर आध्यात्मिक भाव उतरने लगा। अचानक वह खड़ा हुआ और आकाश की ओर हाथ फैला दिए, "ओ···ओ···ओ···। फिर आँखें मूँदकर बुदबुदाने लगा। जैसे ऊपरवाले के सीधे संपर्क में आ गया हो···।

वह झोले से डुगडुगी निकालकर बजाने लगा। बाईं ओर से चबूतरे के तीन चक्कर लगाए। मजमे से कोई फुसफुसाया, "देक्खा, मदारी ने चबूतरे को जाद्दू से बाँध दिया ऐ। अब चबूतरे पर वई ओवेगा, जो वो चावेगा।"

डुगडुगी बजाते-बजाते वह मजमे का चक्कर लगाने लगा। तेज रफ्तार की वजह से उसका लंबा कुर्ता फड़फड़ा रहा था। वह चबूतरे के पास खड़ा हो गया।

हाथ जोड़कर, सिर नवाकर और कान की लवों का स्पर्श कर दर्शकों के प्रति सारी विनम्रता उड़ेली। फिर जींसधारी, च्यूइंगम चबाते युवक की ओर मुखातिब हुआ, "बेट्टा जंबूरे, जो पूच्चूँगा, बत्ताएगा?"

"बत्ताएगा, उस्ताद।" युवक आकाश की ओर मुँह उठाकर जोर से चीखा।

"याँ बाई लोग कायें कूँ आया?"

"उस्ताद का काल्ला जाद्दू देखने को।"

"...काल्ला जाद्दू देखने को," मदारी ने दुहराते हुए कहा, "काल्ला जाद्दू कौन दिक्खावेगा?"

"उस्ताद दिक्खावेगा।"

मदारी जंबूरे की ओर मुखातिब होकर बात कर रहा था, पर जंबूरा आकाश की ओर मुँह उठाकर चीखता था, जैसे मदारी सामने न होकर आकाश में विराजमान हो।

"...उस्ताद दिक्खावेगा। उस्ताद कौन सा काल्ला जाद्दू दिक्खावेगा?"

"उस्ताद लड़की का खेल दिक्खावेगा।"

"लड़की का कौन सा खेल दिक्खावेगा?"

"उस्ताद लड़की के दो टुकड़े कर देगा।"

"जंबूरे, तू जूट तो ना बोल रिया?"

"ना उस्ताद, जंबूरे ने जूट बोलना बचपन में ई चोड़ दिया।"

ढेर सारी खिलखिलाहटें।

"उस्ताद लड़की के दो टुकड़े कैस्से करेगा?" स्वर में दर्प की हनक।

"उस्ताद जाद्दू के जोर से करेगा।"

दर्शकों के चेहरे पर मुग्ध उत्सुकता।

मदारी ने डुगडुगी बजाई और आकाश की ओर रहस्यात्मक अंदाज में ताका। मानो अदृश्य संकेतों का आदान-प्रदान हो रहा हो। फिर दोनों हाथ फैलाकर भगवान् से दुआ माँगी।

निष्कलुष आँखों वाली लड़की की ओर जैसे ही बढ़ा, कनफुसकियाँ बंद हो गईं और लोगों के चेहरों पर 'अब क्या होगा, कैसे होगा' की उत्सुकता और उत्तेजना सुरसुराने लगी।

लड़की ने दर्शकों पर फीकी मुसकान फेंकी। मदारी उसे तीखी, तल्ख और अपलक निगाहों से घूरने लगा। छिपकली की शिकारी नजरों का सम्मोहन। लड़की

ने सुस्ती महसूस की, फिर आँखें मुँदने लगीं। उसने दाईं हथेली को गोलाकार, बंद कमल-फूल जैसा रूप दिया और ऐसे झटके देने लगा जैसे उस पर कुछ फेंक रहा हो। नींद का झटका लगते ही मदारी ने बाएँ हाथ से लड़की को कंधे से थामा और दाईं हथेली सिर पर रख दी।

स्पर्श पाकर लड़की अचेत हो गई। उसे कालीन पर लिटा दिया गया। जंबूरे ने पैर सीधे कर काली चादर उढ़ा दी।

मदारी खड़ा हो गया, "जंबूरे लड़की क्या कर रई ऐ?"

"लड़की लेट्टी ऐ, उस्ताद।"

"लड़की क्यूँ लेट्टी ऐ?"

"लड़की को उस्ताद ने बेओस कर दिया ऐ।"

"लड़की को उस्ताद ने कैस्से बेओस कर दिया ऐ?"

"जाद्दू के जोर से, उस्ताद।"

"जंबूरे, दुनिया में सबसे बड़ा क्या ऐ?"

"काल्ला जाद्दू, उस्ताद।"

"गलत बोल रिया ऐ, जंबूरे। जरा सोचकर, दिमाग पर जोर देकर बत्ता।"

"गलती ओ गई उस्ताद, मापी चावे ऊँ।" जंबूरे ने मदारी की ओर देखकर नजरें झुका लीं, फिर कान पकड़ते हुए बोला, "सबसे बड़ा बगवान ऐ, जिसने इस अरी-बरी दरती को बनाया, ऊँचे-ऊँचे पआड़ बनाए, गअरे-गअरे साग्गर बनाए, इंसान बनाए, पसु-पक्सी बनाए, आक्कास बनाया, सूरज-चाँद-सितारे बनाए।"

"बगवान के बाद सबसे बड़ा कौन ऐ?"

"काल्ला जाद्दू, उस्ताद।" वह इस बार तौलकर बोला।

"काल्ला जाद्दू किसने बनाया?"

"और किसने? परमपिता परमात्मा ने, उस्ताद।"

"काल्ले जाद्दू के बाद इस दुनिया में कौन ऐ?"

"उस्ताद, और कौन?" दाएँ हाथ में संकेतपरक लरज हुई।

"जंबूरे, तू जूट बोल रिया ऐ। इन बाई लोगों के सामने मेरा मक्कन लगा रिया ऐ।"

"ना उस्ताद, सच बोल रिया ऊँ।"

"जो जूट बोल रिया ओ···?"

"तो याँ, इसी वक्त मेरी नाड़ कटकर गिर जाए, उस्ताद।"

"जंबूरे, तू सच बोल रिया ऐ, क्योंकि नाड़ कटकर गिरी नी।"

"सब उस्ताद की मेअरबानी ऐ।"

"अच्चा जंबूरे, अब लड़की के बारे में बत्ता। लड़की क्या कर रई ऐ?"

"कुच ना। उसे उस्ताद ने बेओस कर दिया ऐ।"

"जंबूरे, मैं क्या करने जा रिया ऊँ?"

"उस्ताद, तम लड़की की नाड़ दड़ से अलग करने जा रए ओ।"

"नाड़ अलग करने पर लड़की चीक्खेगी ना?"

"ना उस्ताद। लड़कियाँ अच्ची ओवे ऐं, चूँ-चपड़ ना करें। पिर उस्ताद के जादद्दू का कमाल, वो उप तक ना कर सकें।"

दर्शक उत्तेजित, पर शांत, मायावी सम्मोहन से आक्रांत।

मदारी ने डुगडुगी बजाई।

"जंबूरे, आगे का कार्यक्रम शुरू किया जाए?"

"जरूर उस्ताद।"

"तो तलवार ले आ।"

"ना लाऊँ, उस्ताद।"

"क्यूँ ना लावे?"

"इसमें मेरे उस्ताद की तौईन ऐ।"

"कैस्से?"

"तलवार से नाड़ अलग करने में कोई कमाल ना, उस्ताद।"

"तो कैस्से अलग करूँ?"

"आत के इसारे से, उस्ताद।"

"देख जंबूरे, कोसिस कर रिया ऊँ।"

वह मंत्र जैसा बुदबुदाने लगा। हथेली गोलाकार कर, बंद कमल-फूल जैसे रूप में लड़की की ओर झटकता रहा। बीच-बीच आकाश और धरती की ओर ताकता जाता।

कुछ देर बाद जंबूरा चीखा, "वाअ उस्ताद वाअ, कमाल कर दई। सिरप आत का इसारा और सिर दड़ से अलग···। उस्ताद की जय ओ!"

चादर के नीचे गरदन के स्थान पर सचमुच अंतराल दिखा।

"जंबूरे, जो तू कै रिया ऐ, उस पर ये जो बाई लोग सामने बैठे ऐं, उन्ने यकीन कैस्से आवेगा?"

"तो क्या किया जावे, उस्ताद?"

"तू इस लड़की का सिर तोड़ा ऊप्पर खींच दे। अगर दड़ बी सरकने लगे, तो समजो मेरा जाद्दू जूट्टा। ना सरके, तो समजो मेरा जाद्दू सच्चा!"

"जो उक्म, उस्ताद।"

जंबूरे ने मदारी के पैर छुए। उँगलियों से कानों की लवों का स्पर्श किया। फिर लड़की का सिर लगभग एक फिट ऊपर खींच दिया।

लोग दंग, काटो तो खून नहीं।

मदारी ने पूछा, "जंबूरे, अब क्या किया जावे?"

"उस्ताद चल दिया जावे।"

"क्यूँ?"

"खेल खतम ओ चुका ऐ, उस्ताद।"

मदारी ने डुगडुगी उठाकर झोले में रखा और चलने का उपक्रम करने लगा। आकाश में 'वी' आकार में परिंदे उड़ते चले जा रहे थे। लगा मदारी भी पीछे-पीछे उड़ने को है।

दर्शकों में चिंता, चकितभाव और उत्तेजना। चेहरे जर्द और सर्द।

आखिर एक व्यक्ति खड़ा हुआ और काँपते स्वर में बोला, "मदारी, तू ऐस्से ना जा सके।"

"क्यूँ?" मदारी ने भवें मटकाईं।

"पैले लड़की का सिर दड़ से जोड़ियो, तब जइयो।"

"मापी चाऊँगा आब सब बाइयों से, सिर ना जोड़ूँ।"

"क्यूँ न जोड़ियो?" लोग चिल्लाए। आँखें आगभभूका, चेहरे पर आक्रोश की आँच।

"लड़की मेरी ऐ। मेरी मरजी, न जोड़ूँ।" भीड़ की मानसिकता को चुनौती देना जान-बूझकर साँप की पूँछ पर पैर रखना हुआ, पर वह बिल्कुल घबरा नहीं रहा था।

"तो अम तेरे को जाने ना देवें।"

लोग इस तरह बरस-भड़क रहे थे कि लगा, थोड़ी देर में लाठी-डंडे लेकर दौड़ पड़ेंगे और मदारी-जंबूरे की जुगल जोड़ी को पीट-पीटकर बुरी गत बना देंगे।

पर मदारी पर कोई प्रभाव नहीं। हठ की डाल थामे निश्चिंत खड़ा। मानो जुनून सवार हो और जान की कोई परवाह न हो।

"पिर बी ना जोड़ूँ, तम जो चाओ कर सकते ओ।" आक्रोश और घृणा

की बौछार से कमल पत्ते की तरह निर्लिप्त होकर वह शहीदाना अंदाज में गरदन तानकर बोला।

"आखिर बात क्या रे?" एक बुजुर्ग बोला।

"बता ऐ?"

"तो बत्ताते क्यूँ ना?"

हिंस्रभाव में निरंतर वृद्धि होती जा रही थी। आखिर वह रहस्य का लौह-कपाट खोलने को तैयार हो गया।

"बत्ताता ऊँ, जरा धीरज रखिये।"

"ये मेरी लड़की ऐ, पर इसने मेरी इज्जत से खेला ऐ।"

"कैस्से?" कोई बोला।

"इसने गैरबिरादरी के लड़के से काँटा पसाया ऐ। मेरी ई ना, सारी बिरादरी की तौईन की ऐ।" चेहरे पर वीरोचित, प्रतिशोधदग्ध भाव।

"आँ।" लोग चौंक पड़े। जैसे मंदिर के चिकने फर्श पर किसी के हाथ से छिटककर घंटी गिर गई हो और 'खन्न' की आवाज गूँजी हो।

लोगों के गुस्से का ज्वार भाटा में तब्दील हो गया। वे राहत महसूस कर रहे थे, मानो गरदन की नसें उभारने वाला भारी बोझ सिर से अचानक उतर गया हो। वे आमतौर पर मानव हत्या से परहेज करते थे, पर बिरादरी के बाहर मुँह मारनेवाले की हत्या को पुण्य मानते थे और इसी नाते अनिवार्य भी। ऐसे दुश्चरित्रों को पशुयोनि में चला गया मानते थे। उन्हें मारना स्वर्ग में स्थान आरक्षित कराना, कैवल्य प्राप्त करना हुआ।

दरअसल इस इलाके की आबो-हवा प्रेम के मुखालिफ थी। यहाँ जो घृणा करते थे, सुखी थे, सरसब्ज थे, सामाजिक रूप से प्रतिष्ठित थे। खैर उनकी नहीं थी, जो प्रेम करते थे। वे कभी डाल पर झूलते पाए जाते, कभी तालाब में उतराते, कभी आग में झुलसे हुए और कभी सर्पदंशित।

खतरनाक खबरें खेप में आती रहतीं। न मारा न खून किया, बीसों के सिर काट लिया···। रुपहली आकांक्षाएँ, राख परिणति। कभी-कभी बताया जाता कि वे घर छोड़कर भाग गए हैं। वे फिर कभी देखे न जाते। न भूगोल रह जाता, न इतिहास। दुष्चक्र, दुरभिसंधि, कुत्सा और कर्दम की बौछार के बाद बचे रह जाते चंद निहत्थे सवाल। गाँव में पुस्तकें पढ़ी नहीं जाती थीं और पढ़ी जाती थीं, तो उलटी···!

सिर्फ एक बात ने दृष्टिकोण बदल दिया। प्रशंसा पगुराई जाने लगी—पूरी आब-ताब के साथ।

एक व्यक्ति बोला, "मदारी, तम कमाल के आदमी ओ।"

दूसरी आवाज आई, "तमारी इम्मत का जवाब ना, औसले का इसाब ना!"

"तम बौत ऊँचे चरित्तर के आदमी ओ!"

"तमने बिरादरी की इज्जत रख ली!"

"तमने मिसाल कायम कर दी, आदर्स उपस्थित कर दिया!"

"तम मआन आत्मा ओ यानी मआत्मा की श्रेणी में पौंच गए ओ। बाप ओकर बी तमने बेट्टी को सजा देने में संकोच ना किया। बिरादरी की इज्जत तमारे लिए खून के रिस्ते से बड़कर ऐ।"

"तम बिरादरीरतन ओ!"

"अम तमारे सामने मत्ता टेकते ऐं!" आगे बैठे व्यक्ति ने तुच्छ कीट की तरह स्वयं को सिकोड़ने की विनम्रता दरशाई और अपना गंजा सिर उसके गंदे जूतों पर रख दिया।

मदारी के सिर के पीछे महानायक का प्रभामंडल छा चुका था। लंठ ब्रिगेड के कुछ सदस्यों ने विकृत प्रफुल्लता के साथ मदारी को कंधों पर उठा लिया। वे जुलूस की शक्ल में चल दिए। अब लड़के के पिता को ऐसी ही मिसाल कायम करनी थी…। सवाल चरित्र का, बिरादरी की नाक का था, सवाल गाँव की अस्मिता का और हजारों साल पुराने आदर्शों का भी था?

गांधी के नाम वाले चबूतरे पर काले चादर के नीचे पाप-पंकिल लड़की बदनुमा नजीर के रूप में पड़ी थी—भाप बनकर हवा में उड़ गए संकल्पों और जमींदोज हो गए नसीब के साथ। आस-पास थूक का सैलाब था, जो गाँव के चारित्रिक उत्कर्ष का नमूना था।

पेड़ों ने सूरज को ओट में लेने के लिए कमर कस ली थी। आकाश में गुलाबी रंग घुलने लगा था। कोयलें डालों पर लगातार चीखे जा रही थीं। शांत हो चुकी काँसे की खनकदार आवाज की हमदर्दी में सिर्फ वही आगे आई थीं। आखिर हमजात थीं न!

□

आस-निरास

सुबह उठी तो आसमान लदा था, बादल गरज रहे थे। लग रहा था कि ये झूठ-मूठ धमकी देनेवाले नहीं, 'सीधी काररवाई' वाले बादल हैं, ये गरजेंगे भी और बरसेंगे भी।

ड्राइंगरूम के बाहर छज्जेवाला दरवाजा खोलने पर ठंड का फुरतीला झोंका आया और दुपट्टे के छोर तथा माथे की लट के साथ-साथ परदे को पीछे उड़ा ले गया। अखबार का बंडल उठाकर, नैपी सरीखा रबर बैंड निकाला और रेलिंग पर कुहनियाँ टिकाकर हेडलाइंस पर नजर दौड़ाने लगी। आदत रोज की।

फोन की घंटी बजी—बाहर की है। पास कोई था नहीं, रिसीवर उठा लिया। काल मुजफ्फरनगर से। शरीर में थरथराहट, मन में सनसनाहट, गले में कुछ फँसता हुआ सा। रिसीवर हाथ से गिर न पड़े। 'हेलो' के बाद चुप लगा जाना निश्चय ही बदतमीजी की परिधि में परिभाषित होगा, इसलिए सप्रयास अर्जित आत्मविश्वास की अदृश्य बैसाखी पर कंधे टिका दिए, "नमस्ते, सुलग्ना बोल रही हूँ।"

"नमस्ते बेटी, अपने पापा से बात करवाओ।"

"अभी…।"

कॉर्डलेस हाथ में लेकर और मेन फोन का रिसीवर रखकर पापा के कमरे की ओर भागी। संयोग से बाथरूम से निबट चुके थे।

लंबी खिंचती बातचीत। बार-बार 'भगवान् की कृपा' की दुहाई। फोनकर्ता को धन्यवाद भी। अधखुले दरवाजे से देखा, बिस्तर पर बार-बार मुद्रा बदलते पापा को, उनकी आँखों की चमक को, सुना उनकी चहक को। समा नहीं रही खुशी।

तब्दीलियाँ सुलग्ना में भी हुईं। गालों पर लालिमा छा गई, आँखें लज्जा से नम हो गईं, कानों की लवें तपने लगीं, दुपट्टे का छोर उँगली से लिपटने लगा, पैर काँपने लगे। किस्सा मय क्लाइमेक्स समझ में आ गया था। फोनकर्ता की मुजफ्फरनगर

में रोलिंग मिल थी और उन्होंने उसे पुत्रवधू की हैसियत देना मंजूर कर लिया था।

भावी ससुरालिए नाम और नामावाले थे। जहाँ तक दूल्हे राजा का सवाल था, इकहरी काठी के थे, गोरे-चिट्टे, स्मार्ट, गाजियाबाद से एम.बी.ए.। जाहिरा कोई बात नहीं कि आपत्ति की जा सके।

दो साल से ऊपर हुए। पिता सुरेंद्र मोहन ने सुलग्ना के सफेद-झक गोरे हाथ पीले करने की जोरदार मुहिम छेड़ी थी। पर उसने उससे भी ज्यादा जोरदारी से झटक दिया था, "अभी तो बिल्कुल नहीं। क्यों भगाा रहे हैं इतनी जल्दी? जरा सोचिए, आजकल खाली एम.ए. में क्या धरा है? कोई स्पेशल कोर्स तो चाहिए-चाहिए।"

झटपट साउथ एक्स के दोयम दर्जे के फैशन टेक्नोलॉजी इंस्टीट्यूट में प्रवेश ले लिया था। कोर्स खत्म होते ही पिता ने फिर घेराबंदी शुरू कर दी कि उसे जल्द-से-जल्द प्रेजेंटेबल पैकिंग से पार्सल कर दिया जाए। उनकी पैकिंग की फैक्टरी थी, पैकिंग में विश्वास ही नहीं, महारत हासिल थी। बस चलता तो सुलग्ना से छोटे दोनों बेटों की पढ़ाई छुड़वाकर कल गद्दी पर बैठा देते और परसों एक ही मंडप में सप्तपदी करवा देते। बहुतेरे भारतीयों की तरह वे भी दायित्व को कंधे छीलनेवाला जुआ समझते थे। और उससे तुरंत मुक्त हो जाना चाहता थे।

दोपहर का भोजन हो चुका।

आराम करने के इरादे से अपने कमरे में गई। निगाह पेंटिंग पर टिकती है, जिसमें क्षिति, जल, पावक, गगन और समीर को मानवाकृति और वास्तविक रूप में मिला-जुलाकर चित्रित किया गया है। शीर्षक है—'पंचतत्त्व'। पेंटिंग अब धुँधला गई है और इस स्थिति के लिए पंचतत्त्व—धूल, नमी, ताप, आकाश और हवा—ही जिम्मेदार हैं। पेंटिंग चारुशीला दी ने दी थी, दी नहीं, भेंट की थी।

उनकी याद आती है। यहीं, इसी कमरे में, इसी पेंटिंग की मौजूदगी में कहे गए शब्द कानों में घंटानाद करते हैं—"पुरुष आधुनिक हो या पारंपरिक, शहर का हो या गाँव का, अमीर हो या गरीब, पढ़ा-लिखा हो या अनपढ़, पत्नी के रूप में अपेक्षा अक्षतयोनि की होती है। कम-से-कम इस मामले में वह पत्नी को अर्धांगिनी मानता है—अपने शरीर का अंग। अपने अंग को कोई गैर क्षत कर दे तो बुरा नहीं लगेगा? यह बात दीगर है कि विवाह से पहले वह स्वयं कितने ही गोते लगा चुका हो, कितनी ही योनियाँ क्षत कर चुका हो। हिंदुस्तानी मर्द की सिफत होती है कि उसे बाहर की जूठन खाने में एतराज नहीं होता, पर घर में दरकार साफ-शुद्ध भोजन की होती है।"

शाश्वत सत्य घटनाओं की मुद्रा में, गहरी टीस के साथ कहे गए शब्द।

पड़ोसन ही तो थीं। शादी होने पर स्मार्ट, आधुनिक और स्पष्टवादी पति ने अपने 'प्रिमैरिटल रिलेशंस' के बारे में विस्तार से बताया, फिर खुलेपन और पारदर्शिता का वास्ता देते हुए जुगल से अफेयर की बात उगलवा ली। पर पच नहीं पाया। मन ढीला होता तो ताना मारता, "जुगल की याद सता रही है ?" खुश होता तो डंक चलाता, "जुगल से भेंट हुई थी या टेलीफोन पर बात हुई थी ?"

पति के चौथाई दर्जन पूर्व संबंधों को लेकर वह तो सहज-सामान्य रहती, पर वह उनके इकलौते अफेयर को—जो काफी पीछे छूट गया था—लादी की तरह ढोता रहता। क्या ऐसा नहीं हो सकता कि पत्नी के पूर्व संबंध को पति उसी सहजता से स्वीकार कर ले, जिस सहजता के साथ पति के पूर्व संबंध को पत्नी स्वीकार करती है ?

पेंटिंग से याद आईं चारुशीला दी और चारुशीला दी से याद आई वल्लरी। वल्लरी—जिगरी सहेली, तीसरे से बी.ए. तक की सहपाठिनी। विवाह हुआ भारतीय राजस्व सेवा के अफसर से—बहुत उत्साह से, बहुत धूमधाम से। कुछ दिन तक गाड़ी ठीक-ठाक चली, फिर चरमराने लगी। अधीनस्थ महिलाकर्मियों, पुरुषकर्मियों की संबंधियों और कॉलगर्लों के साथ रास रचाने लगा। टोकने पर चुटीले साँप की तरह फुफकार उठता, "तुम्हीं कौन पाक-साफ, धुली-पुँछी हो ? मुझे सब पता है। अपूर्व और तुम्हारे ताल्लुकात किस कोण से नैतिक थे ?"

उसे वल्लरी के पूर्व प्रणय-संबंध की जानकारी हो गई थी, जिसे वह तलवार-ढाल की तरह इस्तेमाल करता। एक दिन तो निर्दय-निर्मम बाघ बनकर सीने पर सवार हो गया, "तो तुम भी किसी से ताल्लुकात कायम कर लो!"

ताल्लुकात कायम करना सबके लिए 'नमस्ते' करना जैसा सहज तो होता नहीं!

वह भी एक दोपहर थी। चेहरे पर बदनुमा इतिहास टाँके वल्लरी वापस लौट आई। फिर मायके की होकर रह गई। न बुलावा आया, न जाने का बूता जुटा सकी।

याद आती है वल्लरी के साथ छत पर गुजारी उमस भरी धूसर शाम। भूलते नहीं दंशित वल्लरी के शब्द, "आदमी खुद तो घाट-घाट का—यहाँ तक कि गंदे नाले के घाट का भी—पानी पीने से चूकता नहीं, मतवाले भौंरे की तरह फूल-दर-फूल मँडराता रहता है, जरा सी चिकनी सतह पाते ही 'टप्प से' लार टपका देता है, पर औरत से यही अपेक्षा कि गैर मर्द को देखते ही आँखें बंद कर ले, होंठों पर

टेप चिपका ले, खाँसी-छींक रोक ले और मन पर बड़ा सा ताला लगाकर चाबी किसी नदी-नाले में फेंक दे। संवेदना की परतों को छुरे से तार-तार कर ली जाती हैं परीक्षाएँ। फिर कहा जाता है कि स्त्री के चरित्र को भगवान् भी नहीं जानता। तो क्या पुरुष के चरित्र को भगवान् जानता है? कहा जाता है, नारी माया है, नरक का द्वार है। तो क्या पुरुष माया-मोह से परे है? वह स्वर्ग का द्वार है? कहावतें-उक्तियाँ किस कदर झूठी होती हैं! और महापुरुष-मनीषी ही कौन हरिश्चंद्र होते हैं! कोई स्त्री को ताड़ना का अधिकारी बताता है, कोई उसके पास जाते समय कोड़ा ले जाने की सलाह देता है। कोई उसे फूहड़ कहता है, कोई तुच्छ, कोई कमजोरी, कोई धोखेबाज।"

काँप उठती है सुलग्ना। फिर पैदा होती है खीज। योनिशुचिता का बड़ा सवाल रहता है इन पुरुषों को, पर लिंगशुचिता को लेकर अंधे-गूँगे-बहरे बन जाते हैं। कोई पूछे जाहिलों से, कौमार्य-भंग स्वयं स्त्री तो करती नहीं। इसके लिए भी जिम्मेदार पुरुष होता है। संसर्ग से झिल्ली फट गई तो वह दुश्चरित्र और अपवित्र हो गई, दूषित और दोषी मान लिया गया। पर लिंग महोदय जो हैं—परम पवित्र, परम चरित्रवान् बने रहे। प्रकृति ने भी स्त्री के साथ कहाँ न्याय किया। झिल्ली न होती तो कौन सी कमी आ जाती स्त्री के रूप-लावण्य में? छोटी सी, झीनी सी, निरर्थक सी चीज पति को अविकल सौंपने की अपेक्षा की जाती है, जिससे कि वह जीते गए मेडल के भाव से ढिंढोरा पीट सके कि उसकी पत्नी 'वर्जिन' है! कितना अच्छा होता कि एक अदद झिल्ली पुरुष के लिंग में भी होती, जिससे नवविवाहिता कह सकती, "मिस्टर झिल्लीप्रेमी जीव, पहले अपनी झिल्ली का हिसाब-किताब दो, मेरी झिल्ली के इतिहास पर शोध बाद में।"

माहौल खुशनुमा, सिलसिला बधाइयों का। पर याद आ रहे हैं दुःखद प्रसंग। क्यों हो रहा है ऐसा?

अंकुर ने धड़ाम से दरवाजा खोला। पीछे-पीछे अनुज। शुरू हो गया। छेड़खानीनुमा परिहास—निशाने पर दीदी और जीजू हैं। पीड़ित-दुःखी चेहरों का बायस्कोप स्थगित हो जाता है।

सुबह होगी तो दोपहर भी होगी, शाम भी और रात भी।

जो तसवीर उभरती है, पल्लव की है। तसवीर कब, किसकी उभर आए, कहा नहीं जा सकता। यह हमारे बस में भी नहीं होता।

गेहुँआ रंग, कैरेमल आँखें, लंबा कद और चौड़ा चेस्ट, छात्राओं द्वारा टी.डी.

एच. (टॉल, डार्क एंड हैंडसम) से उपनामित। अध्यापकों को ही नहीं, छात्रों को भी निर्विवाद आशा कि यह भागलपुरिया रामजस में टॉप करेगा और यूनिवर्सिटी में पोजीशन लगेगी।

शुरू में इग्नोर किया था, पर शालीन पिछुआहट, स्वागतोत्सुक मुद्रा, आँखों की चमक और गंभीर दिलचस्पी से भीतर कुछ रिसने लगा था—हौले-हौले। पसंदगी आकर्षण के दरवाजे पर दस्तक देते हुए प्यार के मुकाम तक पहुँची थी। एक दिन, चौथे पीरियड के बाद, कैंटीन से लौटते समय लहराते लड़कों कें झुंड से फुसफुसाहट 'ओवरहियर' की, "देख, ये जा रही है पल्लववाली 'पिग' (प्रेटी इंडियन गर्ल)।" बदन में सुरसुराती झुरझुरी कि प्यार की रजिस्ट्री हो गई है!

प्यार ने लोकल ट्रेन की तरह गति पकड़ते हुए 'स्टार्मी अफेयर' यानी तूफानी चक्कर का रूप ले लिया। तूफान की सबसे खास बात पूछी जाए तो यही कहा जाएगा न—वह चीज, जिसमें संयम न हो। उसके बीच भी संयम की दीवार भरभरा गई। ऐसे में भावनाएँ वर्जनाओं को तोड़कर निर्बंध हो जाना चाहती हैं, नए अनुभव से गुजरना चाहती हैं, असंभव को संभव बनाने की जुगत करती हैं। अविवाहित स्थिति में शारीरिक संसर्ग के 'गिल्ट' की धूमरेखा कुछ समय तक रही जरूर, पर बाद में दूर क्षितिज में विलीन हो गई।

पल्लव रेशमी सपने बुनता, उसे सर्दियों की धूप, गरमियों की छाँव बताता, जीवन भर साथ निभाने के वायदे करता, कसमें खाता, अहद लेता। फाइनल परीक्षा के बाद छुट्टियों में अपने घर गया तो गूलर का फूल हो गया। न हाल, न चाल, न अता, न पता। 'टॉल' बौना साबित हुआ, 'डार्क' में गहराई नहीं रही, 'हैंडसम' की परत से सफेद दाग झाँकने लगे।

बहुत बाद सुनने में आया कि कोलकाता युनिवर्सिटी से एम.फिल. कर रहा है। साथियों ने सुझाव खिसकाए कि संपर्क कर देखे, पर गवारा नहीं हुआ। बेअसर मुहब्बत को दु:स्वप्न समझकर भूल जाने में ही निष्कृति है। एक बार फरेब खाना शायद बेवकूफी नहीं, पर दुबारा, वह भी उसी शख्स से फरेब खाना, काफी वजनी बेवकूफी है। दरअसल जो प्यार नहीं, प्यार का नाटक करते हैं, उन पर चिट्ठियों का, टेलीफोन का, पुरानी यादों का, यहाँ तक कि खाई कसमों का, किए वायदों का और लिए अहदों का भी कोई असर नहीं पड़ता। जिनमें सच्ची चाहत होती है, वे सात समंदर पार कर, अलंघ्य पर्वत लाँघकर सामने आ खड़े होते हैं। प्यार का यह लिटमस टेस्ट है।

पल्लव उसे नहीं, देह को प्यार करता था। यों कहें, उसे भोगना चाहता था। 'यूज एंड थ्रो कल्चर' की कलम था वह। पहली छलाँग दूसरी छलाँग का हौसला देती है और पहली विजय दूसरी विजय का लालच। उसने कोलकाता के विशाल, गहरे सागर में भी चारा डाला होगा और सुनहली या रुपहली मछली फँसा ली होगी। इसके बावजूद श्रीमद्‌भागवत का यह उद्धरण पूर्व की भाँति अगले सैकड़ों सालों तक टपकाया जाता रहेगा—'स्त्रीणां नैव तु विश्वासम्', यानी स्त्री पर विश्वास नहीं करना चाहिए।

निजी दुश्चिंता को हाँड़ी में बंदकर पीपल पर बार-बार लटकाना चाहा, पर बेअदब प्रेतनी बन वह बार-बार पीठ पर धर धमकती। सबसे खतरनाक, सबसे मारक, सबसे व्यथित करनेवाली होती है वह निजी दुश्चिंता, जो किसी के साथ 'शेयर' नहीं की जा सकती, जो अंदर-ही-अंदर घन-घमंड की तरह घहराती रहती है, घुन की तरह खोखला करती रहती है।

भीगे, भयभीत खरगोश जैसी कँपकँपी। अचानक मम्मी आ गईं—अपनी सैंडिलों की धमक के साथ। जाने कब वापस आ गईं बाजार से।

"परेशान सी हो। क्या बात है?"

"कुछ नहीं, मम्मी। जरा सिर में दर्द है।"

"वही सोच रही थी कि अचानक हो क्या गया!"

बाजार से लाया चटर-पटर सामान दिखाकर मम्मी चल देती हैं, 'लेट लो' की हिदायत के साथ।

देखती है कि खूबसूरत, पढ़े-लिखे, अमीर युवक से शादी हुई है। सज-धजकर ससुराल आई है। तीसरे दिन शराब का भभका मारता पति धक्के मारकर निकाल देता है, "इस घर के दरवाजे तुम्हारे लिए बंद।"

दरवाजा 'भड़ाक' से बंद हो जाता है।

सारा मुहल्ला ताक रहा है। कहीं से भी सहानुभूति के बोल नहीं।

कहीं यह सपना तो नहीं? नहीं, यह तो हकीकत है। दरवाजे के सामने असहाय पड़ी है।

अचानक नींद खुल जाती है। देह पसीने से तर-ब-तर।

उठकर डेढ़ गिलास पानी गटक गई। नींद को फुसलाने में भी निस्तार नहीं।

उसने शादी से इनकार नहीं किया। बहुतों से सुना है, विवाह उस फल की तरह होता है, जिसे जो खाता है, पछताता है और जो नहीं खाता है, वह और ज्यादा

पछताता है। वह उस बंधन की तरह होता है, जो परेशानी का सबब तो होता है, पर जो नहीं बँध पाता, वह शायद ज्यादा परेशान रहता है।

□

विवाह की तैयारियाँ लगभग युद्ध की मानसिकता के साथ दिनोदिन जोर पकड़ती गईं। आखिर एक दिन तिथि धर धमकी।

मंडप-सज्जा में भव्यता पर विशेष जोर दिया गया, इस अपेक्षा से कि चर्चित-प्रशंसित हो। ऐसा हुआ भी। निमंत्रण-पत्र भी कहाँ कम था। वह अल्युमीनियम की प्लेट पर उत्कीर्ण था और उसे पत्र की तरह 'पत्तर' कहना ज्यादा ठीक होगा। बारात, बैंड, भँगड़ा, हाई पिच का म्यूजिक प्रोग्राम, अर्धनग्न चित्रहार डांस, जयमाला—सभी में संपन्न व्यावसायिकों के कुरुचिपूर्ण लटके-झटके और भव्य भोंड़ेपन की छौंक। भोज में इतने आइटम कि क्या खाया जाए, क्या छोड़ा जाए, गंभीर समस्या थी, जो जाहिर है, प्रशंसित हो रही थी।

देर रात वैवाहिक संस्कार शुरू हुए।

अगली सुबह दहेज में दी गई ओपेल ऐस्ट्रा पर पति की बगलगीर होकर सुलग्ना ने मुजफ्फनगर के लिए कूच कर दिया। विदा-वेला को 'भीगी पलकें' नाम दिया गया था, जो सचमुच साकार हुआ था।

मांगलिक मंत्रों, मांगलिक परंपराओं और मांगलिक टोटकों से नववधू का गृहप्रवेश-स्वागत हुआ। फिर पूजाघर में कुलदेवता के सामने माथा टिकवाया गया। परात में पानी भरकर सिक्के लूटने की परिहास-क्रीड़ा हुई, जिसमें एक बार पति, दो बार वह जीती। इन विंबल्डन मैच से अपने पक्ष की हार से ससुरालिए झेंपे और मायूस हुए। रस्म मुँहदिखाई की। एक जगह बैठे-बैठे पैर तो बँधे ही, लोगों की बेवकूफी भरी टिप्पणियों से कम बोरियत नहीं हुई। परिचित कराए गए ढेर सारे चेहरों में से कुछ ही पोर्ट्रेट बन सके। व्यवस्था और लेन-देन में मीन-मेख निकालने की रवायत का भी पालन हुआ, पर चंद प्रशंसा-वाक्यों और 'लेकिन' का उपसर्ग लगाने के रोचक अंदाज के बाद।

ढोल-मँजीरे बजे। गवाया-नचवाया गया। मनोरंजन-का-मनोरंजन, लगे हाथ संगीत-परीक्षा भी। भोजन बनवाया गया। यह भी परीक्षानुमा रस्म थी। शुक्र कि धुप्पल चल गया और पास माना गया। वह तो फेल होने की आशंका के साथ आई थी। देवरों-ननदों ने मजाक की भी, उड़ाई भी। नवविवाहिता को पग-पग पर परीक्षा देनी पड़ती है। अगर फेल होती है तो हमेशा के लिए फेल मान लिया जाता है,

सप्लीमेंटरी-कंपार्टमेंटल की भी सुविधा नहीं।

अंत में आई सब रस्मों की रस्म, जिसे आला रस्म भी कहा जा सकता है, यानी महामिलन की रात। थोड़ी औपचारिकता, थोड़े चौकन्नेपन के बावजूद उदयन का व्यवहार स्नेहिल रहा। ढेर सारी बातें—मधुर-मधुर, मदिर-मदिर। बतरस के बीच शरीर से खेलने लगा। बातें कम होती गईं, खेल में लय और गति बढ़ती गई। फिर दोनों स्वचालित रोबो में तब्दील हो गए।

उदयन तृप्त दिख रहा था। वह भी। यकायक उस पर झुककर, चिबुक के डिंपल में तर्जनी फिराते हुए वह चहक उठा, "सो माई डार्लिंग इज वर्जिन।" (तो मेरी प्यारी अक्षतयोनि है!)

रोम-रोम में फूटता उल्लास, संतुष्टि और विजय भाव मानो सदियों से सीने पर रखे बोझ को खिसकाकर किसी ने मुक्त कर दिया हो।

"डिड यू हैव एनी डाउट?" (आपको क्या कोई संदेह था) आँखों के गोले नचाकर, भवों पर मीठी झिड़की लाकर वह मुसकरा दी।

नाटकीय अंदाज में कहा गया नाटकीय वाक्य। पर अंदर से वह बहुत-बहुत उदास थी। मन चीख-चीखकर कह रहा था, "उदयन, तुम भी दकियानूसी, बल्कि घटिया मर्द निकले। या फिर सारी मर्दानगी दिखाने के बावजूद मर्द भी नहीं! भले ही तुमने मुझे पास कर दिया, पर मैं तुम्हें फेल करती हूँ।" आशंका तो थी ऐसी प्रतिक्रिया की, पर आशा जो है, आखिर तक साथ छोड़ने को तैयार नहीं हुई थी—काश, ऐसा न हो!

प्रतिकूल प्रतिक्रिया की आशंका से उसने कैप्सूल रख लिया था, जो संसर्ग के समय फट गया था और लाल-लाल रंग न केवल उदयन के अंग विशेष पर, बल्कि बेड शीट तक आ पहुँचा था। फरेब पर ग्लानि तो हुई, पर शरीर पर चढ़ आई चींटी की तरह झटकते देर नहीं लगी, "उदयन, तुम जैसे बीमार मर्दों का इलाज कैप्सूल ही है।"

□

तस्मै श्रीगुरवे नमः

उलझे-उलझे बाल, बीच-बीच बिखरे चाँदी जैसे तार, उन्नत भाल, चश्मे के पीछे से झाँकती सजग-वेधक आँखें, स्लेटी स्वेटर के अंदर कैद सर्दी को कोसती पीली कमीज, चौड़े घेर का सफेद पायजामा और काले पंप जूते। चश्मे और जूते—इन दो 'एसेसरीज' से व्यक्ति के रहन-सहन, चाल-ढाल का अंदाज लगाया जा सकता है। इस लिहाज से प्राथमिक विद्यालय गोविंदपुर के प्रधानाध्यापक विद्याप्रकाश को गँवई-गाँव के चौखटे में आसानी से रखा जा सकता है।

विद्यालय-परिसर के सामने सड़क है, जो गाँव को शहर से जोड़ती है। इस जुड़ाव के बावजूद गाँव अभी तक न तो अपनी प्रकृति से शहर से जुड़ सका है, न ही परिवेश से। परिसर में सामने की ओर वानप्रस्थ अवस्था में पहुँच चुके अमरूद के दो पेड़ हैं, जिनकी चारों ओर फैली डालों ने गोलाकार छत्र-आकृति बना रखी है। मानो आकाश से कह रहे हों—"यार, घबराना नहीं। नीचे गिरे, तो हम अपने ऊपर थाम लेंगे।"

परिसर के दाईं और बाईं ओर के खेतों में पीली सरसों फूली हुई है और गेहूँ की हरी बालें 'गाभ' में आने को बेताब हैं। सरसों और गेहूँ के पौधे चक्षुभावन ही नहीं, नासिकाभावन भी। पीछे की ओर गन्ने के खेत हैं, जिनके 'बैकड्राप' में सफेदी से पुता विद्यालय-भवन किसी शिशु की तरह खिलखिलाता नजर आता है। दाईं ओर के खेत में पानी लगाया हुआ है, जिससे गीली हुई मिट्टी की महक उठ रही है। मिट्टी की महक—दुनिया की सबसे प्यारी, सबसे सोंधी महक! कुल मिलाकर हरे-भरे खेतों के बीच बैठे होने का खूबसूरत एहसास।

फरवरी का तीसरा सप्ताह यानी सर्दी फ्लाई ओवर की ढलान पर फिसलती हुई। सवा ग्यारह का खुशनुमा वक्त। हवा का बहाव 'न' के बराबर, कुनकुनी धूप सुखदाई। विद्याप्रकाश धूप में पाँचवीं कक्षा को पढ़ा रहे थे। तभी बी.एस.ए. यानी

बेसिक शिक्षा अधिकारी का 'प्रेम-पत्र' आया। सुखदाई मौसम, दुखदाई पत्र। जिला प्रशासन ने मतदाता परिचय-पत्र हेतु फोटोग्रैफी में ड्यूटी लगा दी थी। पटरी से उतरी पढ़ाई की समयसारिणी मुँह के बल धराशायी। वार्षिक परीक्षाएँ अब ज्यादा दूर नहीं। कहाँ तो सोच रखा था कि पिछड़ा कोर्स कवर कर लाइन पर ला देंगे, कहाँ यह नई आफत आ टपकी। पंद्रह दिन इसी में 'स्वाहा-स्वधा' हो जाएँगे, पढ़ाएँगे क्या, खाक? दाद में खाज यह कि बीच में कोई अवकाश नहीं— यहाँ तक कि साप्ताहिक भी नहीं। रोज ड्यूटी—सुबह दस से शाम पाँच बजे तक।

मौन झुँझलाहट छिपी नहीं रही। तड़ियल छात्रों को समझते देर नहीं लगी, कागज में कुछ ऐसा सड़ियल है कि मास्टर साहब फेर में पड़ गए हैं। सुनहरा अवसर पाकर लगे फुसफुसाने। आघात से अस्थाई तौर पर उबरने पर उन्होंने तीव्रतर होती जा रही फुसफुसाहटों पर लगाम लगानी चाही। वह जोर से खखारे। चतुर-सुजान छात्र चौकन्ने हो गए। उन्होंने पाठ के तंतु पकड़ते हुए कहना शुरू किया, "हाँ तो मैं कह रहा था···।"

कोई तीन महीने पहले मुई निर्वाचन-नामावली संशोधित करने में ड्यूटी का बोरा सिर पर लाद दिया गया था। पूरी तरह से कचर-मचर गया था। गाँव-गाँव मारा-मारा फिरा था। इस फोटोग्रैफी-जोंक से भी जल्दी पिंड छूटनेवाला नहीं। आगे फोटोग्रैफी का दूसरा दौर, हो सका तो, तीसरा दौर भी होगा। उसमें भी ड्यूटी थोपी जाएगी।

अप्रैल के आखिरी और मई के पहले हफ्ते में चुनाव होंगे। ड्यूटी लगनी ही लगनी है। चुनाव राष्ट्रीय ही नहीं, वैधानिक पर्व भी। अनगिनत ट्रेनिंगें। ई.वी.एम. (इलेक्ट्रानिक वोटिंग मशीन) की अलग से ट्रेनिंग। विद्याप्रकाश पूरी निष्ठा के साथ विद्या का प्रकाश फैलाना चाहते हैं, पर शिक्षणेतर कार्य लोहे की दीवार बनकर खड़े हो जाते हैं। ऐसे में छात्र फिसड्डी नहीं रहेंगे तो क्या होगा? वे पब्लिक स्कूल के छात्रों को सपने में भी 'टिपिया' नहीं सकते।

पल्स पोलियो। दुर्भाग्य देश का, बीसियों अभियान चले, पूरी कामयाबी अभी तक हासिल नहीं हुई। यह अभियान रविवार को ही आयोजित होता है। हफ्ते की एक छुट्टी मारी जाती है। नहीं भूलता वह दिन, जब पहली बार ड्यूटी लगी थी। टीम का नेतृत्व पी.एच.सी. के डॉक्टर को सौंपा गया था। अभियान सुबह आठ बजे से चलना था। भीरुता और शंकाग्रस्तता की पुराकालिक प्रवृत्ति। पैंतालीस मिनट पहले ही पहुँच गया। उबाऊ इंतजार के बाद लगभग दस बजे टीम लीडर पधारे। आते ही

लगे खौखियाने, "ओफ्फोह, अभी तक शुरू नहीं किया ड्राप पिलाना। कितनी देर हो गई? किसी मतलब के नहीं तुम लोग। एकदम नाकारे।"

दबसट में लेने की चक्रवाती चेष्टा। बोलते समय भवें रह-रहकर काँप रही थीं। होंठों के कोनों में थूक-बिंदु रिस आए थे।

"पर हम लोगों को बताया गया था कि डॉक्टर साहब खुद पोलियो ड्राप पिलाकर दिखाएँगे। जिस ढंग से, जिस मात्रा में वह पिलाएँ, उसी ढंग से, उसी मात्रा में पिलाना है। पर आप आए ही नहीं।" विद्याप्रकाश ने स्थिति स्पष्ट करनी चाही।

"इतने मामूली से काम की जानकारी नहीं। कुछ नहीं, तुम लोग मिट्टी के माधो ठहरे। इकदम 'वर्थलेस'। अब तो ड्राप पिलाते-पिलाते शाम हो जाएगी।" डॉक्टर ने मुँह बिचकाया।

ये लो भाई! सुबह समय से आए नहीं, शाम की चिंता अभी से सताने लगी। यह हैं हमारे निष्ठावान सरकारी अफसर!

"डॉक्टर साहब, हम लोगों के लिए यह पहला अनुभव है। कम या ज्यादा डोज हो जाता, तो आप ही नहीं, सारे अफसर बिगड़ते। आप सुबह आठ बजे आ गए होते तो अब तक काफी काम निबट गया होता।"

"बहुत कानून छाँट रहा है। क्या समझता है अपने आपको? है तो प्राइमरी स्कूल का मास्टर ही। मुझसे जबान लड़ाता है, मुझसे...। अभी 'कंप्लेंट' कर दिया, तो नाप दिए जाओगे। ज्यादा टिलटिलाओ नहीं...।"

उलटे चोर कोतवाल को डाँटे। ऐसे डाँट पिला रहा है जैसे कर्जखोर घरेलू नौकर हूँ। गुस्सा तो बहुत आया, पर खून का घूँट पीकर रह गया। पत्नी उर्मिला, बेटी सुखदा और बेटे ज्ञानप्रकाश के चेहरे आतिशबाजी की चरखी की तरह नाचने लगे—टी.वी. में उभरती तसवीरों की तरह। परेशानी या संकट में ऐसा अकसर होता है—अपने आप, स्वचालित यंत्र की तरह।

कभी गुरु सम्मानीय हुआ करता था। कबीर ने कहा था—

गुरु गोविंद दोऊ खड़े, काके लागूँ पाँय।
बलिहारी गुरु आपनो गोविंद दियो बताय।।

उसके बचपन तक भी गुरु की गाँव-इलाके में इज्जत हुआ करती थी। पर अब? चपरासी या उससे भी गई गुजरी स्थिति में ग्राफ लुढ़क चुका है। बाजार की भाषा में कहें, तो शेयर क्रैश हो गया है। 'गरीब की जोरू सबकी भौजाई' वाला हाल हो गया है। कहाँ-से-कहाँ पहुँच गए हम?

स्थानीय निकाय के चुनाव 'पंचास्थानि निर्वाचन' की नामावली तैयार करने में भी ड्यूटी लगाई गई। लगाई क्या गई, थोपी गई। जैसे पंचास्थानि का मतलब आम लोग समझ नहीं पाते, वैसे ही समझ नहीं आता कि विधानसभा-लोकसभा निर्वाचन नामावली से ही स्थानीय निकाय के चुनाव क्यों नहीं कराए जाते? विधानसभा-लोकसभा निर्वाचन केंद्रीय निर्वाचन आयोग संपन्न कराता है और स्थानीय निकाय निर्वाचन प्रादेशिक निर्वाचन आयोग। क्या सिर्फ इस नाते अलग-अलग सूची बनाए जाने का औचित्य बन जाता है? क्या यह गरीब देश के पैसे की, उसकी श्रमशक्ति की बरबादी नहीं? ऊँचे पदों पर विराजमान महानुभावों-महामान्यों-महाज्ञानियों को क्या यह दिखता नहीं?

विद्याप्रकाश का विद्यालय गाँव में है, जहाँ ग्राम पंचायत होती है, स्थानीय निकाय का अस्तित्व ही नहीं। पर उसकी ड्यूटी पास के कस्बे खरखौदा की निर्वाचन नामावली तैयार करने में लगा दी गई। तर्क दिया गया कि कस्बे में इस काम के लिए पर्याप्त कर्मचारी नहीं हैं। आगामी स्थानीय निर्वाचन में भी ड्यूटी लगाई जाएगी। छात्रों की पढ़ाई बाधित होने की एक और नुक्सानदेह तथा भरपाई न हो सकने वाली किश्त...। राजस्व विभाग या निर्वाचन कार्यालय में एक बार नाम दर्ज हो जाए और व्यक्ति आज्ञाकारिता में आकर ड्यूटी कर ले, तो समझिए चित्रगुप्त ने यमराज के अमिट रजिस्टर में नाम लिख लिया। न दलील सुनी जानी है, न अपील। चक्रव्यूह से निकल पाना संभव नहीं। फिर तो यह विभाग रोने-धोने, हगने-मूतने में भी आपकी ड्यूटी लगाएँगे, भले ही आपकी 'बेसिक ड्यूटी' का—जिसकी आप पगार पाते हैं और जिसके प्रति आपका 'कमिटमेंट' होना चाहिए—भट्ठा पिट जाए, कबाड़ा हो जाए। जीवनमुक्ति ही ड्यूटी से मुक्ति दिला सकती है। कभी-कभी तो जीवनमुक्ति के बाद भी ड्यूटी में नाम चलता रहता है। जैसे पारलौकिक संबंध हो।

अंबेडकर ग्राम के विकास कार्यों के सत्यापन में तहसीलदार के साथ ड्यूटी लगाई गई। विद्यालय से काफी दूर का गाँव आवंटित किया गया। शायद माना गया कि पास के गाँव में परिचित होंगे और वह पक्षपात कर सकता है। कच्चे, ऊबड़-खाबड़ रास्ते से साइकिल रेतते हुए डेढ़ घंटे में शहजादपुर पहुँचा था। भय लगातार काले डैने फैलाता रहा, मन धुकपुकाता रहा कि साइकिल पंक्चर हो गई तो समय से पहुँच नहीं पाएगा।

तहसीलदार बदजबान और बदअखलाफ। और बहुत से बद साथ जुड़े थे। पहुँचते ही झकझोरने की कोशिश की, "प्रदेश का मुख्यमंत्री खुद आकर चेक

करेगा। सरकारी अनुदान से बने शौचालय भी देखेगा और नालियाँ भी, खड़ंजे और हैंडपंप भी। अगर हैंडपंप से पानी आता नहीं दिखा, तो तुम्हारा पानी निकाला जाएगा। शौचालय बने नहीं दिखे, तो तुम्हारा शौचालय जाना बंद। विधवा पेंशन में घपला मिला, तो तुम्हें विधवा की तरह दयनीय बना दिया जाएगा।"

कुसंवाद के बाद गले के अंतिम सिरे से निकलता पैशाचिक अट्टहास। कजरारे रंग और बाहर निकले ऊपरी दो दाँतों के वैशिष्ट्य के कारण उसे खून पीनेवाले पिशाच के अभिनय में मेकअप की जरूरत नहीं थी।

उसे पान-मसाला की लत थी। दुकान से पान-मसाला मँगाता। बुरा लगता, पर यही सोचा कि चंद दिनों की बात है, किसी तरह झेल ले। अफसर-घोड़े के अगाड़ी आने से खुद की गाड़ी पिछाड़ी चली जाती है। इसने झूठ-मूठ ही काम में असहयोग का आरोप लगाकर उलटा-सीधा लिख दिया, तो लेने-के-देने पड़ जाएँगे। एक नया झगड़ा और झगड़े के साथ शुरू होता नया रगड़ा। स्वभावगत भीरुता, जिसका न आदि, न अंत।

लगातार बोलते रहने की बेहयाई मुखव्याधि है उसे। उसकी बकवास, उसकी झिड़की, उसके प्रवचन सुनते-सुनते कान पक गए। यह सब अपनी बेसिक ड्यूटी अध्यापन के कारण नहीं, इतर कारणों से। शिक्षक को अकारण-अनावश्यक झिड़कना, उपहास करना, उससे चपरासी जैसा काम लेना अपमान तो है ही, सामाजिक मूल्यों में घुन लग जाने का भी द्योतक है। जो समाज भावी पीढ़ी के निर्माता शिक्षक को सम्मान नहीं दे सकता, उस समाज का भविष्य कैसा होगा, इसकी सहज कल्पना की जा सकती है।

ड्यूटी राशन कार्डों की जाँच में भी लगाई गई—पंद्रह दिन के लिए। उस समय उसके अस्थायी पति जिला पूर्ति अधिकारी हो गए। अस्थायी पतियों की कोई सीमा नहीं। जिस विभाग के साथ 'पिन अप' कर दिया जाए, वही खसम हो गया। न औचित्य, न तर्क, न दृष्टि, न विवेक। जब चाहो, जिसके साथ चाहो, नाथ दो। सबसे कमजोर प्राणी प्राइमरी स्कूल का अध्यापक। प्रशासन जितनी बेगार इस वर्ग से लेता है, उतनी किसी अन्य वर्ग से नहीं। रामनरेश—विद्याप्रकाश का सहपाठी, आयकर विभाग में निरीक्षक। यारबाशी में अकसर चुहल करता है, "गुरुवर, आप लोग धन्य हैं। देश में सबसे ज्यादा योग्य, सबसे ज्यादा क्षमतावान तुम प्राइमरी स्कूल के मास्टर लोग हो। बड़े-बड़े विद्वान् तुम लोगों के सामने पानी माँगें। सब जगह तुम्हारी जरूरत पड़ती है—ठीक आलू की तरह। तमाम तरह के काम

सौंपकर तुम्हारी काबिलीयत को इज्जत बख्शी जाती है, तुम्हारी भूधराकार क्षमता का सदुपयोग किया जाता है—हंड्रेड परसेंट कैपेसिटी यूटिलाइजेशन। लगे रहो, मुन्नाभाई।"

फर्जी राशनकार्ड बनाए पूर्ति विभाग ने, जाँच करने की बेगार ली जा रही है शिक्षकों से। अनजान मुहल्ला—जान न पहचान, बड़े मियाँ सलाम! एक-एक राशनकार्ड की जाँच। लोग गलतबयानी करते हैं। टोले-पड़ोस के लोग भी रंजिश के भय से सही बात नहीं बताते। अपेक्षित सहयोग नहीं करते। जरा सी चूक हो जाए, तो डी.एम. साहब की गुर्राहट भरी धमकी चरितार्थ हो जाए—"काम में गलती मिली, तो समझ लो 'सस्पेंशन ऑर्डर' टाइप ही नहीं हुआ, दस्तखत होकर जारी भी हो गया। कोई बचानेवाला नहीं।"

विद्याप्रकाश सामान्य कृषक परिवार में यानी अ-वी.आई.पी. परिवार में पैदा हुए थे। कुल जमा चार बीघे खेती थी। बाबा टीकाराम की ख्याति ईमानदार, उसूल पर चलनेवाले व्यक्ति की थी और इसी जमा पूँजी पर यह परिवार गर्व कर सकता था—और करता था। वरना इस परिवार में गर्व करने लायक शायद कुछ भी न था। सभी को पता था कि मोतीराम की तो जैसी-तैसी कट गई, पर उनके चार पुत्रों—विद्याप्रकाश, वेदप्रकाश, रामप्रकाश और शिवप्रकाश—की जिंदगी सिर्फ खेती के सहारे कटनेवाली नहीं। नैया तभी पार लगेगी, जब रोजी-रोटी के दूसरे जरिए तलाशे जाएँ। मोतीराम ने हिल्ले से लगने के लिए औलादों को पढ़ाना शुरू किया। वह पढ़े नहीं, कढ़े थे। पढ़ाई के प्रति जागरूक भी। सबसे आदर्श स्थिति बच्चे नौकरी के काबिल हो जाएँ, बँधी-बँधाई तनख्वाह उठाने लगें। नौकरी न लगे, तो किसी ठीक-ठाक धंधे-पानी का जुगाड़ हो जाए।

विद्याप्राकश ने बी.ए. किया। फिर बी.एड. प्रवेश परीक्षा में बैठे, पर चयन नहीं हुआ। उस जमाने में बी.एड. के गिने-चुने कॉलेज हुआ करते थे और उनमें भी होती थीं सीमित सीटें। भविष्य को लेकर सभी चिंतित होते हैं—चाहे साधनसंपन्न हों या साधनहीन। पर साधनहीन ज्यादा सतर्क होते हैं। संकटभीरु और समझौतापरस्त भी। इसी नाते विद्याप्रकाश ने बी.टी.सी. का भी फार्म भर दिया था, जिसमें सफलता मिली थी।

बी.टी.सी. प्रशिक्षण पूरा कर वह रिक्तियों की प्रतीक्षा करने लगे। पर रिक्तियाँ निकलने का नाम नहीं। सरग से गिरे खजूर में अटके, खजूर से गिरे हजूर में अटके। विशिष्ट वर्ग के लोग प्रतीक्षा-अवधि में सिर्फ प्रतीक्षा करते हैं, जबकि सामान्य-वर्ग

के लोग प्रतीक्षा के दौरान भी खाली नहीं बैठते, किसी-न-किसी काम में अपने को उलझाए रखते हैं। विशिष्ट और सामान्य की पहचान का यह भी दमदार पैमाना है। विद्याप्रकाश खेती में पिता की सहायता करने लगे। बच्चों के ट्यूशन भी लेते।

तीन साल के बेहद उबाऊ शून्यकाल के बाद प्राथमिक विद्यालय के अध्यापकों की रिक्तियाँ निकलीं, जिसमें विद्याप्रकाश का भी चयन हो गया। पहली नियुक्ति भावनपुर प्राथमिक विद्यालय में हुई। सारा घर खुशी से फूला नहीं समाया। टीकाराम की वंशबेल में पहला व्यक्ति नौकरी करने जा रहा था। घर का आर्थिक संकट पूरी तरह से कटने वाला न सही, पर कम होनेवाला तो था ही। गाँव के शिवालय में प्रसाद चढ़ाकर, टोले-मुहल्ले में बँटवाकर शुभ अवसर 'सेलेब्रेट' किया गया। दूसरी किश्त के तौर पर सत्यनारायण की कथा सुनी गई।

अध्यापन—उदात्त, उच्चाशयी, सुसंस्कृत, हितकारी और ज्ञानदायी सेवा। हजारों साल पुरानी!

गुरु-महिमा का बखान प्राचीन ग्रंथों में हुआ है—

गुरुर्ब्रह्मा गुरुर्विष्णुर्गुरुर्देवो महेश्वरः।
गुरुर साक्षात्परब्रह्म तस्मै श्रीगुरुवे नमः।।

यदि ईश्वर रूठ जाए, तो गुरु का आश्रय मिल सकता है, परंतु गुरु के रूठने पर कहीं ठौर नहीं मिलता। गुरु अज्ञान-अंधकार से अंधे हुए व्यक्ति के नेत्रों को ज्ञानरूपी अंजनशलाका से खोल देते हैं। संसार की सर्वाधिक मूल्यवान वस्तु प्रदान की जाए, तो भी गुरुप्रदत्त ज्ञान से उऋण नहीं हुआ जा सकता। तुलसीदास ने गुरु को मनुष्य रूप में भगवान् बताया है—"बंदउँ गुरुपदकंज, कृपासिंधु नररूप हरि।" गुरु नानक ने भी कहा है— "गुरु परमेसर एको जाणू।"

गुरु राष्ट्रनिर्माता होता है। उसके सामने बड़े-बड़े नतमस्तक होते हैं। प्राथमिक विद्यालय का गुरु बच्चों को शिक्षा तो देता ही है, व्यक्तित्व को भी सँवारता है। कुशल माली की तरह जड़ों में खाद देता है और अपने श्रम से सींचकर संस्कारवान बनाता है। उसके द्वारा शिक्षित छात्रों में बहुत से शिक्षक बनते हैं, बहुत से राजनेता और प्रशासक बनकर नीति निर्धारित करते हैं, विकास में प्रभावी भूमिका अदा करते हैं। बहुत से लेखन, संगीत, अभिनय, चित्रकला, खेलकूद, व्यापार, उद्योग आदि क्षेत्रों में नाम रोशन करते हैं। देश के विकास में प्राथमिक विद्यालय के शिक्षक की भूमिका नींव के पत्थर सरीखी होती है।

विद्याप्रकाश ने नौकरी ज्वाइन कर ली। जीवन को दिशा मिल गई, गति मिल

गई, लय मिल गई, छंद मिल गया। घरेलू जीवन में भी सानुकूल परिवर्तन हुआ। विवाह-सूत्र में बँध गया। पत्नी उर्मिला पड़ोसी गाजियाबाद जिले की—सुशील और सामंजस्य बिठानेवाली। समय पाकर दो संततियाँ हुईं—सुखदा और ज्ञानप्रकाश।

अध्यापकी चलती रही। ट्रांसफर होते रहे। कभी करीब का विद्यालय मिल जाता, कभी दूर का। कुछ साल बाद एक ही पद पर काम करते-करते ठहराव, एकरसता अनुभव होने लगी। ऊब भी। कुछ साथी-सहपाठी दफ्तरों में क्लर्क लग गए थे। उनमें से कुछ वरिष्ठ सहायक बन गए, कुछ इंस्पेक्टर बनकर सुपरिंटेंडेंट बनने की आस लगा रहे थे। आखिर अठारह साल के लंबे अंतराल के बाद प्रधानाध्यापक पद पर पदोन्नति हुई। आधुनिक बोलचाल में अब वह प्राथमिक विद्यालय का बॉस था।

□

प्रधानाध्यापक पद उस गुड़ की तरह सिद्ध हुआ, जो खाए तो पछताए, न खाए तो भी पछताए। जिम्मेदारियाँ काफी बढ़ गईं—कुछ जायज, पर ज्यादातर नाजायज। प्रधानाध्यापक को अब प्रधान लिपिक की ही नहीं, प्रधान चपरासी की भी भूमिका निभानी होती है। 'पीर बावरची भिश्ती खर' की कहावत सही मायने में उस पर चरितार्थ होती है—बढ़ते क्रम में। यानी, पीर की भूमिका सबसे कम और खर की भूमिका सबसे ज्यादा।

तीन सौ रुपए प्रति छात्र के हिसाब से छात्रवृत्ति का वितरण होता है, पर उसका हिसाब एक साथ नहीं रखा जाता। छात्रवृत्ति रजिस्टर चार भागों में बाँटा जाता है—1. अनुसूचित जाति/ अनुसूचित जनजाति 2. अन्य पिछड़ा वर्ग 3. सामान्य वर्ग 4. अल्पसंख्यक वर्ग। अलग-अलग वर्गीकरण के चक्कर में कभी-कभी काटपीट हो जाती है। अल्पसंख्यक वर्ग का छात्र अगर अन्य पिछड़ा वर्ग का है, तो उसे अन्य पिछड़ा वर्ग की सूची में भी डालना है और अल्पसंख्यक वर्ग की सूची में भी। 'अल्पसंख्यक वर्ग' में भी उसके 'अन्य पिछड़ा वर्ग' या 'सामान्य वर्ग' के होने के संकेत क्रमशः अ.पि.व. या सा.व. के संक्षेपण रूप में किए जाने की अपेक्षा की जाती है।

सहायक बेसिक शिक्षा अधिकारी का विजिट हुआ था। काफी झाड़ पिलाई थी। लाल-पीले होते हुए सवाल किया था, "अल्पसंख्यक वर्ग की अलग सूची क्यों नहीं बनाई?"

"सर, ऐसा कोई निर्देश तो था नहीं।" उसने सहज भाव से जवाब दिया।

पारा सातवें आसमान पर, "निर्देश? क्या तुम्हारी अक्ल घास चरने गई है? पता नहीं तुम्हें? अखबार नहीं देखते? अल्पसंख्यक वर्ग को आजकल कितनी तवज्जो दी जा रही है। उनके लिए नित नई योजनाएँ लागू की जा रही हैं।"

"सर, मैंने अल्पसंख्यक वर्ग के लिए अन्य श्रेणियों में 'अ.स.' लिखकर लघुसंकेत कर रखा है। इससे उनकी गिनती हो जाएगी।"

सच्चाई के स्वर की खनक सहायक बेसिक शिक्षा अधिकारी को रास नहीं आई। शायद किसी अफसर को अब नहीं आती। वह चीख पड़े, "मैं यहाँ चावल बीनने तो आया नहीं। बहुत से काम हैं मेरे पास, मेरे अंडर में बहुत से विद्यालय हैं। एक अकेला आपका लद्धड़ विद्यालय तो है नहीं। अल्पसंख्यक वर्ग की अलग सूची बनाओ।"

"बना दूँगा, सर, बना दूँगा, सर।"

"देख लो, काम ढीला-ढाला नजर आ रहा है। ऐसा ही चाल-चलन-चेहरा-चरित्र रहा, तो सस्पेंशन लेटर थमा दिया जाएगा। सालों जाँच चलेगी। घूमोगे लटके-लटके।" मानो फावड़े से 'हपर-हपर' खेत के 'कूँड़' गोड़ रहे हों, गोड़ते जा रहे हों।

यह क्या हो गया है आज के अफसरों को? बदजबानी और गाली-गुफ्तारी के बगैर अधीनस्थ से संवाद पूरा नहीं होता। गलती हो, काररवाई करो, पर असंसदीय भाषा का प्रयोग क्यों? खून में आए उबाल पर उर्मिला, सुखदा और ज्ञानप्रकाश के चरखी की तरह नाचते चेहरों ने बर्फ मल दी। खून ठंडा होने लगा। बदअखलाक, बदजबान, बदतमीज और बेशऊर अफसरों के स्वर्णयुग में ऐसे ही रिएक्ट करता रहा, तो एक दिन भी नौकरी नहीं चलेगी। यह भी महसूस किया कि झिड़की और उससे कहीं ज्यादा आँखों से फूटते शोलों के पीछे अफसरशाही अक्खड़पन की नहीं, जातीय विद्वेष भी है, जो सरकारी नौकरी में जहर की तरह उतर चुका है और उसे वही समझ सकता है, जो सरकारी नौकरी में है, वरना औरों के लिए तो सब 'गुडी-गुडी' है।

जिस तरह के हालात चल रहे हैं, उसे देखकर लगता है कि आगे रजिस्टर में दो अन्य श्रेणियाँ अ.पि. यानी अति पिछड़ा और सा.ग. यानी सामान्य गरीब भी बनानी पड़ेंगी और बाबूगीरी में दुखवर्धन ही होगा।

प्रत्येक अध्यापक को पाँच सौ रुपए शिक्षण सामग्री खरीदने के लिए मिलते हैं, जिससे संबंधित रजिस्टर भरने की जिम्मेदारी प्रधानाध्यापक की है। अध्यापकों

को धनराशि प्राप्त कराने का तिथिवार विवरण, अध्यापकों द्वारा क्रय की गई शिक्षण सामग्री, व्यय धनराशि आदि का विवरण अंकित करना होता है। छात्राओं की वर्दी का अलग रजिस्टर है। अकसर किश्तों में धनराशि आती है। ऐसे में कुछ छात्राओं को तो वर्दी बँट जाती है, कुछ को प्रतीक्षा करनी पड़ती है। पूरा हिसाब-किताब रखना होता है। स्वाद रजिस्टर भी कुछ कम बेस्वाद नहीं। इसमें 'मिड डे मील' का स्वाद लेनेवाले व्यक्ति से सहस्ताक्षर प्रविष्टियाँ करानी होती हैं। निर्देश है कि भरसक विद्यालय के बाहर का व्यक्ति 'मिड डे मील' का स्वाद लेकर प्रविष्टियाँ करे। अब शिकारी की तरह उड़ती चिड़िया तलाशते रहो, प्रधानाध्यापक जी!

नहीं कहता कि निःशुल्क पुस्तक योजना अच्छी नहीं, पर उसके लिए तो जी का जंजाल है। पुस्तकें देर से आती हैं, आती भी हैं तो किश्तों में। हिंदी की पुस्तक आ गई, तो गणित की नहीं आई। गणित की आ गई, तो विज्ञान की अटक गई। पिछले साल तो विज्ञान की पुस्तक जनवरी में आई थी, जब आधे से ज्यादा सेशन बीत गया था। जैसे-तैसे पढ़ाता रहा, छात्र जैसे-तैसे पढ़ते रहे। क्या ऐसी ही लश्टम-पश्टम पढ़ाई से नौनिहाल वैज्ञानिक बनेंगे, अफसर बनेंगे, डॉक्टर बनेंगे? कभी पैसे का रोना। पैसा है, तो व्यवस्था नहीं। निःशुल्क पुस्तक वितरण रजिस्टर में सबसे पहले आपूर्ति की गई पुस्तकों का विवरण, फिर छात्रों को वितरित पुस्तकों का लेखा-जोखा। एक-एक छात्र को बुलाकर हस्ताक्षर कराओ। बची पुस्तकों का स्टाक रखना अलग समस्या। जब तक सारी पुस्तकें बँट न जाएँ, तब तक रजिस्टर अधूरा-का-अधूरा। निरीक्षण पर आनेवाले अधिकारी अधूरा रजिस्टर देखकर शक करते हैं, जैसे पुस्तकें घर उठा ले गया हो या बेच दी हों। शक और शक! शक की सुई हमेशा प्रधानाध्यापक को वेधती हुई…।

ढेर सारी क्लर्की करीब-करीब अकेले ही करनी होती है। एक हैं उषा रानी—लंबी, छरहरी, झक्क गोरी। लिखा-पढ़ी का काम देखते ही स्वेद-कंप छूटने लगता है, माथे पर त्रिवली खिंच आती है और पतझड़ के पत्ते की तरह बेजान-बेआब हो जाती हैं। क्षमता ही नहीं कि ठीक से रजिस्टर भर सकें। पेज भर की यात्रा में दसियों गलतियाँ करती हैं। दूसरे महानुभाव हैं कक्षा तीन के अध्यापक भोपाल सिंह। एक नंबर के मक्कार। अक्षमता का लाजवाब अभिनय करते हैं। मूँछें ही नहीं, अक्ल भी बढ़ाई हुई है, पर उसे विध्वंसात्मक कामों के लिए आरक्षित कर रखा है। छात्रों को पढ़ाते हैं, तो लगता है प्रधानाध्यापक पर जाती एहसान कर रहे हैं। एक बार छात्रवृत्ति का रजिस्टर थमा दिया, तो जानबूझकर इतनी गलतियाँ कीं कि माथा

ठोंककर हाथ जोड़ने पड़े। नया रजिस्टर खोलना पड़ा। सोते को जगाया जा सकता है, पर सोने का नाटक करनेवाले को नहीं। एक बार मूर्ख को सज्ञान बनाया जा सकता है, पर मूर्खता का नाटक करनेवाले को नहीं।

एक अध्यापक का पद खाली चल रहा है। ले-देकर बचीं रेणुका। गरदन तक छतरीनुमा छाए बालों के बैकड्राप में साँवला, गोलमटोल और खिलखिलाता चेहरा जिस पर लावण्य की आकर्षक परत। काली-कजरारी आँखें, नाक पर दिपदिपाती लौंग और बाएँ गाल पर डिंपल का वैभव। वह लिखा-पढ़ी के काम में मदद कर देती हैं। पर उन्हें कक्षा चार के साथ-साथ कक्षा दो के भी कुछ विषय पढ़ाने होते हैं। फिर, चार बजे के बाद रुक नहीं सकतीं वह। घर को, विशेषकर बच्चे को, सँभालने की जरूरी जिम्मेदारी है। ऐसे में वह रजिस्टर घर लाकर, रतजगा कर पूरा करता है। लैंप का ही नहीं, अपना भी तेल जलाता है। लद्दू जानवर की तरह कचर-मचर जाता है।

बदबू से बजबजाते दौरों की श्रृंखला में एस.डी.एम. साहब आए थे। हर निरीक्षणकर्ता किसी-न-किसी शंका का बोझ लादकर लाता है। एस.डी.एम. साहब टाट-पट्टियों को लेकर बेहद शंकाग्रस्त थे। वे टाट-पट्टी रजिस्टर को काफी देर तक शत्रुभाव से घूरते रहे, फिर हिसाब-किताब मिलाने लगे। एक-एक टाट-पट्टी गिनी। जब स्टाक ठीक-ठाक मिला, तो खीजवश शौचालय को लेकर संवेदनशील हो गए। लगे बिफरने। यह क्रिया भी रजिस्टर घूरने की तरह लंबी खिंची।

कई छात्र अनुपस्थित थे। दरअसल मौसम ही अनुपस्थिति का था। विवाह-लग्न शुरू हो गई थी। रबी बुवाई का समय था। सर्दी भी अपने उरूज पर थी। कुछ छात्र तो बीस-पचीस दिन से अनुपस्थित चल रहे थे। इसको लेकर भी एस.डी.एम. साहब ने सवाल-जवाब किया, "जो बच्चे अरसे से विद्यालय नहीं आ रहे हैं, उन्हें लाने के लिए आपने क्या प्रयास किए?"

उसने सूचित किया, "बच्चों के माता-पिता से मिला, समझाया। उन्होंने आश्वासन भी दिया, पर बच्चे आए नहीं। दरअसल बच्चे तो ढीले हैं ही, उनके माता-पिता भी पढ़ाई-लिखाई के प्रति उदासीन हैं।"

"आप किन तारीखों में बच्चों के अभिभावकों से मिले। जिस रजिस्टर में मिलने का विवरण दर्ज हो, उसे दिखाइए।" उन्होंने तिरछी निगाह फेंकी। धूप में चश्मे का फोटोक्रोमिक लेंस रेफ्लेक्ट करने लगा।

"सर, गया तो था, पर विवरण रजिस्टर में नहीं नोट किया था। इस तरह का न तो कोई रजिस्टर प्रेस्क्राइब है और न ही नोट करने की कभी अपेक्षा की गई।"

"यानी कि आपके जाने का कोई 'प्रूफ' नहीं। सिर्फ हवा में बातें करते जा रहे हैं।" वह सींग चलाने की मुद्रा में आ गए। टोन भी गलाफाड़ हो गई।

"सर।"

वह चीख उठे, "चोप्प! मैं सब समझता हूँ।"

लगा—साँस लेने में तकलीफ हो रही है। जैसे टाट-पट्टी झाड़ने का गर्द-गुबार फेफड़ों में चला गया हो। जवाब देने का मतलब कुछ और भद्दे सवालों को आमंत्रण। कुतर्क-से-कुतर्क तो किया जा सकता है, तर्क नहीं। चश्मे के पीछे से झाँकती सजग-वेधक आँखें नीचे झुक गईं। मानो फर्श पर गिरी कोई सूक्ष्म वस्तु तलाश रही हों। कभी कहीं सुने गए प्रार्थना-स्वर कानों में गूँजे—

गुरुदेव तुम्हारे चरणों में हम सिर को झुकाया करते हैं।
दुनिया को सुनाकर कुछ न मिला, अब तुमको सुनाया करते हैं।।

बच्चे निरीह पशु तो नहीं कि उन्हें जबरिया इच्छित बँधान पर बाँधा जा सके। कुछ बच्चों का पढ़ाई में मन नहीं लगता। कुछ के अभिभावक जुआ डाल देते हैं, "क्या होगा पढ़-लिखकर? नौकरी मिलनी नहीं। आखिर करनी तो मजूरी ही है।"

बच्चों को विद्यालय लाने के लिए चपरासी बनो, हरकारा बनो, वकील बनो, पैरोकार बनो, प्रार्थी बनो। सारी कोशिशें नाकाम। पर अफसर जो हैं, समझकर नहीं देते। चाहे जैसे हो, जहाँ से हो, गैरहाजिर बच्चों को भेड़-बकरियों की तरह हाँक लाओ। अनुपस्थितिप्रिय बच्चों के अभिभावकों से संपर्क करने में भले ही उपस्थित बच्चों की पढ़ाई का कितना ही नुकसान हो जाए। यह कोई नहीं समझता, चाहता भी नहीं।

□

असली कारगिल मोर्चा ग्रामप्रधान मोहर सिंह के साथ हुआ। कुछ समय पहले ही उन्होंने गोविंदपुर के प्रधानी का चुनाव जीता था। 'सबै भूमि गोपाल की' सिद्धांत के कट्टर अनुयायी प्रधानजी प्राथमिक विद्यालय को भी अपनी आय का नैसर्गिक स्रोत मानते थे। जोंक की तरह आखिरी बूँद तक खून चूसने को तत्पर। कहावत है—'पैसा अंट, विद्या कंठ'। उन्हें सिर्फ 'पैसा अंट' से मतलब था, 'विद्या कंठ' से कोई लेना-देना नहीं था।

पंचायती राज के लंबे-चौड़े दिवास्वप्नों के बीच ग्रामप्रधान का विकास कार्यों में ज्यों-ज्यों दखल बढ़ा, त्यों-त्यों एक ऐसा वर्ग विकसित हुआ, जिसने विकास कार्यों के अधिकाधिक दोहन की लुब्धक लालसा पाल ली। 'चूहे को मिली लत्तर,

बजाज बन बैठा।' पाँच साल प्रधानी से पाँच पुश्तें सुधारने के भीष्मसंकल्प के त्रिवाचा पढ़े जाने लगे। मोहर सिंह इसी विचार या कहें कुविचार के पोषक थे। प्रधानी की बटेर हाथ लगते ही भैंसे की तरह भ्रष्टाचार पंक में लोट लगाने लगे। वैसे उनका रूप-रंग, कद-काठी भी महिषासुर जैसी थी। पर कोई मर्दिनी दूर-दूर तक नजर नहीं आ रही थी।

शाम चमगादड़ी डैने फड़फड़ाती। वह अपने चेले-चपाटियों, लगुओं-भगुओं के साथ विद्यालय में जम जाते और उसे मयखाने में तब्दील कर देते। शराब और प्याज की तीखी गंध अगली सुबह भी बरामदे में तैरती पाई जाती। खाली बोतलें और नमकीन की कागजी प्लेटें परिसर में पड़ी पाई जातीं, जिन्हें हटवाना विद्याप्रकाश की प्रथम, अनिवार्य और अलिखित ड्यूटी थी, अन्यथा शराबनोशी का आरोप शिक्षक-शिक्षिकाओं पर मढ़ा जा सकता था। भोपाल सिंह भी ग्रामप्रधान के सुरासत्र में शामिल होता। वह मोहर सिंह का पटु और 'पेट' खबरिया चैनेल था। उन्हें विद्याप्रकाश के विरुद्ध भड़काता रहता। बदले में हड्डी के चंद टुकड़े उसके सामने डाल दिए जाते, जिन्हें वह चिंचोड़ता रहता। वह प्रधान को इंगितकर निर्लज्जता से कहता भी था—'बड़े बरतन की खुरचण बी बहोत हो।'

सरकार ने 'मिड डे मील' का हर दिन का अलग-अलग मेन्यू निर्धारित कर रखा है—सोमवार को रोटी-सब्जी या पूड़ी-सब्जी, मंगलवार को चावल-दाल-सब्जी, बुधवार को कढ़ी-चावल, मीठा चावल या खीर, गुरुवार को रोटी-दाल-सब्जी या पूड़ी-सब्जी, शुक्रवार को तहरी और शनिवार को चावल-सब्जी, मीठा चावल या खीर। पर ग्रामप्रधान मोहर सिंह ने इस मेन्यू की ऐसी-तैसी कर दी। जेल की जैसी पनीली दाल और रोटी। कभी-कभी चावल और सब्जी। लगभग यही स्थायी मेन्यू हो गया। भोजन की मात्रा में भी कटौती की जाती और बच्चे भरपेट भोजन से वंचित रह जाते। भोजन प्रधान का घरेलू नौकर बनाता और भोजन बनानेवाले का पैसा खुद प्रधान का भोजन बन जाता। सरकारी आदेश था कि भोजन गैस पर बनेगा, पर प्रधान मुफ्त की लकड़ी, गन्ने की खोई या कंडे पर भोजन बनवाते और गैस का पैसा हजम कर जाते। मानो वही गैस उनके पेट में ऊपर और नीचे, दोनों ओर से जोर का झटका धीरे से देती रहती हो।

विद्याप्रकाश ने कई बार टोका, "प्रधानजी, मेन्यू के हिसाब से और गैस पर भोजन बनवाया करें। शिकायत हो जाएगी। आपको भले ही कुछ न हो, पर मेरी तो नौकरी पर बन आएगी।"

मोहर सिंह सुनी को अनसुनी कर देते। पान-मसाला की सुपाड़ी से संघर्ष करते हुए ऊँट की तरह मुँह उठाते और बलबला उठते, “मास्टर, तुम्हारा काम है पढ़ाना। पढ़ाते रहो, बस! बाकी काम से तुम्हारा कुछ लेना-देना नहीं। मैं जिम्मेदार हूँ, निपट लूँगा।”

‘मास्टर का संबोधन हिकारत भरा। उपहासपरक भी। शैतान बच्चे की तरह चिकने स्लाइडर पर नीचे से ऊपर चढ़ने की कोशिश। न रोकने का असर, न टोकने का।

बरसात का मौसम था, पर धूप आज खिली हुई थी। धान की फसल कमर से थोड़ा नीचे तक का और ज्वार की फसल कंधे तक का सफर तय कर चुकी थी। यानी कि ज्वार नगरवासियों में गन्ने का विभ्रम पैदा करने की स्थिति में आ गई थी। हवा के मद्धम झोंकों ने मौसम को सुहावना बना दिया था।

मध्यावकाश का समय। बच्चे ‘मिड डे मील’ का सेवन कर खेलने में मशगूल थे। कुछ बच्चे अमरूद की डालियों से झूल रहे थे, कुछ डालियों पर घोड़े की तरह सवार थे। कुछ चोर-सिपाही खेल रहे थे। छोटा सा डंडा फेंका जाता। चोर उसे उठाकर लाता और तब तक कोई पेड़ पर न चढ़ सका और चोर ने उसे छू लिया, तो वह अगला चोर बन गया। कुछ डाल से लटककर अपने पैर सिर के ऊपर से ले जाकर नीचे लटका देते और थोड़ी देर बाद फिर पहली स्थिति में आ जाते। करतब में बंदरों को भी मात देनेवाले गाँव के बच्चे!

विद्याप्रकाश पत्नी के बनाए पराँठे और आलू-परवल की सब्जी का भोग लगाकर रजिस्टर भरने में लग गए थे। अचानक मोहर सिंह का स्वर सुनाई पड़ा, “कहो मास्टर!”

वह मेज के ठीक सामने आकर खड़े हो गए थे।

विद्याप्रकाश चौंके, उठकर नमस्कार किया। सामने रखी कुरसी पर बैठने का संकेत भी।

साथ आए तीन तिलंगे दूर रखी कुरसियाँ घसीट लाए और मेज के इर्द-गिर्द अकड़कर बैठ गए। ये चूहे भी प्रधान की शह पाकर मुँगरी की तरह मोटे हो रहे थे और अनावश्यक ‘कूँ-कूँ’ करते थे। एक ओर चंडाल चौकड़ी, दूसरी ओर प्रधानाचार्य विद्याप्रकाश।

मोहर सिंह के हाव-भाव सामान्य से भी ज्यादा सामान्य, जो निश्चित ही किसी विशेष की ओर संकेत कर रहे थे। समझते देर नहीं लगी कि उनके अंदर

कुछ भरा हुआ है और जो भरा हुआ है, वह अमृतमय तो नहीं है। भूमिकास्वरूप कुछ अप्रासंगिक, गैरजरूरी बातें, फिर अंदर का लावा फूट पड़ा, "महामहिम विद्याप्रकाशजी, महामहिम प्रधानाध्यापकजी, गोया पर निकल आए हैं आपके, बरसाती चिउटों की तरह। ऊँचे आसमान में उड़ना चाहते हो। पूरे विद्यालय का, बल्कि शिक्षा विभाग का या यो कहें पूरे देश का ठेका ले रखा है मान्यवर ने। पर मैं भी कच्ची गोलियाँ नहीं खेला हूँ। क्या उखाड़ लोगे मेरी शिकायत करके, श्रीयुत विद्याप्रकाशजी?"

उन्होंने कुरते की जेब से एक कागज निकाला और मेज पर रखकर दाईं हथेली से 'फोल्ड' मिटाने लगे। बोले, " पढ़िए इसे, मान्यवरजी।"

विद्याप्रकाश ने कागज देखा। यह तो वही शिकायत है, जो उसने 'मिड डे मील' के घपले को लेकर बेसिक शिक्षा अधिकारी को भेजी थी।

मोहर सिंह ने शिकायती पत्र उठाया और उसके टुकड़े-टुकड़े कर जमीन पर फेंक दिया। फिर टुकड़ों पर थूककर बोले, "समझ ही गए हो, मैंने तुम्हारी शिकायत बी.एस.ए. दफ्तर से खिंचवा ली है। यह हैसियत और हश्र है महामहिम विद्याप्रकाशजी की शिकायत का। चँ···चँ···चँ··· ।"

ओठों पर तंज के तेजाब में बुझी हँसी फिसली और उसके बाद निकली चुनिंदा, फोहश गालियाँ।

वह झटके से उठे और चल दिए। पीछे-पीछे तीन तिलंगे, जिनमें से एक ने टुकड़ा कसा, "ससुरा, खेत में खड़ा रुखाला, खावै न खावण दे।"

विद्याप्रकाश के शरीर से ताप छूटने लगा। मानो सारे शरीर में चींटियाँ काट रही हों। वही हाल—'रस्ते में हगे अर आँख नटेरे।' व्यवस्था के चलनी-छिद्र देखकर गुस्सा भी आया और अफसोस भी हुआ। शिक्षक-दिवस पर आयोजित समारोह से मंत्री महोदय द्वारा उच्चारित वचन कान में गूँजे, "इतिहास बदल रहा है। आप भाग्यशाली हैं कि इस बदलते इतिहास के साक्षी बन रहे हैं।"

भाग्यशाली हम नहीं, मोहर सिंह हैं, मंत्रीजी। वह पंचायती-राज के व्यावहारिक अर्थ के बीहड़ जंगल में भटकने लगे··· ।

मोहर सिंह पिंडारी हो रहे थे, चंदन तस्कर वीरप्पन, डाकू निर्भय। प्रतिबद्धता गोविंदपुर के विकास के प्रति नहीं, लूट खसोट के प्रति। मैं आया हूँ सारा गाँव लूटने। सरकार द्वारा जो भी धनराशि विद्यालय को दी जाती, वह ग्रामप्रधान और प्रधानाध्यापक के संयुक्त हस्ताक्षर से निकाली जा सकती थी। सरकार ने अतिरिक्त

कक्ष निर्माण के लिए, विद्यालय-भवन की पुताई के लिए, टाट-पट्टी खरीदने के लिए, छात्राओं की वर्दी के लिए, विकलांगों के लिए रैंप बनाने हेतु और दीवार पर मेन्यू पेंट कराने के लिए पैसा भेजा था। प्रधान मोहर सिंह का कहना था कि इन सभी मदों पर भुगतान उनके भाई गिन्नी सिंह के नाम कर दिया जाए। वह सारे काम करवा देंगे। जाहिर है, विद्याप्रकाश इसके लिए तैयार नहीं हुए।

शुरू-शुरू में यही समझे कि मोहर सिंह परिहास कर रहे हैं, पर बार-बार और गंभीरता से कहे जाने पर लगा कि वह वाकई गंभीर हैं। उनकी बात मान ली तो नौकरी तो जाएगी ही, जेल की हवा भी खानी पड़ेगी। काम भी आधा-अधूरा होगा या न होगा। सरकारी पैसा ग्रामप्रधान का ग्रास बन जाएगा। बंदरबाँट का आरोप उस पर भी लगेगा। नौकरी का नारायण तेल निकल जाएगा। सबसे बड़ी बात, बाबा टीकाराम की ईमानदारी की परंपरा को इन बेईमानों के कारण छोड़ दें।

उभयतोपाशी स्थिति। मोहर सिंह सुपात्र के नाम से चेक काटने को तैयार नहीं और विद्याप्रकाश कुपात्र या अपात्र के नाम पर सहमत नहीं—'नंगा घेरे घाट, न्हावै न न्हावण दे।' सारे काम लटके हुए। जो भी अफसर निरीक्षण पर आते, प्रधानाध्यापक पर अलफ होते। ग्रामप्रधान से भिड़ते नहीं, सारी जिम्मेदारी प्रधानाध्यापक के मत्थे मढ़ देते। वह लाख प्रधान के असहयोग और अनियमित आचरण की बात कहते, पर कोई सुनने को तैयार नहीं। सरकारी अफसर करने में नहीं, कहने में विश्वास करते हैं। दो चक्कों के पाट की स्थिति जब असह्य हो चली, तो आजिज आकर बेसिक शिक्षा अधिकारी से लिखित शिकायत कर दी।

बेसिक शिक्षा अधिकारी कार्यालय में जब विद्याप्रकाश की आगे-पीछे चार शिकायतें पहुँचीं, तब जाकर कुछ हलचल हुई। जाँच सहायक बेसिक शिक्षा अधिकारी को सौंपी गई। 'राम-राम' कर जाँच हुई, जिसमें ग्रामप्रधान मोहर सिंह को दोषी करार देते हुए सिफारिश की गई कि उनके वित्तीय अधिकार छीनकर सहायक खंड विकास अधिकारी को सौंप दिए जाएँ।

मोहर सिंह को अपने संपर्क-सूत्रों से घटनाक्रम की जानकारी हुई। आगबबूला हो उठे। गोया 'चूँ-चूँ' साइकिल टोयोटा इनोवा को चुनौती दे रही है। 'डग-डग' करता पंखा एयरकंडीशनर को और तीन कमरोंवाला टूटा-फूटा कच्चा मकान तिमंजिली हवेली को चुनौती दे रहा है। हाँ, आज समाज में व्यक्ति की पहचान, उसकी प्रतिष्ठा ऐसे वाह्य साधनों से ही होती है।

एक दिन विद्यालय आए—हमेशा की तरह नाभिनालबद्ध लगुओं-भगुओं के

साथ। सिगरेट फूँकते हुए गर्वीले खलनायकत्व की 'पोटेंसी' बढ़ाई। बंडे जैसी बड़ी-बड़ी आँखें गोल-गोल नाचीं, नथुने भैंसे की तरह फड़के और चोटिल साँप की तरह फुफकारने लगे—"भूँकणा सिखाया, काट्टण आया!" शिकायतों को लेकर खूब जद्द-बद्द बका, गाली-गुफ्तारी की। साबिका ऐसे कोरे ब्लैकबोर्ड से, जिसमें सफेदी की कोई इबारत नहीं। नीम चढ़े करेले जैसे लगुए-भगुए भी पीछे नहीं रहे, खूब बकते-झकते रहे। चलते समय प्रधान ने कहा, "तन्ने म्हारे कलौंछ पोत दी रे।"

शरारती छात्र मेज पर रखे ग्लोब को जैसे तेजी से नचा दे, वैसे ही मानो मनोहर सिंह ने उसे नचा दिया। नाचता जा रहा है। नाचते-नाचते घुमनी आने लगती है और वह धड़ाम से गिर पड़ता है।

दरअसल सारी समस्या नोट न थामने की। अगर विद्याप्रकाश ग्रामप्रधान से मिलकर चलते, गीले धंधे में शामिल हो जाते, तो कोई समस्या नहीं थी। कहीं शोर नहीं, कहीं विरोध नहीं, कहीं कोई लहर नहीं, कहीं कोई लफड़ा नहीं। नाला आराम से बहता हुआ। शांति। पूरी शांति।

मोहर सिंह के जाने के बाद भोपाल सिंह आए और समझाने लगे, "मान जाइए, मास्साब। प्रधानजी से पंगा लेने से कोई फायदा नहीं। 'गले पड़ा ढोल बजाना ही पड़े है।' दुनिया का काम इसी तरह चल रहा है।"

विद्याप्रकाश सिर झुकाए रजिस्टर भरते रहे। कोई उत्तर नहीं दिया। थोड़ी देर बाद भोपाल सिंह उठकर चले गए।

मोहर सिंह ने मोहरों के बल पर जाँच रिपोर्ट दबवा दी। यह तो कहिए एक दिन उप शिक्षा निदेशक का बी.एस.ए. दफ्तर में दौरा हुआ, तब कहीं जाकर जाँच फाइल की धूल झाड़ी गई। उप शिक्षा निदेशक ने सख्त आदेश दिया कि ग्राम प्रधान के वित्तीय अधिकार लेकर सहायक खंड विकास अधिकारी को शीघ्र सौंपे जाएँ।

लोकतंत्र में जनप्रतिनिधियों का स्थान बेशक सरकारी अमले से ऊपर है। पर उनका वास्तविक दायित्व सरकारी मशीनरी पर निगरानी रखना है। जो गलत कर रहे हैं, उनके खिलाफ कारवाई करवाकर व्यवस्था को चुस्त-दुरुस्त रखना है। पर वे स्वयं प्रशासक की भूमिका अपनाकर भ्रष्टाचार के कीर्तिमान स्थापित करने लगें, सरकारी योजनाओं से उसी तरह खेलने लगें, जैसे के.जी. का बच्चा 'ऐबेकस' के लट्टुओं से खेलता है, कोई दायित्वबोध न रहे, जनसेवा का भाव न रहे, तो पंचायती राज के लिए इससे ज्यादा बुरा कुछ नहीं हो सकता। पर हो यही रहा है। तुर्रा यह

कि सब कुछ पंचायती राज के नाम पर, विकेंद्रीकरण के मंत्र के साथ, लोकतंत्र की माला जपते हुए··· ।

□

विद्याप्रकाश ने रोज शाम की तरह विद्यालय में छुट्टी की और साइकिल से घर चल दिए। सड़क पर—जिसे सरकारी कागजों में संपर्क मार्ग का नाम दिया गया है—मुश्किल से एक किलोमीटर गए होंगे कि गन्ने के खेत से चार लोग चेहरे पर ढाटा बाँधे निकले और घेर लिया। एक आदमी ने साइकिल के अगले पहिए में लाठी डाल दी। विद्याप्रकाश बाईं ओर धड़ाम से गिरे। साइकिल दूसरी ओर जा छिटकी। न सवाल, न जवाब, पीटना शुरू। उनके पास तगड़ी, तेल पी लाठियाँ थीं। जैसे नागपंचमी में गुड़िया पीटी जाती है, वैसे ही पीट डाला। फिर जैसे आए थे, वैसे ही गन्ने के खेत में विलीन हो गए।

उषा रानी मैडम और रेणुका मैडम पैदल मुख्य सड़क पर टेंपो पकड़ने जा रही थीं। उन्होंने सड़क की पटरी पर घायल पड़े विद्याप्रकाश को देखा। साइकिल का अगला पहिया सड़क पर और पिछला पटरी पर था। चश्मा अलग पड़ा था और टिफिन केस वाला झोला छिटक गया था। दृश्य देखकर चीख निकल पड़ी। पर साहस के दुपट्टे को सँभाले रखा, हवा में उड़ने नहीं दिया। फौरन मोबाइल फोन से गोविंदपुर और विद्याप्रकाश के घर खबर की। घर के लोगों से कहा गया कि वे सीधे मेरठ के सरकारी अस्पताल 'प्यारेलाल शर्मा चिकित्सालय' पहुँचें, प्रधानाध्यापकजी को वहीं लाया जा रहा है।

गोविंदपुर के लोग तुरंत घटनास्थल पर पहुँचे और विद्याप्रकाश को ट्रैक्टर ट्राली में लादकर शहर की ओर चल दिए। उषा रानी मैडम और रेणुका मैडम भी फोन से अपने-अपने घर खबर कर साथ चल दीं। भोपाल सिंह मास्टर का कहीं अता-पता नहीं। शायद शाम को आयोजित होनेवाले विशेष जामवंत-जश्न के लिए प्रधान के यहाँ रुक गए। विद्यालय रूपी मेज के वह ऐसे पाए थे, जो नीचे से टूटा था और जिसने पूरी मेज का संतुलन बिगाड़ रखा था।

पश्चिमी आकाश में खिला गुलाबी रंग गायब हो चुका था। मानो किसी दैत्याकार, मायावी चील ने काले पंख फैलाकर उजाले को ओट में ले लिया हो। अस्पताल के पिछवाड़े जो थोड़े से पेड़ बचे रह गए थे, उनके लंबे साये मैदान छोड़कर भाग खड़े हुए थे। परिंदे चीखे जा रहे थे, मानो घटते आवासों पर विरोध व्यक्त करते हुए नारे लगा रहे हों। वातावरण में दवाओं की गंध घुली थी। अस्पताल

में उतनी ही गंदगी थी, जितनी आम सरकारी अस्पताल में होती है। पहले पहुँच चुकी पत्नी उर्मिला, भाई वेदप्रकाश और शिवप्रकाश तथा बेटे ज्ञानप्रकाश बेसब्री से प्रतीक्षा कर रहे थे।

ट्रैक्टर ट्राली कानफोड़ू आवाज के साथ अस्पताल के गेट के भीतर घुसी और मौन में चली गई। विद्याप्रकाश को ट्राली से उतारकर तुरंत स्ट्रेचर पर लिटाया गया। उर्मिला उनसे लिपट गई और बुक्का फाड़कर रोने लगी। ज्ञानप्रकाश माँ से लिपटकर बिलखने लगा। दोनों भाइयों की भी आँखें नम। विद्याप्रकाश बेहोशी में थे। उर्मिला पति से लिपटी चीख रही थीं, "इन नेताओं का नाश हो¨।" कोसने और नारे लगाने का मिला-जुला रूप।

तभी डॉक्टर ने लगभग झिड़कते हुए अलग किया, "छोड़िए भी, जल्दी इलाज शुरू करने दीजिए।"

स्ट्रेचर को दौड़ाते हुए एमर्जेंसी में दाखिल किया गया। 'फर्स्ट एड' देकर विद्याप्रकाश को ऑपरेशन थिएटर में जे जाया गया।

परिवारीजन, उषा रानी मैडम, रेणुका मैडम और गोविंदपुर से आए दर्जन भर लोग ऑपरेशन थिएटर के बाहर दरी बिछाकर बैठ गए। सबके चेहरों पर चिंता के कँटीले-बनैले झाड़ उग आए थे। चिंता दवाओं की गंध के साथ घुलमिलकर माहौल को दमघोंटू बना रही थी। उनकी साँसें फूलती लग रही थीं—धौंकनी की तरह। आती-जाती नर्सों की हाई हील की ठक-ठक और वार्ड ब्वायों की चप्पलों की सरसराहट कलेजे में तीर की तरह चुभ रही थी। उनके चेहरे उत्सुकता और खुशगवारी पैदा करने में असमर्थ थे। गठरियों की तरह बैठे लोगों की उत्सुक निगाहें ऑपरेशन थिएटर के दरवाजे पर और मन का ऐंटेना उससे होकर आनेवाली संभावित सूचना पर टिका था। यह दरवाजा थाने और न्यायालय के दरवाजों की तरह सबसे ज्यादा घबराहट और तनावग्रस्त करनेवालों में से था। उर्मिला के आँसुओं को शायद 'रामरक्षास्रोत' ने—जिसका पाठ वह तन्मयता से कर रही थीं— सुखा दिया था।

टीकाराम के ईमानदार वंशज ऑपरेशन थिएटर में जिंदगी और मौत के बीच झूल रहे थे।

कर्तव्यनिष्ठा की, ईमानदारी की, दायित्वबोध की, उसूल पर चलने की और साहस की क्या यही परिणति है? ये ऊँचे-ऊँचे, भारी-भरकम जुमले क्या ऐसे ही पराजित होते रहेंगे? ग्रामप्रधान की भ्रष्ट करतूतों के विरोध का क्या यही हश्र है? बेईमानी और गुंडागर्दी का प्रेमालाप या संविलीनीकरण क्या इसी तरह विजयी होता

रहेगा ? क्या ऐसे ही पंचायती राज का सपना महात्मा गांधी ने देखा था ? क्या यही वह पंचायती राज है, जिसकी महिमा का बखान करते हमारे नेता अघाते नहीं ? कहीं लूट-खसोट की दूरदृष्टि के कारण ही तो पंचायती राज की स्तुति नहीं की जाती ? पर शायद स्वयं पंचायती राज में कोई खामी नहीं। खामी तो उस व्यवस्था, उस तंत्र में है, जिसमें भ्रष्ट, गुंडे और कदाचारी न केवल चुनाव में खड़े होते हैं, वरन् विजयी भी हो जाते हैं और सत्ता का भरपूर दोहन करते हैं। व्यवस्था उन्हें बर्दाश्त करती रहती है और दंडित नहीं करती। अगर भूले-भटके दंडित करती भी है, तो इतनी देर से कि दंड अप्रासंगिक हो चुका होता है या मनोरंजक परिहास में तब्दील हो चुका होता है या फिर एकेडेमिक बहस का विषय भर रह जाता है। यही कारण है कि मोहर सिंह जैसे सत्तापिशाच और धनपिपासु नेता ईमानदार और कर्तव्यनिष्ठ लोगों पर भारी पड़ते हैं, पग-पग पर रोड़े अटकाते हैं। क्या इस अति का कभी अंत होगा ? अगर होगा तो कब ?

ऐसे बहुत सारे सवाल आपरेशन थिएटर के बाहर बैठी साँवली-सलोनी, बाब्ड बाल के बैकड्राप और बाएँ गाल की डिंपल वाली रेणुका मैडम को रह-रहकर मथ रहे थे, जिनकी आँच माथे पर त्रिवली बनकर उभरी हुई थी।

□

सातवाँ शील

मेघों के फाहे अनजाने-अनबूझे गंतव्य की ओर त्वरित गति से दौड़े जा रहे थे, पर भिक्षु धम्मविजय के चरणों को जैसे लकवा मार गया हो। जैसे हीहर बैलगाड़ी में जोत दिए जाने पर दूसरे बैल के सहारे, बेमन से, खिंचता चला जाए, कुछ उसी तरह वह घिसट रहा था। डेहलिया, ऐस्टर, कास्मस, नैस्टर्शियम तथा फ्लाक्स के झुंड से सजा हरीतिमा युक्त लॉन, जिसके बीच से वह गुजर रहा है, पाला मारी फसल की तरह निर्जीव लग रहा है। रसहीन, अर्थहीन लॉन···। कभी इस लॉन की मखमली घास, पौधों, उनकी टहनियों, फूलों, पत्तियों, यहाँ तक कि रेशों तक से वह संवाद करता था तथा प्याज के छिलकों की तरह उनके अर्थ से अर्थ छीलता रहता था, पर अब··· अब वे संवाद, वे अर्थ मैले हो चुके हैं। अब तो लगता है कि यहाँ की समग्र प्राकृतिक सुषमा पर स्याह, बदरंग परत जम चुकी है।

'टीचर्स रूम' में प्रवेश करते ही उसने शुष्क, पपड़ाए ओठों पर जिह्वा फिराकर उद्विग्नता में कुछ कमी लाने की चेष्टा की, फिर भी प्रकृतिस्थ होने का संतोष न हुआ, तो चपरासी रनवीर से पानी माँग बैठा।

"भंते, बहुत उखड़े-उखड़े लग रहे हो। लगता है, आप 'गड़े मुर्दों' के नहीं, गणित के प्रवक्ता हैं।" डॉ. मुनसिंहे ने गुरु-गंभीर मुद्रा देखकर महज मौन तोड़ने के इरादे से यह बात कही।

"गड़े मुर्दों का प्रवक्ता होकर गणित की गुत्थियों में उलझना क्या गुनाह है?"

"अजी, आपके लिए कुछ भी गुनाह नहीं है, भिक्षु जो ठहरे। पर मुझे भी बताएँ, कौन सी 'थेवरम' सिद्ध कर रहे हैं?" यह कनपटी पर उग आए सफेद बालों वाले, अर्धखल्वाट, परिहासशील वरिष्ठ प्रवक्ता विक्टर फोंसेंका की आवाज थी।

"मिस्टर फोंसेंका, जब तक 'थेवरम' सिद्ध नहीं हो जाती, आपको कोई 'हिंट' नहीं। जैसे शिष्यों का माल चुराकर आपने इतनी सारी पुस्तकें लिख दी हैं, वैसे ही

मेरी 'थेवरम' चुराना चाहते हैं!" न जाने कैसे निकल गया धम्मविजय के मुख से।

"भंते, मैंने तो शिष्यों की बुद्धि ही चुराई। आपको अवसर लगे, तो बुद्धि की कौन कहे, सूमची शिष्या ही चुरा ले जाओ।"

हास-परिहास जैसे ही थमा, धम्मविजय पुनः विचार-सरोवर में मछुआरे के जाल-जैसी उलझी गुत्थी सुलझाने लगा।

विद्यालंकार विश्वविद्यालय, केलनिया में इतिहास के प्रवक्ता भिक्षु धम्मविजय ने ऑक्सफोर्ड से पी-एच.डी. की है। उस वर्ष पूरे द्वीप में केवल उसे ही फेलोशिप मिली थी। पर यह 'फेवर' न था। वह था ही प्रतिभाशाली—सदैव प्रथम श्रेणी में उत्तीर्ण हुआ। बी.ए. तथा एम.ए. में पेरादेनिया विश्वविद्यालय में 'टॉप' किया था।

उसका सपना था कि वह कैंडी के पेरादेनिया विश्वविद्यालय में ही अध्यापन करे। जब वह ऑक्सफोर्ड में था, उसे वहाँ इतिहास के प्रवक्ता का पद ऑफर भी हुआ था। वह तो सोचा करता था कि कैंडी में ही जिए, कैंडी में ही मरे। कैंडी जैसा आकर्षक स्थल कहीं भी नहीं है श्रीलंका में। उच्चशिखर वाली पर्वतशृंखला, कंठहार सदृश महावेलि गंगा, पर्वतशृंखला की पृष्ठभूमि में स्थित 'दलदा मालिगाव'—भगवान् बुद्ध का दंतधातु मंदिर, वहाँ की आध्यात्मिक शांति, पार्श्ववर्ती झील, विश्वप्रसिद्ध पेरहेरा उत्सव, दूर पहाड़ी पर झुरमुटों, फूलों और गुलाबी मिट्टी के क्रोड में अठखेलियाँ करता पेरादेनिया विश्वविद्यालय।

कैंडी में रहने का स्वप्न उसे खुद तोड़ना पड़ा। कैंडी की अपेक्षा कोलंबो या उसके समीप रहने में अध्ययन-शोध की बेहतर सुविधा थी। कोलंबो संग्रहालय, आर्केलॉजिकल सर्वे ऑफ सीलोन तथा पब्लिक लाइब्रेरी सदृश बड़े पुस्तकालय कोलंबो में ही थे। इतिहास के अधिकांश अधिकारी विद्वान्, जिनसे समय-समय पर विचार विमर्श की आवश्यकता पड़ सकती थी, कोलंबो में ही थे। उसके मन में ऐतिहासिक शोध की प्रख्यात संस्था 'रायल एशियाटिक सोसायटी ऑफ सीलोन' को, जो धनाभाव और उत्साही संगठनकर्ता के अभाव में मृतप्राय हो गई थी, पुनरुज्जीवित करने की भी योजना थी। इन्हीं कारणों से उसने कैंडी रहने की अपनी योजना बदल दी।

मेधावी विद्यार्थी तथा शोधकर्ता के रूप में इस लघु द्वीप में इतिहास के क्षेत्र के लोग उसे जानने लगे थे। उसके कई शोध-पत्र प्रकाशित हो चुके थे। लोगों को आभास होने लगा था कि ऐतिहासिक गवेषणा के क्षेत्र में यह युवा भिक्षु एक दिन काड्रिंग्टन, परनवितान, मललसेकेर आदि विद्वानों की पंक्ति में बैठेगा। इन्हीं कारणों

से उसका चुनाव विद्यालंकार विश्वविद्यालय, केलनिया में आसानी से हो गया।

विश्वविद्यालय ज्वॉइन करते ही उसकी गतिविधियाँ तेज हो गईं। लिपिशास्त्र (पैलियोग्रैफी) पर शोध की महत्त्वाकांक्षी योजना प्रारंभ हो गई। उसके उत्साह को देखते हुए कुछ ही महीनों में उसे 'रायल एशियाटिक सोसायटी ऑफ सीलोन' का मानद सचिव बना दिया गया। वेतन का 1/5 भाग वह सोसायटी को दानस्वरूप दे देता था। सोसायटी का त्रैमासिक शोध-पत्र, जो वर्षों से प्रकाशित नहीं हो रहा था, उसके प्रयास से नियमित निकलने लगा। उसकी लगन, कर्मठता व अध्यवसाय देखकर उसे 'अखिल श्रीलंका भिक्षु समिति' का सहायक सचिव बना दिया गया।

□

उद्विग्नता तथा अंतर्द्वंद्व से जूझते हुए धम्मविजय को प्रायः पिछली बातें याद आती हैं। विद्यालंकार विश्वविद्यालय का प्रथम दिन। एम.ए. की कक्षा में किंचित झिझक के साथ प्रवेश कर उसने अपना परिचय देते हुए कहा था, "धम्मविजय कहते हैं मुझे। पेरादेनिया से एम.ए. किया और ऑक्सफोर्ड से पी-एच.डी.। आप लोगों को श्रीलंका का प्राचीन इतिहास पढ़ाया करूँगा। क्या आप लोग अपना-अपना नाम बताएँगे?"

सभी छात्रों ने क्रमानुसार अपने-अपने नाम बताए, पर एक छात्रा ने अपना परिचय यों दिया, "मेरा नाम मालिनी डि सिल्वा, पिता का नाम मि. स्टैंले डि सिल्वा। विद्यालंकार विश्वविद्यालय से ग्रेजुएट हूँ। धर्म ईसाई है तथा पता 640, वारागोडा एस्टेट, केलनिया।"

छात्रों की हँसी के साथ अपने चेहरे पर मुसकराहट का तैरना वह रोक नहीं सका।

कु. मालिनी डि सिल्वा—स्फटिक जैसा निर्मल अनछुआ सौंदर्य, हरिणी जैसी चंचल आँखें, जुही की टहनी जैसा इकहरा बदन, दरम्याना कद। छात्राओं के बीच यह रूपसी भले ही सौंदर्य-सम्राज्ञी जैसी फबे, पर धम्मविजय के लिए वह आकर्षण का बिंदु न थी। यू.के.—सौंदर्य का मीना बाजार—रहा था, पर वहाँ की रूपसियों के निकष पर भी खरा उतरा था। स्त्री-सौंदर्य उसके हिस्से की वस्तु न थी। उसका तो मिशन था—अध्ययन और अध्ययन।

यह तय कर पाना कठिन था कि मालिनी में सुंदरता के तत्त्व अधिक हैं अथवा परिहास, चापल्य और शरारत के। अध्यापकों की गंभीर हिदायत को कि वह गंभीरता से रहना सीखे, उसने कभी गंभीरता से नहीं लिया। एक बार धम्मविजय

ने छात्रों से प्रश्न किया कि श्रीलंका इतिहास का कौन सा चरित्र उन्हें सर्वाधिक प्रभावित करता है, किसी ने थेर महिंद का नाम लिया, तो किसी ने देवानांपिय तिस्स, दुट्ठगामणी या परक्कमबाहु का। मालिनी का उत्तर यों था—"मुझे तो रानी अनुला का चरित्र सर्वाधिक प्रभावित करता है।"

यह बताने की आवश्यकता नहीं कि रानी अनुला श्रीलंका के इतिहास की 'रानी कैथरीन' थी। इस अनुचित और असमय परिहास को, वह भी एक छात्रा के मुख से, सुनकर वह क्रुद्ध ही नहीं, किसी हद तक आहत भी हुआ था। उसने मालिनी को कक्षा से निष्कासित कर दिया। बाद में पश्चात्ताप हुआ कि शायद वह अपने अधिकार का अतिक्रमण कर बैठा था। जब 'च्वॉयस' छात्रों पर छोड़ दी गई थी, तो हर छात्र को अधिकार था कि वह मन की बात कहे। अनुला उसके लिए निकृष्ट हो सकती है, पर मालिनी के लिए···।

जहाँ शरारत और शेखी में उसका नाम सर्वोपरि था, वहाँ अध्ययन में भी। एक अजीब सा घालमेल था व्यक्तित्व में। वह परिहासशीला कक्षा में ऐसे पांडित्यपूर्ण एवं उलझाऊ प्रश्न पूछती कि अधिकांश प्रवक्ता दुमहिलाऊ जैसी स्थिति में हो जाते।

मालिनी ने एम.ए. की परीक्षा प्रथम श्रेणी में उत्तीर्ण की। उसने धम्मविजय से पी-एच.डी. का निदेशक बनने के लिए कई बार प्रार्थना की, पर वह टाल जाता। बहुत घेराव किए जाने पर एक दिन उसने स्पष्टतया कह दिया, "बी.ए, एम.ए. तक तो ठीक है, पर छात्राओं को शोध कराना मेरे बस का नहीं है।"

मालिनी ने भी जिद पकड़ ली। चूँकि भिक्षु धम्मविजय मूर्ति-विज्ञान के मर्मज्ञ हैं और उसे मूर्ति-विज्ञान में ही शोध करना है, अतः वह शोध करेगी तो उनके ही अंडर में। विभागाध्यक्ष प्रोफेसर विजयतुंग तथा कई अन्य अध्यापकों ने भी धम्मविजय से कहा, पर वह शालीनता से टाल गया। इतिहास विभाग में यह शीतयुद्ध लंबा खिंचा। आखिर एक दिन प्रो. विजयतुंग ने उसके समक्ष मालिनी का प्रार्थना-पत्र रखते हुए कहा, "इस पर हस्ताक्षर कर दो।"

वह 'न' नहीं कर सका। इस प्रकार अत्यंत नाटकीय परिस्थितियों में मालिनी धम्मविजय की शोध छात्रा बनी।

□

लिपिशास्त्र के अध्ययन के सिलसिले में धम्मविजय को अनुराधपुर जाना था। मालिनी ने निवेदन किया, "मेरा कोलंबो संग्रहालय का कार्य समाप्त हो चुका है। मैटर एकत्र करने के लिए अनुराधपुर जाना है, आज्ञा हो तो साथ चली चलूँ?"

"मेरा अपना कार्यक्रम रहेगा। तुम अपने भाई को लेकर जाना।"

"भाई को ले जाऊँगी, तो उसकी देख-रेख के लिए एक व्यक्ति को और ले जाना पड़ेगा। उसने तो सिर्फ दस वसंत देखे हैं अभी तक।"

"अपने पिता को ले जाओ।"

"वह विश्वविद्यालय के प्रोफेसर तो हैं नहीं कि कोई काम-धाम न हो और जब चाहें अवकाश मिल जाए।" संदली मुसकान के कारण ओठों की त्वचा थोड़ी संकुचित हो गई।

वह खीझकर बोला, "तो मैं क्या कर सकता हूँ? मैं नहीं ले जा सकता तुम्हें। इसलिए कहता था कि लड़कियों को पी-एच.डी. में…।"

कुछ समय बाद धम्मविजय का क्रोध शांत हो गया और वह मालिनी को अपने साथ अनुराधपुर लेता गया।

अनुराधपुर के पुरातत्त्व संग्रहालय में मालिनी मूर्तियों की नाप-जोख करती तथा 'फीचर्स' नोट करती। धम्मविजय उसके लिए कैमरे से तसवीर खींच देता तथा आवश्यक निर्देश देता जाता। मालिनी धम्मविजय के लिपिशास्त्र संबंधी अध्ययन में अभिलेखों के स्टैंपेज उतारकर तथा नोट्स लेकर मदद कर देती। दोनों को एक सहायक की आवश्यकता थी और दोनों ने एक-दूसरे में अपना सहायक ढूँढ़ लिया था। संग्रहालय के अतिरिक्त वे महाबोधि मंदिर, लोहपासाद, रुवनवेलि सेय, थूपाराम, जेतवन दागब तथा यत्र-तत्र छितरे खँडहरों में अध्ययन के सिलसिले में मँडराते रहे।

एक दिन वे दोनों अभयगिरि दागब के समीप स्थित 'समाधिबुद्ध' की मूर्ति का निरीक्षण कर रहे थे। अकेली इस मूर्ति के कला-वैशिष्ट्य पर धम्मविजय एक घंटे तक व्याख्यान झाड़ता रहा। आखिर उसके प्रवाह पर बाँध बाँधने के इरादे से मालिनी ने कहा, "समाधिबुद्ध पर प्रवचन देते-देते लगता है कि आप भी समाधिस्थ हो गए!"

एक निस्सीम खिलखिलाहट के साथ धम्मविजय का व्याख्यान तत्काल बंद हो गया।

शाम के समय वे नुवरवैव के ऊँचे, मजबूत तटबंध पर टहल रहे थे। सहसा मालिनी भयभीत होकर तटबंध के नीचे की ओर यह कहती हुई भागी, "कुत्ता… कुत्ता।"

सामने से एक पिल्ला भूँकता हुआ आ रहा था।

वह घबराकर धम्मविजय से कहने लगी, "जल्दी नीचे आइए, नहीं काट लेगा।"

धम्मविजय वहीं जमकर खड़े होकर बोले, "काटेगा तो मैं भी काट लूँगा।"

"आपको मजाक सूझ रहा है। यह पागल दीखता है, इसकी पूँछ सीधी जो है। जल्दी नीचे आइए।"

"पूँछ सीधी है, तो टेढ़ी कर दूँगा।"

पिल्ला भूँकता हुआ धम्मविजय के समीप से निकल गया।

"तुम तो आसमान में कुलाबे बाँधने की बातें करती थीं और साहस यह कि पिद्दी जैसे पिल्ले से डर गईं।"

"मैं तो शेर, चीता, गैंडा, यहाँ तक कि दोपाए जानवरों से भी नहीं डरती, पर कुत्ते से ...। निहायत वाहियात, लिजलिजा जानवर है। थूथुन देखते ही घिन आती है।"

वीरबहूटियों के वृत्ताकार झुंड जैसा सूरज नुवरवेव के कंपित जल में ऐसी छटा दे रहा था मानो ढलाई के पूर्व का दहकता, पिघला लोहा हो। नारियल, ताड़, रबर, सुपाड़ी, दालचीनी, पैशन फ्रूट आदि के वृक्षों से निथरकर बह रही भीनी, मादक हवा ने शाम को सुहावना तथा काव्यमय रूप दे दिया था। क्या जड़, क्या चेतन—सब कुछ बहता दिख रहा था। धम्मविजय को भी लग रहा था कि वह बहता चला जा रहा है और मालिनी? वह तो उड्डयित हो रही थी।

एक लंबे मौन को मालिनी ने ही तोड़ा, "भंते, आज मैंने एक कथा पढ़ी।"

"सुनना चाहूँगा।"

"बात तब की है, जब राजा दुट्ठगामणी ने अनुराधपुर में मरिचवट्टि विहार की स्थापना की थी। उस अवसर पर बड़ी संख्या में एकत्र भिक्षु-भिक्षुणियों को भोजन-दान तथा अन्य विभिन्न दान दिए गए। भोजन-दान के समय एक बाल भिक्षु अपने भिक्षापात्र में भोजन लेकर चल दिया। भोजन इतना गरम था कि भिक्षु भिक्षापात्र कभी अपने चीवर पर रखकर सँभालता और कभी जमीन पर रख देता। उसकी दयनीय स्थिति एक बालभिक्षुणी ने देखी। उसने गरम भिक्षापात्र रखने के लिए अपनी थाली बालभिक्षु को दे दी। बरस के बरस बह गए। श्रीलंका में दुर्भिक्ष पड़ा। लोग देश छोड़कर भारत भागने लगे। अनेक भिक्षु-भिक्षुणियों ने भी देश छोड़ दिया। भिक्षु-भिक्षुणी की फिर भेंट होती है। भिक्षु के पास भिक्षुणी की दी हुई थाली यादगार के रूप में अब भी सुरक्षित थी। स्मृतियाँ ताजी हुईं और दोनों प्रेम के

वशीभूत होकर वैवाहिक सूत्र में आबद्ध हो गए।"

इतना कहकर उसने गहरा उच्छ्वास लिया और गुरु-गांभीर्य स्वर में बोली, "लगता है मुझे भी अपने भिक्षु की प्रतीक्षा साठ वर्ष की अवस्था तक करनी पड़ेगी।"

इससे पहले कि मालिनी का मंतव्य समझकर वह चौंके और उसके बहने में विराम आए, मालिनी की आँखें धम्मविजय के चेहरे पर चिपक गईं। पास के वृक्ष पर कोयल अनवरत कूके जा रही थी, पर धम्मविजय के मुँह से एक शब्द भी नहीं निकल रहा था। शरीर में मानो विद्युत्प्रवाह दौड़ गया हो। उसने एक बार मालिनी की आँखों में झाँका, जहाँ कोई सागर उतर आया था, फिर अदालत में इकबालिया बयानवाले अभियुक्त की भाँति नजरें झुका लीं। शीतल-मंद बयार के बीच एक-दूसरे की श्वास महसूसते हुए वे चुपचाप, दबे पाँव लौट आए।

रात सो नहीं सका। शरीर मानो ज्वर से उत्तप्त हो उठा हो और मस्तिष्क में ज्वाला की उद्दाम लपटें प्रज्वलित हो रही हों। सूख गए पोखर की मिट्टी की तरह भीतर कहीं कुछ दरक गया हो। प्रतीत हो रहा था कि वह मालिनी के साथ वैवाहिक सूत्र में आबद्ध हो चुका है और पश्चात्ताप के अंधकूप में छटपटा रहा है, तपस्या खंडित हो गई है, यत्न से गढ़ी प्रतिभा चूर-चूर हो गई है। कहीं गहरे दुम दबाकर बैठी भीरुता के सर्वप्रथम दर्शन हुए।

नारी-आकर्षण के द्वीप से अपनी ब्रह्मचर्य रूपी नाव दूर-दूर खेकर क्या उसे अपना लंगर घूम-फिरकर उसी द्वीप पर डालना पड़ेगा? तो क्या मालिनी को, जिसने मार की भाँति उसकी तपस्या में व्यवधान डालने का दुस्साहस किया है, उसके शोध को झटक दे? क्या यह मालिनी के प्रति, अध्यापक धर्म के प्रति अन्याय न होगा? आखिर उसने शालीनता से अपने विचार ही व्यक्त किए, सीमा का अतिक्रमण तो नहीं किया।

वह न ही मालिनी को झटक पाया, न ही अपना पाया। उसकी आँखों में जो सागर नुवरवैव के तट पर दिखा था, वह अब स्थायी-भाव हो गया था। उसने कई बार समझाया, "मालिनी, मेरे-तुम्हारे रास्ते विपरीत दिशा को जाते हैं।"

"रास्ते अलग हैं, मानती हूँ, पर वे मिल भी सकते हैं, कहीं भी, कभी भी, आगे चलकर...।"

"इस मामले में मुझसे सहयोग की अपेक्षा करना स्वयं को धोखा देना है।"

"अपेक्षा करने का अधिकार कहाँ, पर आशा तो कर ही सकती हूँ। उस पर भी रोक है क्या?"

बात 'स्टाप वाच' की सुई के मानिंद यहीं ठिठक जाती।

□

वे दोनों कैंडी की अध्ययन यात्रा पर हैं। संग्रहालय का कार्य समाप्त कर वृक्षों की समानांतर पंक्तियों के बीच सैंडविच हुई सड़क पर चले जा रहे हैं। विपरीत दिशा से दो वृद्ध स्त्रियाँ आती दिखीं। दोनों सफेद साड़ी में हैं। उनके हाथों में थैले हैं। स्त्रियों ने भिक्षु धम्मविजय से 'मंगलसुत्त' पाठ कराने की प्रार्थना की। लहजे से लग रहा था कि वे किसी उत्तरी जिले के देहात की हैं।

एक वृक्ष के नीचे पत्तियाँ साफ कर उन्होंने धम्मविजय के बैठने के लिए चादर बिछा दी। उनकी श्रद्धा ऐसी मानो धम्मविजय के रूप में साक्षात् बुद्ध के दर्शन हो गए हों। वे दोनों तथा मालिनी घुटनों के बल बैठ गए। मालिनी ने जीवन में प्रथम बार ईसाई होते भी 'मंगलसुत्त' का पाठ किया। ओढ़ी गई धर्मप्राणता देखकर वृद्धाएँ गद्गद हो गईं और उसके लिए अच्छी शिक्षा तथा योग्य, धर्मप्राण वर मिलने की कामना करने लगीं। उसने धम्मविजय की ओर देखकर कहा, "भंते, आशीर्वाद दे दें, सब कुछ मिल जाएगा।"

मालिनी के चेहरे पर ज्यों-ज्यों मुसकराहट खिलती गई, त्यों-त्यों धम्मविजय के चेहरे पर गंभीरता छाती गई।

कैंडी के सुविख्यात 'बोटेनिकल गार्डेन' के बहुरूपिए पुष्पों, विभिन्न आकार-प्रकार के वृक्षों की क्रमबद्ध शृंखलाओं, मृदु दूर्वादलों के दसेक नमूनों, नर्सरी तथा मछली-बतखों-बगुलों से टँके तालाब के इर्द-गिर्द घूमते वे महावेलिगंगा के तट तक चले गए। नदी को देखकर लगा कि इसमें जल नहीं, श्रीलंका का पूरा इतिहास प्रवाहित हो रहा है। डाभ से गला सींचकर वे बेलों से बने कुंज में सुस्ताने के लिए बैठ गए।

कुछ देर तक मौन बैठे रहे। सहसा गन्ने से चीफुर अलग करने की भाँति मालिनी ने मौन चीर दिया, "भंते, पास ही पेरादेनिया विश्वविद्यालय है, जहाँ सुनते हैं, आपने शिक्षा प्राप्त की थी। उसे देखकर न जाने क्यों एक कथा याद आ रही है।"

"फिर कोई 'क्लासिक' बकवास?"

"जब आप हमारी कक्षा लेते थे, आप कोई इतिहासपरक लघुकथा सुनाते थे और जब छात्रों में एकाग्रता आ जाती थी, तब कहीं जाकर विषय की भावभूमि पर उतारते थे। उस समय हम आपकी लघुकथा रूपी बकवास जैसे-तैसे, प्रतिदिन सहा करते थे। आप तो मेरी दूसरी कथा तक ही ऊब गए।"

"शुरू भी करो अपना खटराग।"

"किस्सा पुराना है। एक स्थविर ने एक युवा भिक्षु को इस शर्त के साथ ज्ञानदान प्रारंभ किया कि वह समीप के ग्राम कभी न जाए। भिक्षु गुरु-आज्ञा से विमुख नहीं हुआ। अध्ययनोपरांत जब घर जाने लगा, तो उत्सुकतावश समीप के ग्राम होकर गुजरा। ग्राम के एक धनाढ्य व्यक्ति की रूपवती कन्या ने भिक्षु को भिक्षा दी और साथ ही दिल भी दे बैठी। वह प्रेमविह्वला उन्मन होकर बिस्तर पर लेट गई। उसकी दुरवस्था देखकर माता-पिता भिक्षु के पीछे भागे। उन्होंने भिक्षु से याचना की कि वह उसकी पुत्री का हाथ थाम ले, पर भिक्षु ने प्रस्ताव ठुकरा दिया। अंततोगत्वा उस प्रेमपीड़ित वियोगिनी का प्राणांत हो गया।"

इतना कहकर मालिनी ने गहरी श्वास खींचकर कहा, "सोचती हूँ, मेरा भी प्राणांत ऐसे ही होना है।"

"तुम समझती क्यों नहीं, मालिनी!"

"पहले आप पूरी कथा तो सुन लें और जान लें कि उस भिक्षु का क्या हुआ? उस ग्राम का एक भिक्षु कुछ समय पश्चात् केलनिया गया। उसने उस रूपसी की करुणकथा वहाँ के भिक्षुओं को सुनाई। संयोग से वहीं वह युवा भिक्षु भी था, जिसने रूपसी के प्रेम को ठुकराया था। अपने प्रति अटूट प्रेम रखनेवाली युवती की मृत्यु का समाचार जानकर पश्चात्ताप और ग्लानि में डूबे उस भिक्षु के भी प्राणपखेरू उड़ गए।"

"तुम मेरी मजबूरी समझो। मैं एक भिक्षु हूँ।"

"अपने देश में न जाने कितने भिक्षु हर साल गृहस्थ हो जाते हैं, तो आप क्यों नहीं?"

"देखो, एक साधारण भिक्षु गृहस्थ हो जाए, तो कुछ नहीं होता। मैं—'अखिल श्रीलंका भिक्षु समिति' का पदाधिकारी, विश्वविद्यालय का अध्यापक, द्वीप में थोड़ी-बहुत ख्यातिवाला—अगर यह कार्य करूँगा, तो बवंडर मच जाएगा। लोग व्यंग्य से कहेंगे कि यह डींग मारनेवाला आदमी कितना पोला और कमजोर निकला।"

"लोगों के कहने की परवाह कब से आप करने लगे? आप जैसे ज्ञानी को ये ऐतिहासिक तथ्य क्या बताऊँ कि भिक्षु चित्त, रूपसी दमिल देवी के प्रेम में किस तरह विक्षिप्त हुआ, लोहपासाद का भिक्षु किस प्रकार एक सुंदरी के प्रेमशरों से आहत हुआ? 'सुत्तपाठ' करता एक अन्य भिक्षु एक भिक्षुणी के प्रेमपाश में विद्ध

होकर किस प्रकार चीवर त्यागकर बैठा? क्या यह भी आपको बताना पड़ेगा कि सम्राट् एड्वर्ड अष्टम द्वारा अपनी प्रेमिका वालीस सिंप्सन के लिए राजसिंहासन त्यागने के हजारों वर्ष पूर्व इसी देश में राजकुमार सालि ने असोकमाला के प्रेम के लिए राजसिंहासन त्याग दिया था? क्या ये लोग ख्यातिहीन थे? आप ही क्यों इतने असहाय बने हुए हैं?"

"असहाय नहीं, असमर्थ हूँ।"

"फर्क क्या पड़ता है? आप चाहे जितना अध्ययन कर डालें, पर बिना प्रेम के अधूरे रहेंगे। आप मुझसे कहीं ज्यादा प्रबुद्ध हैं और विचारवान भी। इस ऐतिहासिक सच्चाई को आप शायद भूले न होंगे कि एक निश्चित अवधि तक प्रेम की अतल गहराइयों में डूबने के बाद ही भगवान् बुद्ध ने 'संबोधि' प्राप्त किया था।"

"मैं भगवान् बुद्ध नहीं, अदना सा भिक्षु हूँ।"

"काश, आप अदने होते।"

"तुम शिष्या हो मेरी, पर बहस में तुमसे जीत नहीं सकता।"

"तर्क में कमजोर पड़ूँगी, स्वयं पराजय स्वीकार कर लूँगी।"

वार्त्ता का पटाक्षेप यहीं हो गया।

धम्मविजय भिक्षुत्व के पक्ष में कितने ही प्रबल और अकाट्य तर्क दें, पर मालिनी को लेकर उनके मस्तिष्क में महायुद्ध छिड़ चुका था। लगता, मालिनी के तर्क-वितर्क भौतिक आकृतियाँ लेकर उनके कंधे पर बैठे क्षण-क्षण दस्तक देते रहते हों। गृहस्थ धर्म अपनाने से उस 'सातवें शील' (ब्रह्मचर्य पालन का संकल्प) का क्या होगा, जिसका संकल्प बचपन से लेता आया है? वैराग्य जीवन में ढला जीवन गृहस्थी की पटरी पर कैसे चल पाएगा? क्या मालिनी संतुष्ट रहेगी? क्या स्वयं उसे संतुष्टि होगी? कभी-कभी लगता कि अध्ययन-शोध में मालिनी उसकी उपयुक्त सहायिका, अनुगामिनी हो सकती है। उसमें बुद्धि है, लगन है, ज्ञान की भूख भी है। तमाम छात्र, जिनमें कुछ भिक्षु भी थे, एशियाटिक सोसायटी के काम से कन्नी काट जाते, पर वह बिना किसी पारिश्रमिक के सहायता करती रहती। सोसायटी का जर्नल प्रकाशित करने में भी सहयोग करती।

वह चीवर त्यागेगा तो श्रीलंका के बौद्ध संघ की जड़ें हिल जाएँगी। भिक्षुगण, और धर्मनिष्ठ गृहस्थ भी, कभी नहीं चाहेंगे कि उसके जैसा उत्साही, विद्वान् और ख्यातिप्राप्त व्यक्ति संघ त्याग करे। जब उसके जैसे लोग संघ त्यागने लगेंगे, तो धर्मध्वजा कौन धारण करेगा? छोटे-मोटे भिक्षु और भी डगमगाने लगेंगे। वे भिक्षु

भी, जो चीवर में रहते हुए भी किसी सांसारिकता से वंचित नहीं रहते, खुलकर सड़क पर आ जाएँगे।

इन तथा ऐसे ही विचारों की उथल-पुथल में भिक्षु धम्मविजय प्रायः खोया रहता।

मालिनी ने अपना शोध-प्रबंध प्रस्तुत कर दिया था, फिर भी वह नित्य-प्रति सोसायटी कार्यालय आती और कार्य में हाथ बँटाती। जब तक शोध चल रहा था, एक बहाना था। शोध समाप्त होते ही जिन्हें आलोचना करनी चाहिए और जिन्हें न करनी चाहिए, दोनों कोटि के लोगों ने फुसफुसाहट का आवरण त्यागकर खुलेआम आलोचना का बाजार सजा दिया। जैसे अलिखित अभियोग-पत्र थमा दिया गया हो। विरोधियों ने घेराबंदी शुरू कर दी। अफवाह-अपवाद की धूम मच गई। गुरु-शिष्या के पवित्र संबंध की दुहाई देते हुए व्यभिचार का खुला आरोप लगाने से भी लोग न चूके। भिक्षुसंघ ने संघ निष्कासन और सामाजिक अवमानना तक की धमकी दे डाली। उपेक्षा…अवमानना…विरूप हँसी…व्यंग्य बाण… उपहास भरी आँखें…यही सब चारों ओर दीखता।

अजीब मानसिक यंत्रणा और उद्विग्नता में डूबा रहता। लगता कि सारी बौद्धिक ऊर्जा, विचारक्षमता कहीं चली गई है।

आरोप-प्रत्यारोपों से पीड़ित होकर धम्मविजय कुछ दिनों के लिए नुवर एलिय हिल-स्टेशन चला गया। साथ में मालिनी भी। ऊहापोह और अनिश्चय की स्थिति समाप्त करने के लिए वह कुछ निर्णय लेना चाहता है।

नुवर एलिय आने के तीसरे दिन आखिर निर्णय ले लिया। पास की पहाड़ी की तलहटी में स्थित गाँव के नीरव व मनोहारी वातावरण में उसने सातवें शील का त्यागकर मालिनी के रास्ते से अपना रास्ता जोड़ दिया। उसने विवाह-सूत्र में बँधने की सूचना देते हुए 'अखिल श्रीलंका भिक्षु समिति' के सहायक सचिव पद का इस्तीफा टेलीग्राम से भेज दिया।

अगले दिन सुबह से ही पशु-पक्षियों जैसी आकृतियाँ बनाने वाले मेघ दहाड़ें मारकर आँसू बहाने लगे। बिजली आक्रोश दरशाने वाली किसी ग्रैफिक पेंटिंग की तरह आकाश में रेखाएँ बनाने लगी और धरती पर पतनाले बहने लगे। धम्मविजय चाय सुड़कते हुए समाचार-पत्रों में प्रकाशित अपने विवाह की घटना और प्रमुख भिक्षुओं, राजनेताओं तथा अन्य महत्त्वपूर्ण व्यक्तियों द्वारा प्रदत्त भर्त्सनायुक्त बयानों को पढ़ रहा था कि मालिनी अपनी चिर-परिचित परिहास मुद्रा में कहने लगी,

"डियर धम्मविजय, प्राय: ऐसा होता है कि मनुष्य जिस चीज से जितना भागता है, वह उतना ही पिछुआती है। इसलिए किसी चीज को अस्वीकार भले ही कर दे, उससे भागे नहीं! तुम मुझसे भागते नहीं, तो शायद मेरे बंदीवान न बनते और चैन की बंसरी बजाते रहते।"

धम्मविजय मुसकरा दिया।

कुछ दिन बाद, जब भर्त्सना का प्रभंजन थोड़ा शांत हुआ, वे केलनिया वापस आए। घर पहुँचते ही विश्वविद्यालय से पदमुक्त किए जाने का आदेश मिला। आरोप था कि पाँच दिन का अवकाश लेकर दस दिन ड्यूटी से अनुपस्थित रहा। उसके द्वारा डाक से प्रेषित अवकाश बढ़ाने का प्रार्थना-पत्र प्राप्त नहीं हुआ था। इसके पूर्व कि 'रायल एशियाटिक सोसायटी' से मुसन्ना आए, खुद ही इस्तीफा भेज दिया।

□

मेरी बीड़ी कहाँ है?

सर्द हवाओं का प्रहार ऐसा कि लगे रूप ग्रहण कर लिया हो। रूप पर्वतीय स्थल पर उड़ते बादलों जैसा, रेगिस्तानी बलुई आँधी जैसा या फिर उच्च शिखरों पर सफेद लच्छेवाले हिमपात जैसा। भव्य राजप्रासाद की धजवाले भवन को टिमटिमाते प्रकाश में देखता हूँ। झुरझुरी होती है और भव्य भाव से भर जाता हूँ। अद्‍भुत वास्तुशिल्प शीत के आतंक को क्षण भर के लिए विस्मृत कर देता है। रिक्शे से उतरकर कॉरिडार में प्रवेश करता हूँ। सोडियम की सुनहरी धूप में दमकते लंबे-चौड़े ऊँचे कॉरिडार को पार कर 'इंक्वायरी विंडो' तक पहुँचता हूँ और बगल में लगे इलेक्टॉनिक बोर्ड पर ट्रेन की पोजीशन लेकर प्लेटफॉर्म नंबर एक की ओर चल देता हूँ। ट्रेन प्राय: प्लेटफॉर्म नंबर एक से छूटती है। प्रस्थान-बिंदु भी यही है। फिर भी दक्ष यात्री का तकाजा है कि ट्रेन की पोजीशन ले ले। सिर से पाँव तक ढके-तुपे हॉने के बावजूद प्लेटफॉर्म की सिहरती भीड़ का हिस्सा बन जाता हूँ। इसी के साथ स्टेशन रूपी सुपर कंप्यूटर के लघु पुर्जे की हैसियत हो जाती है—पुर्जा, जिसका अन्य पुरजे के साथ संबंध न होते हुए भी संबंध रहता है।

वैसे तो अब ढेर सारी ट्रेनें दिल्ली जाती हैं—कुछ मुरादाबाद होकर, कुछ कानपुर होकर। पर न जाने क्यों, इस पुरानी, दमदार बुढ़िया 4229 अप से पुराने चावल की महक, पुरानी शराब की मादकता जैसा लगाव है। 'ओल्ड इज गोल्ड' का भाव। रात दस बजे सवार होता हूँ, सुबह दिल्ली में, पूरा दिन आधिपत्य में। पर क्या कोई वस्तु पूर्ण निर्दोष हो सकती है ? नहीं न! इस ट्रेन में भी ऐब है। आरक्षण काफी पहले कराना पड़ता है, अन्यथा स्थान नहीं मिलता। लखनऊ स्टेशन के लिए यह वी.आई.पी. ट्रेन है। इस पर सवार होकर औरों की भाँति स्वयं को वी.आई.पी. समझने का भ्रम पाल बैठता हूँ। यह इसलिए भी वी.आई.पी. ट्रेन है कि इसमें प्रत्येक अपरिचित दूसरे को वी.आई.पी. दिखता है।

आरक्षण का डिब्बा तलाशना उबाऊ और उससे कहीं अधिक खिझाऊ प्रक्रिया है। दिक्कत और भी बढ़ जाती है, जब प्लेटफॉर्म पर आरक्षण-चार्ट नहीं लगे होते या लगे होते हैं तो क्रममुक्त। चार्ट लगते ही लोग डंक निकालकर ऐसे टूट पड़ते हैं, मानो 'माधुरी दीक्षित नाइट' का टिकट मिल रहा हो और जो वंचित रह गया, वह भवसागर के पार उतरने से रहा। बटनें टूटती हैं, जेबें कटती हैं, दुपट्टा खिंचता है, पर 'टाइगर हिल' के सूर्योदय की पहली किरण की तरह चार्टोदय की पहली किरण देखने का चाव नहीं जाता। एक हाथ में सूटकेस, दूसरे में ब्रीफकेस थामे आदर्श यात्रीवेश में आता हूँ और गणवेशी चार्ट-दर्शकों की होड़ का हिस्सा बन जाता हूँ।

ट्रेन यार्ड से आती है और ब्रेक की चुँचुआहट के बीच प्लेटफॉर्म पर खड़ी हो जाती है। बोगी बीच में है। भीड़ का भंभड़ निकल जाने पर, यानी युद्ध के अंतिम दौरे में सूटकेस-ब्रीफकेस भाँजते हुए बोगी में प्रवेश करता हूँ और नीचे सामान जमाकर सीट पर जम जाता हूँ।

प्लेटफॉर्म पर हड़बड़ी, हलचल बढ़ जाती है। यहाँ की भीड़ और अस्पताल-अदालत थाने की चिंताकुल दमघोंटू भीड़ की मानसिकता में अंतर होता है। यहाँ का असंगत शोर मुझे निहायत दिलचस्प लगता है। गले के नीचे कहीं से निकलनेवाली लय-ताल से चाक-चौबंद 'चाय गरम' 'पान-बीड़ी-सिगरेट', 'काप्पी-काप्पी', 'लखनऊ की गुलाबी रेवड़ियाँ', 'पूरी गरम', 'हलवा नरम', 'दोस्सा-इडली' की शास्त्रीय ध्वनियाँ खाली पेट की कौन कहे भरे पेट के मुँह में भी पानी भर दें। कहीं टी.टी.ई. का स्वर 'टिकट' जिसे सुनकर बेटिकट काँप और हाँफ जाते हैं, कहीं 'आज की ताजा खबर' सुनाता अखबार वाला, कहीं खिलौनेवाले का 'आ···आ···आ', कहीं बगैर इस्तरी की खाकी वेशभूषा में 'स् स् स्' की ध्वनि के साथ झाड़ू फिराता सफाई वाला, कहीं खिड़कियों पर 'टप् टप् टप्···' की ध्वनि के साथ पानी टपकाते हुए होजपाइपधारी पानी वाला। इन सबके ऊपर यात्रियों में ठहराव सा ला देनेवाली उद्घोषिका की मधुर ध्वनि। आवाजें, ढेर सारी आवाजें। रेलवे स्टेशन स्वयं में एक दुनिया है जिसे समानांतर तो नहीं, माइक्रो अवश्य कहा जा सकता है। दुनिया के भीतर कई दुनिया—दुनिया अमीरों की, दुनिया गरीबों की, दुनिया प्रगतिशीलों की, दुनिया प्रतिक्रियावादियों की, दुनिया अगड़ों की, दुनिया पिछड़ों की, दुनिया दुर्जनों-अशिष्टों की, दुनिया सज्जनों-शिष्टों की, दुनिया जोशवालों की, दुनिया होशवालों की, दुनिया बेहोशवालों की, दुनिया आधुनिकों की, दुनिया आदिमों की।

ट्रेन ने सीटी देकर अँगड़ाई ली। डी.आर.एम. ऑफिस में बैठे कंट्रोलर को

रहम आ गया था शायद। खुमारी तोड़कर वह केंचुए की तरह सरकने लगी। सपनीले आँखोंवाले, गोलमटोल बच्चों तथा उमंग की ताल पर नृत्य करती, मोहक माड औरतों के हाथ हवा में लहरा रहे थे। "हाय", "बाय", "टाटा", "सी यू", "बॉन वायेज" की ध्वनियाँ ओठों से फिसलकर मानो खिसकती ट्रेन पर आ बैठती हों—पक्षियों के मानिंद। सिर्फ कुछ क्षणों में—ट्रेन के ओझल होते ही—ये सभी शुभचिंतक दफा हो जाएँगे और हरा-भरा, जीता-जागता प्लेटफॉर्म श्मशान की तरह बेआब और वीरान हो जाएगा—"चक्रारपंक्तिरिव गच्छति भाग्यपंक्तिः" को साकार करते हुए। स्टेशन की यह भी एक दुनिया है।

ट्रेन छूटने के साथ यानी ठेठ पुरबियों की भाषा में 'खुलने के साथ' हमारे थ्री टायर डिब्बे में भीड़ का एक रेला सोत्साह-सोल्लास धँस आया था। मानो नरमुंडों की पैठ लग गई हो। अफरातफरी, रेलमपेल से दु:खी होकर आरक्षित सीट के यात्री कंडक्टर की गोहार लगा रहे थे, पर वह दुबला-पतला, टुटरूटूँ जीव स्वयं भीड़ में फँसा था। भीड़ में हिलती-डुलती टोपी उसके अस्तित्व का सुबूत थी। जो स्वयं ग्राह के फंद में फँसा हो, वह गज को कैसे मुक्त कराएगा? उसे स्वयं पर शर्म आनी चाहिए थी। अजब नहीं, आ भी रही होगी।

धमाचौकड़ी मचानेवाले घुसपैठिए हरदोई तक के दैनिक यात्री थे, जो स्वयं की शब्दावली में 'अप-डाउन' करते हैं। रेल विभाग ने अपनी कई पीढ़ी पुरानी परंपरा यानी आदि से ही इनके बैठने की कोई व्यवस्था न की थी, इसलिए ये आर क्षित डिब्बे में पिल पड़े थे। इनमें से कुछ पासधारी थे, कुछ बेटिकट। कुछ के चेहरे पर घर-कुरिया की चिंता चिपकी थी, तो बहुतों के चेहरे पर आवारगी और छिछोरपन। कुछ दैनिक यात्रियों ने कंधे छीलनेवाली भीड़ में खड़े-खड़े ताश खेलना प्रारंभ कर दिय। था, क्योंकि 'ईंट', 'पान', 'बादशाह', 'गुलाम', 'प्वॉइंट', ट्रंप" आदि की ध्वनियाँ उछलकर आ रही थीं। जो भीड़ हमारे लिए समस्या थी, वह इन लोगों के लिए सहज स्थिति।

ट्रेन ने केंचुआ चाल कब की छोड़ दी थी। वह घोड़े की तरह दुलक रही थी। पहियों के कंपनयुक्त संगीत और बीच-बीच बजनेवाली शंखध्वनि जैसी सीटी से ऐसा लगता मानो वह पीछे छूटते खेतों, उपवनों, जलाशयों, झोंपड़ियों, मकानों को ठेंगा दिखा रही हो—"नहीं तुम्हारा मोह, नहीं तुम्हारा नेहबंध। भागी जा रही हूँ, दूर, बहुत दूर।" किसी निष्ठुर अधिनायक की भाँति उसे भी दंभ है—गति पर, शक्ति पर, सामर्थ्य पर।

लयबद्ध हिचकोलों की एकरसता तब भंग हुई, जब कुछ आवारा किस्म के युवक साइड की आरक्षित बर्थ पर बैठने की जिद करने लगे। बर्थ वाले युवक ने तंग होकर कहा, "बर्थ मैंने आरक्षित कराई है। तुम्हें क्यों बैठने दूँ?"

"नहीं बैठने दोगे?" स्वर में रस्सी जैसी ऐंठन।

"हाँ, नहीं बैठने दूँगा।" जवान खून। किसका वश? भिड़ गया।

नशीली आँखोंवाला शोहदा किस्म का छोकरा आगे बढ़ा और युवक के गाल पर 'चटाक' से तमाचा पड़ा, "अब भी नहीं।"

हम स्तब्ध, स्पंदनहीन, हतवाक्।

युवक ने कंडक्टर से शिकायत की। उसने 'क्षमा करने और भुला देने' की नसीहत दी।

"पिटाई भी की और सीट पर कब्जा भी जमा लिया। काररवाई की बात तो कोसों दूर, आप क्षमा करने और भुला देने की बात कर रहे हैं। कितने अफसोस की बात है!" चेहरे पर खीज में लिपटी हताशा और आहतभाव।

"भइयाजी, जरा ठंडे दिमाग से सोचिए। तुम्हें एक दिन चलना है, मुझे रोज। इनसे रार ली तो मेरा कीमा बना दिया जाएगा।"

निर्वस्त्र स्त्री सारी दुनिया को निर्वस्त्र कर सकती है, वैसे ही उसने निशशस्त्र होकर सारी दुनिया को निश्शस्त्र कर दिया था।

"पर बैठूँ कहाँ मैं?"

"एक रात खड़े-खड़े यात्रा कर लीजिए।"

इस सरलतम समाधान से युवक को न संतुष्ट होना था, न हुआ। चिढ़कर बोला, "यह भी कोई बात हुई। आपके बस का नहीं है तो जी.आर.पी. को बुलाइए। सीट दिलवाइए मेरी, अन्यथा आपकी 'कंप्लेंट' करनी पड़ेगी।"

"भाई साहब, जी. आर.पी. यानी 'गवर्नमेंट रेलवे पुलिस' इस समय टट्टी गई है। दो राइफलधारी डिब्बे में हैं। दोनों एक-एक ओर का शौचालय थामकर बैठे हैं और बैठे ही रहेंगे, जब तक ये ऊधमी बंदर दफा नहीं हो जाते। जहाँ तक 'कंप्लेंट' की बात है, कर दो भइया। शौक से कर दो। बहुत जोर-सिफारिश वाले हुए आप तो 'सस्पेंड' हो जाऊँगा। 'सस्पेंड' हुआ तो 'रिइंस्टेट' हो जाऊँगा—पैसे देकर। पर इकलौते चने की तरह इनसे भिड़ा तो भाड़ फोड़ने से तो रहा, ये स्वयं मुझे भाड़ में झोंक देंगे।"

फिर व्यंग्यात्मक स्वर में बोला, "भइयाजी, आपको वायुयान से यात्रा करनी

चाहिए, जहाँ मोहक-मादक विमान सुंदरियों की मनोहारी मुसकान तथा सुखद सेवा मिलती है। खटारा 'इंडियन रेलवेज' का यह खटारा नमूना आप जैसे रईस तबीयत को कैसे भाएगा?"

विषाद-वेदना-ग्लानि से सराबोर कृमि अपने स्थान पर लौटा—स्थान जो उसका होकर भी उसका न था।

सीट पर आधिपत्य जमाए युवक ने उच्छृंखल प्रहार किया, "बेटे, कर आए शिकायत मामू से। उस साले की क्या हिम्मत जो आँख मिला सके?"

ट्रेन उड़ने लगी थी। खड्डूस युवकों के तेजाबी अट्टहासों के बीच हम—आस-पास की सीटों के लोग—अपने घोंघा-कवच में निःशब्द कैद थे। तभी छड़ी की खटखटाहट से कदमताल करती 'चीनियाबादाम' की आवाज आई। मूँगफली विक्रेता नेत्रहीन है। वह हमारी ओर घूमा कि एक युवक ने झोले से मूँगफली का पैकेट निकाला लिया। फिर दूसरे युवक ने यही हरकत की। इस बार वह भाँप गया। तुरंत चीख पड़ा, "कौन···मूँगफली निकाल रहा है?"

गाली से सफलताबोध हुआ। वे खिलखिलाए। फिर झुंड का झुंड टूट पड़ा। वह अंध महाशून्य में उचक-उचककर पैकेटों की रक्षा करने की चेष्टा कर रहा था। मानो आत्मा शरीर से निकलकर पैकेटों में प्रवेश कर गई हो। आखिर खेत रहा। झोला पैकेटों से खाली हो चुका था।

सामने की सीट पर एक प्रौढ़ था—गौरवर्णीय, स्थूलकाय, दीर्घनासा, सफेद बुर्राक कुरते और गले में चमकती चेन में सभ्य-भद्र दिखनेवाला व्यक्ति। बगल में एक किशोरी बैठी थी, जो ललितकिशोरी न होकर भी ललित किशोरी थी—बेले जैसा रंग, गुँथे मैदे जैसी लोचवाली कमनीय देहयष्टि, हरिणी जैसे नेत्र, कंबुग्रीवा और संदली मुसकान लिये गुलाबी ओठ। कुल मिलाकर ओने-कोने में होने पर भी दृष्टि बाँधने की चुंबकीय क्षमता।

मूँगफली वाला लूटा जा रहा था, पर सीट पर बैठा एक दैनिक यात्री युवक इस लूट से विस्मयजनक ढंग से निरपेक्ष था। उसका ध्यान अन्यत्र था। वह सेंटीमीटर-सेंटीमीटर खिसक रहा था। आखिर उसकी मटमैली, मसली बुश्शर्ट किशोरी के साफ, चिकने, नीले पोल्काडाटेड कुरते से रगड़ खाने लगी। किशोरी खिसकी। युवक भी खिसका। एक स्थिति ऐसी आई कि खिसकना संभव नहीं रहा। दूसरी ओर पिताश्री थे, जिनसे न सटा जा सकता था और न ही धकियाया जा सकता था। युवक को इसी अवसर की प्रतीक्षा थी शायद।

किशोरी पिताश्री के कान में फुसफसाई। पिताश्री उसे अपने स्थान पर बैठाकर स्वयं उसके स्थान पर बैठ गए। फिर बोले, "आप लोग शराफत से क्यों नहीं बैठते?"

उत्तेजना के कारण ओठ फड़फड़ा रहे थे।

धृष्ट-दुष्ट युवक ठठाकर हँसे। जैसे परिहास किया गया हो। इनसे संवाद बढ़ाना स्वयं की फजीहत कराना हुआ। पर निष्कृति नहीं मिल सकी। इकलौते वाक्य को पकड़कर वे चालू हो गए थे। उन्हें गुंडा क्यों माना गया? इस पर आपत्ति करते हुए वे गुंडागर्दी का नग्न नृत्य प्रस्तुत करने लगे। आपत्तिजनक अपशब्द, अश्लील परिहास, मिथ्या दोषारोपण, अशोभनीय आचरण।

भयप्रकंपित, निरुपाय, निस्सहाय पिता ने याचनापरक दृष्टि हम सहयात्रियों पर फेंकी, पर हमारी शिशिरायी मुद्रा से स्पष्ट हो गया कि हम मुस्तैदी से मौन बने रहने के अतिरिक्त कुछ नहीं दे सकते। बालू में सिर छिपाने के इरादे से एक पुस्तक खोल ली—

नहीं—अपना कोई हमदर्द
यहाँ नहीं है। मैंने एक-एक को परख लिया है।
मैंने हरेक को आवाज दी है
हरेक का दरवाजा खटखटाया है
मगर बेकार···मैंने जिसकी पूँछ उठाई है
उसको मादा पाया है।

झेल नहीं सका धूमिल की इन पंक्तियों को। पुस्तक तहाकर रख दी।

युवक पूर्ण आश्वस्ति में हो चले थे कि विरोध करने का, चुनौती देने का साहस रखनेवाला मर्द-मराठा इस बोगी में नहीं। गलाजत और घिन उपजाने वाला अपशब्दों का सिलसिला बढ़ता चला गया। वे यहाँ तक उतर आए कि लड़की जुही चावला हो रही है, इकदम छम्मकछल्लो! इसे संडीला के ऊसर में चेन खींचकर उतार लेना है, कि बीच में कोई बोले तो उसके लिए कट्टे काफी हैं। एक कट्टा हवा में लहराया भी।

कुत्सा, कर्दम और कदाचार का सामूहिक स्ट्रिपटीज। हम संभावित आपदा से किशोरी को नहीं, आपदा की छींटों से स्वयं को बचाने की चिंता में डूबे थे। किशोरी के अश्रु झर रहे थे। वह पीपल के पांडुर पत्ते की तरह थरथरा रही थी। हमारा रक्त उबाल मार रहा था, पर शिराओं में प्रवाहमान शीतल, अदृश्य निर्झर उसे ठंडा कर

देते थे। विक्षोभ-वेदना में होते हुए भी साहस किस प्रकार पाला मारी फसल बन जाता है, उसका सर्वथा नवीन अनुभव हो रहा था।

एक युवक फिल्मी ढंग से कट्टा उछाल रहा था। दृष्टि कट्टे पर केंद्रित थी। कब, किस पर आग उगल बैठे। पत्र-पत्रिकाओं में पढ़ी घटनाएँ याद आने लगीं, जब दस पैसे को लेकर चाकू चल गए, शराब के नशे में धुत्त सिपाही ने बेवजह लोगों को भून दिया, अभिवादन न करने पर 'बाबू साहब' ने एक मजदूर की हत्या कर दी।

भयावह विचारों में डूबे थे कि युवक ने पीछे से हाथ ले जाकर किशोरी के कंधे पर चिकोटी काटी। वह चीखी। वे हँसने लगे। हँसी भी इस सीमा तक क्रूर और वीभत्स हो सकती है क्या?

"पतलूनवाले बाबू, का सरम-लिहाज-हया निखालिस बेचि खायो है?"

गैलरी के पास फर्श पर बैठे मरियल से आदमी की यह कड़कदार आवाज थी।

हमें और हमसे ज्यादा उन्हें विस्मय हुआ लहजे और संवाद से। सूर्य की ओर निशाना साधकर जैसे किसी ने पत्थर उछाला हो, उमगती बरसाती नदी में जैसे तैरने में असमर्थ व्यक्ति ने छलाँग लगा दी हो, पाश्चात्य संगीत सभा में जैसे कोई 'राग भैरवी' अलापने लगा हो, तीव्रगामी वाहन को जैसे रेलवे क्रॉसिंग की बजती घंटियों ने रुकने के लिए बाध्य कर दिया हो।

सकते से उबरने के पश्चात् एक युवक ने जनरल-मुद्रा ग्रहण कर ली, "चुप बे, पिद्दी के शोरबे।"

"का तुम्हरे महतारी-बहिनी नहीं हैं?"

"कहा न बकवास बंद कर, नहीं भुरकुस बना दिया जाएगा।"

मानो उसे नादान भुनगा समझकर बर्दाश्त किया जा रहा हो।

"का तुम्हरे कॉलेज म यहै पढ़ावा जात है।" वह रुकने का नाम नहीं ले रहा था।

ग्रामीण को अब मैंने ध्यान से देखने लायक समझा। आबनूसी त्वचा, निचुड़ा सा लंबोतरा चेहरा, मोटे ओठ, गले के अगले सिरे पर कउवे की उभरी हड्डी, उसके नीचे ताबीज, बाएँ कान पर तोप की तरह तनी बीड़ी, कंधे पर अँगौछा तथा हाथ में गंदा झोला। सूरत-शक्ल से निहायत दीन-हीन-मलीन। मजदूरी कर गाँव लौट रहा होगा। शायद इसे साधारण डिब्बा समझकर आ धँसा फिर चल चुकी ट्रेन

में यही डिब्बा सामने आ गया हो, वरना ऐसे तबके के लोग जगह न मिलने पर, जेब में टिकट होते हुए भी, ट्रेन की छत पर बैठकर बिरहा-कजरी गाना ज्यादा पसंद करते हैं।

"क्या तेरी मौत आई है रे?" भदेस व्यक्ति की कठहुज्जती कैसे रास आए?

"मउत। तो सबहिक आवैक है। तुम का अमरौती खाय क, अमरित पीकै आयो है। यहु वहु गुड़ न आय जहिका चींटा खाय जांय, तुम नीके समझि ल्यौ।"

अच्छा भी लग रहा था और बुरा भी। अच्छा इसलिए कि किसी ने विरोध का स्वर तो उठाया और बुरा इसलिए कि इस मूर्ख, नादान का कीमा बना दिया जाएगा। मारामारी में अजब नहीं दो-चार हाथ अपने भी पड़ जाएँ।

एक युवक ने गुर्राते हुए कहा, "दिमाग फिर गया है, मघइये! टुकाची कहीं का! कतरनी जैसी जुबान बंद कर। चला दिया खिलौना नीचे से, तो ऊपर से धुँआँ निकलेगा। चिमनी बन जाओगे।"

दूसरे ने दुबारा किशोरी के कंधे का स्पर्श कर चुनौती दी, "बोल बे, बड़ा तीरंदाज बन रहा है।"

बाज की तरह झपट्टा मारकर उसने युवक के हाथ से कट्टा छीना और खिड़की से बाहर फेंक दिया और कराटे शैली में उछलकर सीने पर ऐसा मुक्का मारा कि वह चारों खाने चित्त हो गया। फिर सीमेंट का मसाला चिकना करनेवाले लकड़ी के लंबे टुकड़े को झोले से खींचकर दूसरे युवक पर टूट पड़ा। दो अन्य युवक आगे बढ़े, पर एक-एक प्रहार भोगकर भाग खड़े हुए। उन्हें भागते देखकर अन्य साथी भी भागे। वे इस भ्रम में कि उनके साथी अभिमन्यु की भाँति महारथियों के संयुक्त आक्रमण में फँस गए हैं। हम में से कुछ इतस्ततः पलायन कर गए, कुछ कछुए की तरह अंग सिकोड़कर फिल्मी अवास्तविकता जैसा वास्तविक दृश्य देखने को बाध्य हो गए। मजदूर की लाल अँगारा आँखें उन युवकों को ही नहीं, मानो हम सबको भस्म कर देंगी। वे दोनों पिट-पिटाकर घायल सुअर की तरह 'घों-घों' करते हुए भाग खड़े हुए।

ट्रेन हरदोई आकर रुकी। पचास-साठ युवकों ने डिब्बा घेर लिया। हवाई फायरिंग के साथ 'निकल बाहर' की आवाजें आने लगीं।

दोनों युवक चोटियल साँप की तरह फुफकारते डिब्बे में चढ़े। पीछे-पीछे युवकों की पंक्ति। उनके हाथ में पुस्तकें न होकर डंडे, हाकियाँ तथा कट्टे थे। स्पष्ट ही वे छात्र थे। यात्रियों के चेहरों पर वेधक दृष्टि गड़ाते हुए वे मजदूर की तलाश कर

रहे थे। पूरा डिब्बा छान चुकने के बाद जब मजदूर नहीं मिला तो दुबारा ढुँढ़ाई शुरू हुई। इसी बीच प्लेटफॉर्म से आवाज आई, "पीछे चलो, पीछे भागा है।"

डिब्बे से उतरने की कई जोड़ी पदचापें, जिनका स्वर क्रमशः 'फेड' होता चला गया।

ट्रेन चल दी। क्या मजदूर मौत के घाट उतार दिया गया होगा? कसाई से जिबह न करने की आशा मध्यरात्रि के निविड़ अंधकार में सूर्योदय की अपेक्षा करना है। मैं अभी तक आतंकमुक्त न हुआ था। लगता था गुंडों की भीड़ दरवाजा, खिड़की या फिर छत फाड़कर अब आई, तब आई, कि यातना के अभी कई अध्याय शेष हैं। भय, आतंक और विषाद के बिरवे पर बैठा झूल रहा था कि पैर किसी चीज से टकराया। सामान है शायद। पैर आगे खींच लिया। पुनः गुलगुली छुअन। नीचे दृष्टि करने पर गठरी सी दिखी। सहसा एक अदद चेहरा सीट के नीचे से ऐसे निकला जैसे म्यूजियम के पैनेल में टँगा "टेराकोटा हैड"। चेहरा धीरे-धीरे मुकम्मल आदमी में तब्दील हो गया। यह मजदूर था—वही कान पर बीड़ी रखनेवाला। पर इस समय कान से बीड़ी नदारद थी।

बोल पड़ा, "तुम यहाँ? हम लोग तो तुम्हें···।

"···मरा समझत रहौ।" वह बेलौसी से बोला।

संभ्रम की स्थिति में मजदूर ने किस फुरती से सीट के नीचे, सामान के पीछे स्वयं को छिपाकर कछुए की तरह अंग सिकोड़ लिए थे, यह हम भाँप न पाए थे।

उसे सुरक्षित देखकर किशोरी और उसके पिता की आँखें नम हो आईं। मजदूर ने मुसकराकर इस तरह देखा, जैसे कुछ हुआ ही न हो। वह अपने कपड़ों में बीड़ी तलाश रहा था।

□

हुद्देदार

सतगुरु नहरपार हुलासखेड़ा के प्राइमरी स्कूल में अध्यापक है, लालजी लखनऊ में वन विभाग में लिपिक। आठ महीने पहले कृष्णमुरारी 'सप्लाई इंस्पेक्टर' के पद पर लग गया है—रायबरेली में। बस, तीन ही राजदुलारे हैं। राजदुलारी हुई ही नहीं नाउन चाची के।

नाऊ ठाकुरों में ज्यादातर लोग पढ़े ही नहीं। जो पढ़े, दो-चार-छह दर्जे पढ़कर लटक गए। बाप ने किस्बत थमा दी, जिसे 'एन्साइक्लोपीडिया' की तरह थामकर मुक्तहस्त कारगुजारी दिखाने लगे। कुछ समय बाद गुम्मे पर बैठकर खुरपा-फावड़ा छाप बाल काटने की दक्षता प्राप्त हो जाती और 'नउवा बाल बनउवा' बनकर रह जाते। तीज-त्योहार, काम-काज में चार पैसे जरूर मिल जाते, पर उसके साथ नाभिनाल जैसे जुड़े दस झंझट और पैदा हो जाते। किस्मत कुछ अच्छी होती तो टंकीवाले सैलून में हाथ की सफाई दिखलाते हुए 'हेयर ड्रेसर' या 'मास्टर' बन जाते। नाइयों की हैसियत बस ऐसी ही है। समान वृत्ति के कारण एक कहावत में उन्हें ब्राह्मणों के साथ जरूर बैठा दिया गया है—"जहाँ बाँभन तहाँ नाऊ, जहाँ गंगा तहाँ झाऊ", पर व्यवहार में ब्राह्मण कहीं भी उन्हें अपने साथ पंक्तिबद्ध करने को तैयार नहीं होते। अन्य उच्च जातियों का भी यही हाल। पिछड़ी जातियों में भी उनकी स्थिति अनुसूचित जैसी है।

ऐस में नाउन चाची के पुत्रों—लालजी और कृष्णमुरारी—को खानदान के पहले और दूसरे ग्रेजुएट होने का सौभाग्य प्राप्त होना महत्त्वपूर्ण घटना थी। सफेदपोश नौकरी का कीर्तिमान भी उन्हीं के पुत्रत्रय के नाम अंकित हुआ। इनकी नौकरियों को ऊँची नौकरी कहने पर ऊँचे लोग हँसेंगे, पर जिस पृष्ठभूमि से ये आए थे, जिन अभावों और विसंगतियों को झेलकर गुजरे थे, उन्हें देखते हुए ये नौकरियाँ अलभ्य उपलब्धियों से कम न थीं।

उपलब्धियाँ ऐसे ही नहीं मिल गई थीं। वहाँ तक पहुँचने के लिए नाउन चाची को होम होना पड़ा था। अस्तित्व यांत्रिक और यंत्रणायुक्त बन गया था। दोहरी मार—एक गरीबी की, दूसरी पति की। पति मेड़ीलाल का जीवन दर्शन था—"राम करी से होई। सोच करे नहीं कोई।" उसका 'बाल कतर्नालय' था, जिसकी सबसे बड़ी विशेषता यह थी कि उसका खुलना गैरजरूरी था। इधर अफीम ओठों में बंद, उधर दुकान बंद। दुकान बेशक बंद की जा सकती है, पर भूख? नहीं न! उसके साथ 'महीने-पंद्रहवें' से भी काम चलनेवाला नहीं। आवश्यकता आत्मशक्ति तो देती ही है, उपायबुद्धि भी देती है। गंतव्य तक पहुँचने के लिए निर्जन दुर्गमता में भी मार्ग ढूँढ़ना पड़ता है। न मिले तो बनाना पड़ता है। पाँच प्राणों की साँस की आस के लिए, गिरिस्ती की गाड़ी—लस्टम-पस्टम ढंग से ही सही—चलाने के लिए नाउन चाची को मार्ग निर्मित करना पड़ा, भले ही इस प्रक्रिया में लहूलुहानी हलाकानी से गुजरना पड़ा।

वह हाड़तोड़ परिश्रम करतीं—सुबह से रात तक। मुंडन, छेदन, जनेऊ, विवाह, वर्षगाँठ, कीर्तन, गौनई, सत्यनारायण की कथा, होली, दीवाली, करवा-हरछठ—सभी अवसरों पर उनकी अनिवार्य उपस्थिति। बुलौवा देना हो, उबटन मलना हो, नाखून काटना हो, आलता लगाना हो—इनकार नहीं था। मालिश में दक्षता प्राप्त थी। रुग्णा, प्रसविनी तथा नवजात की मालिश का कार्य प्राय: मिल जाता था। दो दानी-दिलेर घरों में तो स्थायी तौर पर मालिश का कार्य मिला हुआ था। वह पेट पर हाथ फिराकर अपनी नीम-हकीम भाषा में कहतीं—"नर उखड़े हैं" या कि "पोतनहरि उखड़ी है।" इन स्थितियों का कुछ-न-कुछ वैज्ञानिक अर्थ, पारिभाषिक शब्दावली अवश्य थी, पर ये विषय नाउन चाची के सरोकार के नहीं थे। उनके पास था स्पर्श-अनुभव, जिसके बल पर वह विशिष्ट अंदाज में मालिश करतीं और दर्द खरगोश के सींग की तरह गायब हो जाता। लोग कहते—"नाउन चाची के हाथ में जादू है", "नाउन चाची के हाथ में जस है।"

हुनर और भी थे। विविधता भी थी। छोटा-मोटा फोड़ा-फुंसी होता तो 'नई नाउन बाँस की नहन्नी' को झुठलाते हुए तेज-पैनी नहन्नी से ऑपरेशन कर देतीं और डेटाल लगाकर पट्टी बाँध देतीं। बिच्छू का विष उतारने के मंत्र उन्हें याद थे, जिन्हें दीपावली पर जगाना न भूलतीं। साँप काटने पर कोई बुलाने आता तो हाथ जोड़ लेतीं, "जय आस्तीक बाबा की, झूठ नहीं बोलूँगी। बिसहरे सूँघा (साँप) काटने का मंत्र मुझे नहीं आता। इसके लिए रामपाल भइया के पास जाओ। वे जानकार हैं।"

स्त्री-गीत गवाना हो, शादी-ब्याह के अवसर पर नकटौरा करना हो, दाल पिसवानी हो, उड़द दलवाना हो या फिर घर तकवाना हो, उनकी सेवाएँ ली जा सकती थीं। निस्संदेह ये कार्य विशुद्ध सेवाभाव से नहीं, चार पैसे मिलने के लिए किए जाते थे। 'पैसे को दाँतों से पकड़ने' की कहावत उन पर चरितार्थ होती थी—एक विकल्पहीन आवश्यकता के रूप में। अभिप्राय यह नहीं कि उनके अंदर लालच था। होता तो शायद इतनी पूछ न होती। जो पैसा देता, बिना वाद-विवाद के स्वीकार कर लेतीं। वैसे भी घरेलू कार्यों का बँधा-बँधाया रेट तो होता नहीं। यह बहुत कुछ परंपरा, आपसी समझदारी, चिक-चिक करने की क्षमता और सामर्थ्य पर निर्भर करता है।

एक और विशेषता थी, जिसके कारण नाउन चाची की साख थी, कद्र थी। वह चोरी में—चाहे टिकियाचोरी ही क्यों न हो—विश्वास नहीं रखती थीं, जबकि दूसरी बहुत सी नाउनें हाथ साफ करने में दक्ष थीं। निगाह चूकी कि धोती या डलवे में सामान डालकर चलती बनीं। ऐसे लोगों से काम करवाते समय गृहिणियों को गुद्दी पर नेत्र उगाने पड़ते। पर नाउन चाची होतीं, तो सारा सामान उनके जिम्मे छोड़कर मगन मन घूमती रहतीं। कहीं जो कह दिया, "बहू, बाहर निकलकर बैठो। अपने सामान की निगरानी करती जाओ", तो पलटकर उत्तर मिलता, "वारी नाउन चाची, तुम्हारे होते सामान की क्या चिंता? जाते समय बता देना। जंजीर मार लूँगी।"

विश्वास, अटूट विश्वास।

सेवा के प्रतिदान स्वरूप कभी नकदनारायण मिल जाते, कभी अनाज, कभी नए कपड़े, कभी पुराने कपड़े कभी सीधा, कभी परसा (पका भोजन), कभी अन्य इस्तेमाली वस्तुएँ। नए वस्त्र प्राय: बेच लेतीं, पुरानों से काम चलातीं, कुछ इस्तेमाली वस्तुएँ भी औने-पौने बिक जाया करतीं। घरखर्च चलाने के लिए ऐसी न जाने कितनी गोटियाँ बिछानी पड़तीं। तीन-तेरह करना पड़ता। पति अलग समस्या पैदा करता था। दुकान खोलने से परहेज तो करता ही, नशे-पत्ती के लिए घर की वस्तुएँ बेच आता। मुँह खोलने पर पौरुष फनफना उठता। नाउन चाची के तर्क का एक ही उत्तर था उसके पास—ताड़ना। ताड़ना जो मजबूत उत्तर भी था और जिह्वा बंद करने का धारदार, अचूक शस्त्र भी। ताड़ना का अंत उसके अंत के साथ ही हो सका। अफीम के ओवरडोज ने एक रात प्राण हर लिये।

सुबह हुई, पर अँधेरा नहीं मिटा। नाउन चाची इस तरह बिलख-बिलख रोईं जैसे पति ने कभी फूल की छड़ी से भी मारा न हो। पिछली शाम की मार इस तरह

भूल गईं, जैसे वह स्वप्न हो या कि पूर्वजन्म की घटना हो।

एक ही तमन्ना रही नाउन चाची की—"बच्चे पढ़-लिखकर हुद्दे (ओहदे) की नौकरी पाएँ, यानी कुरसी पर बैठें।" भगवान की कृपा, तीनों पुत्र मेधावी निकले, छात्रवृत्ति मिलती रही अन्यथा पाँचवें के बाद की पढ़ाई दुर्गम पहाड़ की खड़ी चढ़ाई साबित होती। सतगुरु ने 'दसवाँ दर्जा' पासकर जे.टी.सी. कर ली और प्राइमरी विद्यालय में मास्टर लग गया। उसके संबल से लालजी को बी.ए. और कृष्णमुरारी को एम.ए. करने में सहूलियत हुई। लड़के मनस्वी, परिश्रमी और संघर्षशील रहे, वरना कभी किताब नहीं, तो कभी कॉपी नहीं और कभी फीस का अभाव। प्रतिकूल परिस्थितियों में भी सुविधासंपन्न सपूतों से टक्कर लेते रहे, अन्यथा वे भी बहुतेरे गरीब बच्चों की तरह सिर्फ थोड़ा फासला तय कर थक गए होते।

□

दबाव जो लालजी की नौकरी के साथ शुरू हुआ था, कृष्णमुरारी के सप्लाई इंस्पेक्टर बनते ही लहरें लेने लगा। सबसे अधिक दबाव भी कृष्णमुरारी की ओर से था। उनके अपने तर्क थे। आर्थिक तंगी रही नहीं। अम्माँ को घर कमाने की क्या जरूरत है, फिर पहले जैसी कार्यक्षमता भी नहीं रही उनकी। एक बात और भी थी। शायद सबसे महत्त्वपूर्ण भी। वे प्रतिष्ठित हो चले थे। स्तरीय वृत्त बन चुका था। घर कमाने जाने से लज्जा अनुभव होती थी। शुभचिंतक मित्र टोकने से न चूकते, "अब तो मजे में हो यार। अम्माँ से घर क्यों कमवा रह हो?"

उनके तर्कों को गलत नहीं कहा जा सकता।

कार्य कम हो गया, पर पूर्ण विराम नहीं लगाया जा सका। जिन घरों मे वह सिर्फ कमाने के उद्देश्य से न जाती थीं, उन्हें कैसे छोड़ दें? जिन जनों ने आड़े वक्त सहायता की, उधार दिया, जिनके सहारे दो जून की रोटी चली और लड़कों की पढ़ाई पूरी हो सकी, उन्हें कैसे जवाब दे दें? स्मृतिपटल पर अमिट हो चुके उपकार को कैसे दृष्टि से ओझल कर दें? एक अन्य कारण भी था—नीमअँधेरे कोने में दबा-तुपा। जिस कर्म के बल पर पुत्रों का भविष्य निर्माण कर सकीं, वह तो भगवद् अर्चना जैसा है और भगवद् अर्चना का परित्याग, चार्वाक वचनामृत सुनने के बाद भी, सरल, सुकर और सहज नहीं होता। घर कमाना रोटी का जरिया ही नहीं, कुछ और भी था। मानो चौथा पुत्र हो। शिक्षित, समर्थ पुत्रों की प्रतिष्ठा और तज्जनित लज्जा के कारण चौथे दीन-हीन पुत्र का त्याग कर दें, यह गले के नीचे उतरता नहीं था। अपराध-बोध के अदृश्य चक्रव्यूह में घिर जाती थीं वह। मन खोलने की चेष्टा

करने पर लड़के प्रतितर्क प्रस्तुत कर देते, "अम्माँ, कोई किसी का दिया नहीं खाता, न ही जीवन भर गुलामी का जुआ ढोते जाने का कोई कर्तव्य बनता है। उन लोगें ने कुछ दिया, तो कुछ लिया भी। श्रम का मूल्य ही चुकाया है और खाता खोला जाए तो शायद कम ही। कोई खैरात नहीं बाँटी। 'न' कहने में लिहाज-संकोच कैसा?"

इन तर्कों को कौन अनुचित कहेगा?

पर 'न' कहना क्या इतना सरल और सहज है? बहुत से लोग होते हैं, जिनके मुँह से 'हाँ' नहीं निकलता, पर कुछ ऐसे भी होते हैं जो 'न' नहीं कह पाते। लड़कों की भाषा, उनका व्याकरण, उनका छंद, उनका दर्शन समझ में नहीं आता था। पूर्वार्ध में अभाव, असमर्थता और सामान्यता ने शतमुखी समस्याएँ उत्पन्न की थीं। कल्पना भी नहीं थी कि संपन्नता, सामर्थ्य और सम्मान समस्याओं का हेतु बन सकते हैं। पर अब, उत्तरार्ध में, सोच के परिवृत्त के बाहर का प्रहार स्वयं झेल रही हैं। आयाम जरूर बदला है, पर व्यथा का अंत कहाँ?

बातें चल निकली थीं। कहा जाता, हिल्ले से लगने के बाद नाउन चाची के सपूतों को अभिमान हो गया है। सीधे मुँह बात नहीं करते। नजरें चुराकर निकल जाते हैं। आर्थिक स्थिति बेहतर होगी तो स्वाभाविक है कि रहन-सहन, वेशभूषा में परिवर्तन होगा। सुख-सुविधा की वस्तुएँ जुटाई जाएँगी। अधगिरी दीवारें भी ठीक होंगी, सामने के बरामदे को घेरकर ड्राइंगरूमनुमा बैठक भी बनेगी। छोटी हैसियत के लोग देखकर जल-भुन जाते और ऊँचा तबका उपहास-शरों, फिकरों और मुहावरों पर उतर आता—"मेढ़की नाल बँधाने लगी है···चार पैसे क्या कमाने लगे, दिमाग खराब हो गया है···कितना भी बड़े बनने की कोशिश करें, रहेंगे जाति के नाई के नाई···कुत्ते को कितना भी धोओ, वह बछड़ा नहीं बन जाता···बस चले तो तीनों भाई एक ही दिन में राजा-महाराजा बन जाएँ···। निर्लज्ज आक्षेप, निकृष्ट भंगिमाएँ।

लड़के मिलते-जुलते-बतियाते। कहा जाता—"मेरी सिखाई लोमड़ी, मुझे ही दाँव देने लगी है।" न मिलते-जुलते, तो स्वयंभू गुरु-पीर कहने से बाज न आते—"बाजे-बाजे हरामजादे, न गुरु के न पीर के।" सहज बात के असहज अर्थ, तर्क की कुतर्कपूर्ण टीकाएँ। नाउन चाची विशेष सतर्कता बरततीं कि कम-से-कम उन्हें कोई गुरूरी-घमंडी न समझे या बदल-पिछड़ जाने का आरोप न लगाए। जब तक घट नहीं फूटता, निर्वाह करती जाएँ। दिन ही कितने रह गए हैं? आगे किसे घर कमाना है?

शनिवार की शाम। धूप आँगन से पूरी तरह खिसक गई थी, पर बाहर पेड़ों

से नहीं। सूटेड-बूटेड कृष्णमुरारी हाथ में ब्रीफकेस थामे शहर से आया था। नाउन चाची 'शिरी बाबू' के घर गई थीं। बुलौवा आया था। बहू के पेट में पीर उठी थी।

वह बिना कपड़े बदले, खटखटी चारपाई पर पसर गया। भौजी ने नाश्ते के लिए पूछा, पर 'मन नहीं' कह दिया। गंभीर भावमुद्रा देखकर वह और कुछ पूछने का साहस नहीं जुटा सकी। होगी कोई सरकारी-दरबारी चिंता?

कोई आधा घंटे बाद नाउन चाची आईं।

"आ गए, भइया।"

"हम्" उसने बंद आँखें खोल दीं।

चारपाई से उठकर पालागन की। फिर मीटर भर पीछे पिछड़कर उबल पड़ा, "सुनेंगी नहीं आप। कितनी बार कहा कि अब किसी के घर जाने की जरूरत नहीं, चाहे 'शिरी बाबू' हों या 'पिरी बाबू' या फिर 'चिरी बाबू'। मानकर नहीं देतीं? जितना पैसा चाहिए, कहिए। दूँगा। पर घर-घर मछियाने का धंधा छोड़िए। विचार नहीं करतीं। हमारी अब क्या हैसियत हो गई है! बेइज्जती होती है। जिनके घर आप छोटा-मोटा काम करती हैं, उनके जैसे लोग मेरे दफ्तर में कुरसी पर बैठने की हिम्मत नहीं करते। लाख समझाया, भगवान् जाने कैसे मानेंगी आप? आखिर चाहती क्या हैं?"

मानो पाठ याद करने में असफल रहने पर चूहा प्रौढ़-विद्यालय की बिल्ली की भर्त्सना कर रहा हो। स्वर में पर्याप्त अवज्ञा थी—जो पहले न देखी गई, न सुनी। यह जो बोल रहा है, वह कृष्णमुरारी नहीं, उसका पद है। शंका हुई कि आवेश में झकझोर न बैठे। पहलो बार उसमें पिता का संस्पर्श दिखा। वे होते तो अब तक उत्तर दे दिया होता, पर कृष्णमुरारी··· ? मानो प्रस्तर प्रतिमा हो गई हों और अश्रुपात किसी दैवी चमत्कार का प्रतिफल हो।

"गाय हीरा खा ले, तो क्या उसका पेट फाड़ना चाहिए?" इस कहावत का प्राय: प्रयोग करती थीं गैर के संबंधों में। आज यह कहावत स्वयं पर चस्पाँ हो गई है। पता नहीं कृष्णमुरारी को—जिसने उसके मुँह से हजारहाँ सुन रखा है—इस कहावत का स्मरण हुआ या नहीं। महत्त्वपूर्ण तो उसका स्मरण है। यह वही कृष्णमुरारी है, जो तीनों पुत्रों में उसे सर्वाधिक स्नेह करता था। पहले, बहुत पहले की बात है। पति का हाथ छूट गया था। उन उत्तेजक क्षणों में बालक कृष्णमुरारी निर्भयता के साथ उस पर लोट गया था, "बप्पा, अम्माँ को क्यों मालते हों? मालना खलाब काम है?" उचित-अनुचित का विचार किए बिना वह उसका ही पक्षधर

बनता। प्रतिपक्षी कौन है, कैसा है, पक्ष क्या है, इस पर विचार करना उसके लिए गैरजरूरी था। लोग परिहास करते। माँ के प्रति किया गया परिहास दिमाग में उतर जाता, तब तो ठीक अन्यथा परिहासकर्ता को बुरा-भला कहने लगता। बहुत सारे परिदृश्य, बहुत सारी घटनाएँ। क्या यह, जो सामने खड़ा है, वही है ?

माँ की निर्वाकता ने कृष्णमुरारी को अवाक् कर दिया। किंकर्तव्यविमूढ़ भी। आशा थी कि तर्क प्रस्तुत करेंगी, जिसका वह प्रतितर्क देगा—मजबूत और कठोर। आज आर-पार होगा। पर ऐसा कुछ नहीं हो सका। उसने माँ के नेत्रों में क्षण भर के लिए झाँका और चल दिया।

सतगुरु माँ के पीछे-पीछे घर में दाखिल हुआ था। साइकिल दालान में टिकाकर ओरौनी के नीचे खड़े-खड़े वह सारा संवाद सुनता रहा था—टुकुर-टुकुर। पत्नी सहमकर कोठरी में दुबक गई थी। इन दोनों ने तथा देहली लाँघते कृष्णमुरारी ने माँ का यह विस्मृत सा वाक्य सुना जरूर होगा, “तुम मेरी मौत तक इंतजार नहीं कर सकते ?”

□

धर्मचोर

"कल्याणी भाग गई···किसी इंरशाद के साथ।"

यमुना पुश्ते के पास झुग्गी बस्ती के मौखिक अखबार की इस प्रथम पृष्ठीय, बोल्ड लेटरवाली बैनर लाइन ने उमस भरी, अलसाई और अँगड़ाई लेती शाम में जबर्दस्त हलचल, चिल्लगोहार पैदा कर दी थी। एक झुग्गी से दूसरी झुग्गी, दूसरी से तीसरी, तीसरी से चौथी और इसी तरह···। जैसे रिले रेस का बैटन हो, जो एक से दूसरे हाथ में बदलता चला जाता है। समाचार सुनामी लहरों की तूफानी रफ्तार और अफवाह से भी ज्यादा व्यापकता के साथ सारी बस्ती में फिसलता चला गया। कुछ विस्मित हुए, कुछ भयभीत, कुछ शंकाग्रस्त, कुछ आनंदित, कुछ दुःखी और कुछ ईर्ष्याग्रस्त। थोड़े समय के लिए ही सही, भूख, प्यास, गरीबी, बीमारी, बेकारी आदि ज्वलंत समस्याओं से लोग विरत हो गए थे।

घर में मातमी माहौल। सहानुभूतिवश कुछ शुभचिंतक भी झुग्गी में आ बटुरे थे। लड़की का लड़के के साथ भागना पारिवारिक जनों के लिस मूँछ नीची हो जाने जैसा, नाक कट जाने जैसा, युद्ध में मिली पराजय जैसा, जबकि लड़के के भागने से विपरीत स्थिति बनती है। स्त्रीविमर्श की बौद्धिक कलाबाजियाँ 'ट्रिकिल डाउन' न होकर हवा में तैरती रह गई थीं। आर्थिक पक्ष भी था। कल्याणी ने कई घरों में चौका-बरतन, झाड़ू-पोंछा का काम स्वतंत्र रूप से पकड़ लिया था। पलायन से परिवार का आर्थिक स्रोत सँकरा हुआ था। माँ-बाप चाहते थे कि कम-से-कम पाँच-छह साल तक उसकी कमाई का दोहन कर लें, उसके बाद ही शादी-ब्याह की बात। दूरदर्शिता और जुगाड़ में गरीब का कोई सानी नहीं। अब यह कहना कठिन कि किस कारण से कितना प्रतिशत आघात लगा था।

कमल कुछ साथियों के साथ कल्याणी को ढूँढ़ने निकल पड़ा। नई दिल्ली रेलवे स्टेशन, पुरानी दिल्ली रेलवे स्टेशन, हजरत निजामुद्दीन रेलवे स्टेशन, तीनों

प्रमुख बस स्टेशन—कश्मीरी गेट, आनंद विहार और सराय काले खाँ—छान मारे, पर पलायित युगल का कहीं अता-पता नहीं। पुलिस भी आश्चर्यजनक रूप से हरकत में आ गई। झुग्गी बस्ती आमतौर पर उनकी प्राथमिकता में नहीं आती। वहाँ दरिद्रों से—जिनके पास नितंब छोड़कर दूसरा पात्र नहीं—क्या मिलना? देश की राजधानी में बहुत से अच्छे-अच्छे, हरे-भरे चारागाह हैं—स्वच्छंदता से चरने के लिए। भरपेट चरो। इतना है चरने के लिए कि दो साल में सैंट्रो लहराने लगे, चार साल में पॉश कॉलोनी में आलीशान मकान हो जाए और छह साल में दीगर इन्वेस्टमेंट झुमकों की तरह झूलने लगे। पर मामला हिंदू लड़की और मुसलमान लड़के का ठहरा, जो कभी भी सांप्रदायिक झंझावात बन सकता था। जाहिर है, इस देश में तथाकथित सांप्रदायिक स्वाभिमान से जुड़े मामले, भले ही झुग्गी-झोंपड़ी के क्यों न हों, कभी भी मुहल्ले से निकलकर शहरों तक, शहर से निकलकर प्रदेश तक और प्रदेश से निकलकर संसद् तक और वाया संसद् देश तक अप्रत्याशित गति से पहुँचकर ज्वालामुखी का रूप ले सकते हैं। जैसे आग एक खलिहान से निकलकर दूसरे खलिहान तक होते हुए गाँव को लील जाती है, वैसे ही होते हैं ये सांप्रदायिक मुद्दे। ऐसे ज्वलनशील मामलों के आगे एक-से-एक धाकड़, फायरप्रूफ राजनेताओं और अफसरों के हाथ जल जाते हैं और वे कोल्ड स्टोरेज में विलुप्त हो जाते हैं। इसी सबको देखकर पुलिस हरकत में आ गई थी।

कमल का परिवार मूलतः पाकिस्तान का रहनेवाला था। जब बांग्लादेश की आजादी का युद्ध चल रहा था, तो बहुत से परिवारों की तरह यह परिवार भी शरणार्थी के रूप में भारत आ गया था। युद्ध समाप्ति के बाद बहुत से परिवार अपने देश लौट गए, पर कुछ परिवार अवैध रूप से यहीं रह गए। कमल का परिवार भी इन्हीं में से था। सरकार ने भी ऐसे परिवारों को जोर-जबर्दस्ती से हटाने की चेष्टा नहीं की। एक तो नवोदित बांग्लादेश के भारत से मधुर संबंध थे। दूसरे, इन्हें यहाँ से हटाना प्रशासन की प्राथमिकता में न था। धीरे-धीरे इन लोगों ने राशनकार्ड बनवा लिये, मतदाता सूची में नाम लिखवाकर राजी-खुशी वोट डाल आए—कई-कई बार। अब कौन माई का लाल इन्हें देश से बाहर निकाल सकता है। इस देश की सिफत है कि जो एक बार स्वीकार कर लिया, तो फिर उसका अस्वीकार नहीं और जो एक बार अस्वीकार हो गया, वह हमेशा के लिए अस्वीकार हो गया। कमल के 'बाबा' (पिता) ने विचार किया कि दिल्ली की जीविका ढाका की जीविका से कहीं बेहतर है। जब परिवार दिल्ली आया था, उस समय कमल ने नेकर पहनना शुरू ही किया था।

समय कुलाँचे भरता रहा। कमल के 'बाबा' हथठेले पर फल बेचते थे। बड़े होने पर कमल ने भी यही धंधा पकड़ लिया। शादी हो गई। पत्नी श्यामली भी उसकी माँ की तरह घरेलू नौकरानी का कार्य करने लगी। कुछ समय बाद माँ को गठिया ने ऐसा जगड़ा कि चलना-फिरना दूभर हो गया। बेटी कल्याणी पैदा हुई। माता-पिता को उसके लालन-पालन, पढ़ाई-लिखाई की नहीं, इस बात की चिंता थी कि कैसे वह शीघ्र बारह-तेरह साल की हो जाए और कोई काम-धंधा पकड़ ले। आखिर वह दिन भी आया जब कल्याणी माँ के साथ अपरेंटिस के तौर पर जाने लगी।

उसने घरेलू नौकरी के गुर सीखे। साथ ही मेमसाहबों की मीन-मेख निकालने की आदिम प्रवृत्ति और डाँट-फटकार बर्दाश्त करने की अपार क्षमता, अपनी लघुतमता और उनकी महत्तमता का अभ्यास किया। हाँ, हिंदी में 'कालानी' लिखकर हस्ताक्षर करने का भी हुनर सीख लिया। तेरहवाँ साल दो घटनाओं के लिए महत्त्वपूर्ण रहा—मासिकस्राव का पहला अनुभव और स्वतंत्र रूप से घरेलू नौकरानी के कार्य का प्रारंभ। इसके अलावा सब कुछ पुराना, गतिहीन, समस्याग्रस्त, उबाऊ और उदासी भरा।

शुरू-शुरू में मेमसाहबों ने हाथ धीमा चलने की शिकायत की, पर हाथ धीरे-धीरे तेज होता गया। पर विधायिका की भाँति शिकायत के, व्यवस्था के नित नए प्रश्न खड़े होते गए—अमीर मेम साहबों और शिकायत का अटूट संबंध जो ठहरा।

उम्र रफ्ता-रफ्ता सरकती गई, जवानी भी रफ्ता-रफ्ता फूटती गई। सांध्य-साँवले सौंदर्य पर लावण्य कौंध उठा। अंगूर के दाने जैसे भरे-भरे ओठ, हरिणी जैसी धारदार आँखें, लंबी, घनी केशराशि और सुपुष्ट उभारों ने ध्यानाकर्षक छवि बना दी थी। इस सबका एहसास तब हुआ जब जवान लड़के उसे देखकर सीटियाँ बजाने लगे, आहें भरने लगे, संकेत करने लगे। बूढ़े भी कहाँ कम? वे चील आँखों से देखते—मानसिक झपट्टा मारने को उद्यत! कोई-कोई खाँसते-खखारते, कुछ 'राधे-राधे', 'जय देवी मय्या', 'हर-हर गंगे', 'हे राम', 'शिव-शंभो', 'हाय अल्ला', 'या खुदा' जैसे धार्मिक जयकारे लगाते जिनके पीछे कामुकता का अजस्र स्रोत बह रहा होता। भाषाई संकेत या सांकेतिक भाषा शरीर में कभी गुदगुदी करती, कभी झुरझुरी। संकेत ज्यादा मुखर होते, तो खीज और कोफ्त भी।

शोहदों, नीम-शोहदों और प्लेटोनिक प्रेमियों के बीच एक नाम इरशाद का भी था। रास्ता आते-जाते यों ही भेंट हो गई थी उससे। वह अकसर पीछा करता, उसे देखकर मुसकराता और चला जाता। मोहक, मधुर, मादक मुसकान। पहले उसका

शिष्ट तौर-तरीका भाया, फिर वह खुद। मुसकराहट की कई किश्तों के आदान-प्रदान के बाद एक दिन बोला, "आपसे बात करना चाहता हूँ।"

"तो करो न!" वह छुई-मुई हुई और 'फिस्स सी' हँसी-हँसकर भाग खड़ी हुई।

उसे लगा कि वह भागी नहीं, परिंदे के बच्चे की तरह पंख फड़फड़ाकर उड़ने की कोशिश कर रही है। लोग कहते नहीं कि वे परिंदे की तरह आकाश में उड़ना चाहते हैं। वह भी अब खुले आकाश में उड़ना चाहती है—ऊँचे, बहुत ऊँचे।

असली बातचीत अगले दिन शुरू हुई।

सिलसिला चल निकला। अंतहीन बातें। दोनों संग-संग चाय पीते, चुस्की चूसते, पार्क में बैठते, फुटपाथ पर निठल्ले भाव से टहलते। इरशाद उसे छूता भर तो लगता इकतारे का तार झनझना उठा हो। प्यार का हर एहसास बारिश में भीगने का आनंद देता।

तपन भरी दोपहर। अचानक घिर आए घने बादलों ने सूरज को ढाँप लिया। मद्धम गति से डोल रही पुरवाई मोहक लग रही थी। पेड़-पौधे भी झूम रहे थे। झमाझम बारिश के आसार। कल्याणी को गए काफी देर हो गई थी। कमल ढूँढ़ते-ढूँढ़ते पार्क पहुँचा। उसने कल्याणी और इरशाद को एक सीट पर सटकर बैठे, फुस-फुस करते देखा। देखा क्या, रँगे हाथों पकड़ा। भला इश्क और मुश्क छिपाए से कभी छिपे हैं?

गुस्से को पीकर इतना बोला, "घर चल!"

कल्याणी चल दी। काँपती सी, सिर जमीन में गड़ने को आतुर। कोई संशय नहीं कि घर में माहनामथ मचना है।

घर पहुँचकर कमल ने मजे-मजे के पाँच-छह झापड़ रसीद किए और जमकर लताड़ लगाई, "इसका साथ छोड़ दे। चेहरे से ही शोहदा लगता है। तुझे फँसाकर किसी कोठे-वोठे पर बैठा देगा।"

माता-पिता का हजारों साल बासी लिजलिजा कथन, जिसके पीछे कोई तर्क नहीं!

माँ ने दो बार इरशाद के साथ देखा था। 'बाबा' से शिकायत तो नहीं की, पर काफी फटकार लगाई थी। उसे भी इरशाद नापसंद था। अकसर होता है ऐसा। माँ-बाप को बेटी-बेटे पसंद आते हैं, पर प्यारे बेटी-बेटे की 'पसंद' नहीं पसंद आती!

दो दिन गुजरे—मानो बरस गुजरे। कल्याणी और इरशाद का पता नहीं चला। कमल थाने के बराबर चक्कर लगाता रहा। आखिर दारोगा ने डपट दिया, "नकदम

कर रखा है उल्लू के पट्ठे ने। घंटे-घंटे पर हाथ जोड़कर खड़ा हो जाता है। तेरी लौंडिया और उसके आवारा यार को खोजना ही अकेला काम रह गया है पुलिस का? क्यों रे, और कोई काम नहीं है हम लोगों के पास? एक सब-इंस्पेक्टर और दो सिपाही लगा दिए हैं। और क्या करें? मिल जाएँगे तो खबर कर देंगे। बार-बार थाने की परिक्रमा करने की जरूरत नहीं। चल, निकल, फूट।"

उसे चलना, निकलना और फूटना पड़ा।

□

सूरज निकल आया। यमुना में उसका प्रतिबिंब ऐसे उभर रहा था, जैसे किसी चित्र पर पानी फैल गया हो। नदी के ऊपर से बहकर आ रही मंद पछुवा में तैरती नमी और मस्ती। वातावरण में चिड़ियों की चहक का कर्णप्रिय संगीत। शेष ध्वनियाँ मौन।

कमल झोंपड़ी के सामने जमीन पर पसरा बीड़ी फूँक रहा था। आँखों में थी खुमारी। तभी चार मोटर साइकिलें 'फट्-फट् फट्' करती हुई सामने आ धमकीं।

'बड़ों' को देखकर कमल घबराकर खड़ा हो गया। हाथ स्वयमेव जुड़ गए। श्यामली नल से पानी भरने जा रही थी। उलटे पाँव लौटकर झोंपड़ी में दुबक गई। मोटर साइकिल से लंब-तड़ंग, रोबीला आदमी उतरा। उसने कंधों पर केसरिया दुपट्टा डाल रखा था, गले में रुद्राक्ष की माला थी। बड़ी-बड़ी मूँछें। आँखें भी बड़ी-बड़ी, जिनकी कोरें लाल थीं। मानो गाँजे की चिलम सुबह-सुबह ही फूँक रखी हो। माथे पर सुसज्जित लाल चंदन का लंबवत् तिलक। कुल मिलाकर धार्मिकता और गुंडागर्दी का अद्भुत सम्मिलन। उसके साथी भी काफी कुछ उस जैसे ही थे।

नेता ने कमल से कहा, "सुना है, तुम्हारी लड़की को कोई मुसलमान लड़का उठा ले गया है।"

स्वर में गुर्राहट, जो स्वभावगत भी हो सकती है और परिस्थितिजन्य भी।

"जी हाँ, मेरी लड़की को इरशाद बहला-फुसलाकर भगा ले गया है।"

कमल ने सारा वाकया बयान किया।

नेता ने कहा, "मत करो चिंता। अकेले नहीं हो अब। हम लोग सँभालेंगे कमान। वे इस धरती पर जहाँ भी होंगे, खोज निकालेंगे हम। ऐसी सजा दिलवाएँगे इरशाद को कि सारी उठाईगीरी धरी-की-धरी रह जाएगी। बंद करा दूँगा पोटा में, जिंदगी भर चक्की पीसता रहेगा।"

नेता को पता था कि पोटा अब समाप्त हो चुका है, पर उसे यह भी पता था कि कमल को यह पता नहीं।

कमल कृतज्ञता से अभिभूत—आँखें पनीली, हाथ जुड़े हुए।

संगठन ने पुलिस पर दबाव बनाया। उपराज्यपाल और मुख्यमंत्री को ही नहीं, राष्ट्रपति और प्रधानमंत्री को भी प्रत्यावेदन भेजे। उनका प्रतिनिधि-मंडल दिल्ली सरकार के गृहमंत्री से मिला और शीघ्र काररवाई की माँग की। कल्याणी की शीघ्र, सुरक्षित बरामदगी और इरशाद की गिरफ्तारी न किए जाने पर व्यापक आंदोलन, दिल्ली बंद, ईंट-से-ईंट बजा देने आदि की धमकी भी दी।

□

हिंदूवादी संगठन ने अपनी सभी शाखाओं-प्रशाखाओं को 'रेड कॉर्नर' जैसी नोटिस से 'रेड अलर्ट' कर दिया था। एक दिन उनके नेता के पास नारायण क्षेत्र के नेता का फोन आया कि उनके होटल में कल्याणी और इरशाद को पकड़ लिया गया है। फौरन पहुँचें।

खूँखार आँखों और हलकी दाढ़ी वाला नेता अपनी टीम के साथ होटल पहुँचा।

"तू है इरशाद। हरामी के पिल्ले, रंडी की औलाद, लौंडिया भगाता है।"

इरशाद सिर झुकाए खड़ा रहा। जैसे मरकन्ने हेड मास्टर के सामने खड़ा है।

नेता कुरसी पर बैठ गया। उसने दायाँ पैर बाएँ पर चढ़ा लिया। जूते की नोक इरशाद की ओर।

साथी बेड पर बैठ गए। मानो पूरी जूरी सजी हो। सामने खड़े थे मुलजिम—इरशाद और कल्याणी।

"बोल, गधे! तुझे हिंदू लड़की फँसाने में ज्यादा मजा आता है। अब मैं तुझे मजा चखाऊँगा।"

इरशाद चुप, आँखें नत।

"तुम लोगों ने देशव्यापी षड्यंत्र के तहत हिंदू लड़कियों को फँसाने का अभियान चला रखा है। कौन है तेरा गैंग लीडर और कितने बंदे हैं तेरे गैंग में?" उसने कड़ककर सवाल किया।

"भइयाजी, मेरा न कोई गैंग है, न गैंग का लीडर। हम दोनों एक-दूसरे को प्यार करते हैं, शादी करना चाहते हैं।" इरशाद हाथ जोड़ते हुए रिरियाया।

"शादी तुम्हारी होगी, जरूर होगी। पर लड़की के साथ नहीं, जेल के सीखचों के साथ। दिन-रात चिपटे रहना।"

नेता के संकेत पर बेड पर बैठे एक युवक ने उठकर इरशाद के बाल पकड़े और धकिया दिया। इरशाद ने शरीर को तिरछा किया या संयोग रहा, वह बिस्तर पर

जा गिरा तो निशाना चूक गया! खीज में आकर दुबारा उसे बालों से पकड़ा और दो-चार झटके देकर सिर दीवार से टकरा दिया।

संतुलन खोकर वह जड़ से उखड़े पेड़ की तरह भरभराकर नीचे गिर पड़ा और घायल साँप की तरह ऐंठने लगा। कल्याणी चीख उठी। मानो चोट इरशाद को न लगकर खुद उसके लगी हो। इरशाद के माथे के दाईं ओर गुम्मड़ निकल आया और खून चुहचुहाने लगा। क्रूरता की हद नहीं, हिसाब नहीं।

खुले, ऊँचे आकाश में उड़ने की हसरत और कोशिश की यह सजा!

सुनते आए हैं—"सबसे प्रेम करो, किसी से घृणा मत करो।" पर यहाँ प्रेम को सजा मिल रही है, घृणा पूजी जा रही है। सुना हुआ हमेशा सच नहीं होता!

इरशाद को तड़पता छोड़ नेता लड़की की ओर मुखातिब हुआ।

"और तुझे यही मुसलमान मिला था? कोई हिंदू लड़का नहीं मिला इतने बड़े देश में। धर्म की नाक कटा दी तूने। बोल, बोल, बोल?"

''धर्म पूछकर तो प्यार किया नहीं हमने। मिले, मिलते गए और प्यार हो गया। बाद में पता चला कि यह मुसलमान है। पर इससे मेरे ऊपर कोई फर्क नहीं पड़ता।" वह फर्श पर गठरी बनी हुई थी।

''पर अब पड़ेगा। इसका खयाल मन से निकाल दो, वरना इसका सिर कलम कर उसी यमुना में फेंक दिया जाएगा, जिसके किनारे तुम लोग किल्लोलें किया करते थे, रास रचाते थे। इसकी सलामती इसी में है कि तुम इसका साथ छोड़ दो। समझीं? नहीं समझीं?" वह मानो नाटक का संवाद बोल रहा हो।

कल्याणी चुप। आँखें पनीली।

घुप्प अँधेरे कमरे में बंद। दरवाजा ढूँढ़े नहीं मिल रहा। कभी दीवार से टकराकर गिर रही है, कभी फर्श से। साँस लेने में भी दिक्कत।

इरशाद की कराहें क्रमशः मंद होती गईं। नेता फिर उसकी ओर मुखातिब हुआ।

"ए लफंगे, क्या तुझसे किसी मुल्ला-मौलवी ने कहा था कि हिंदू लड़की फँसाओ, उसे मुसलमानी नाम दो, मुसलमान बनाओ, निकाह करो और कौम की आबादी बढ़ाओ।"

"नहीं।"

"झूठ बोलता है, हरामी।"

सच मनोनुकूल होना चाहिए, वरना उसे बड़ी सहजता के साथ झूठ के खाते में डाल दिया जाता है।

नेता ने उठकर नोकीले जूते से चार ठोकरें मारीं। वह कराह उठा। कूकर-सूकर, बानर-बकलोल जैसी गति।

नेता ने अपनी मोटी गरदन कल्याणी की ओर घुमाई और मशहूर फिल्मी संवाद से बात शुरू की, "बहुत याराना लगता है, पर अब सब खत्म। इस शोहदे से लौ लगाई, तो तुम्हें भी नहीं छोड़ा जाएगा, चुड़ैल। इसका खयाल छोड़कर अब कोई नया तराना छेड़ो। तुम्हारी जवानी की भूख मिटाने के लिए बहुत से हिंदू पट्ठे मिल जाएँगे। न तलाश पाओ, तो हम इंतजाम करेंगे। (अपने साथियों की ओर इशारा कर) इनमें से कोई पसंद हो तो बताओ।"

जवाब देने का मतलब मुँहा-मुँही को बढ़ाते हुए कुछ और भद्दे सवालों से दो चार होना।

"हो हो" की समवेत, विरूप हँसी। मानो कमरे में दरार पैदा करने को आतुर।

वह फिर इरशाद की ओर मुखातिब हुआ, "कान खोलकर सुन ले रे! तूने इसका पीछा न छोड़ा, तो तुझे जान से नहीं मारेंगे। जान लेना पाप है, फिर उससे सजा का एहसास नहीं होता। हम सिर्फ तुम्हारा औजार काटेंगे—ऐसी जगह से कि दुबारा कभी न जुड़ सके। हिजड़ा बनकर सारी जिंदगी तालियाँ बजाना और नेग माँगना—ठाठ से। तुम्हारा असली उद्धार इसी तरीके से होगा।"

कलेजे को कपास की तरह धुनते खारिशजदा लफंगे-कलजिब्भे⋯।

नेता का एक साथी अपने हाथ में रूलर नचा रहा था। उसने सुझाव दिया, "क्यों न कल्याणी को थोड़ी देर के लिए बाथरूम में बंद कर दिया जाए और इस इरशाद के बच्चे के नीचे वाले छेद में रूलर डालकर मथानी की तरह मथ दिया जाए।"

क्रूर हँसी का पुनः समवेत रेला। जैसे कमरा काँपने लगा हो। मानो भूखे भेड़ियों के झुंड ने घेर रखा हो और शरीर की एक-एक बोटी नोचने को आमादा हों।

तभी एक व्यक्ति ने प्रवेश किया। हाथ में दो कागज थे।

नेता ने इरशाद से सवाल किया, "पढ़े हो ?"

"हाँ।"

"कितना ?"

"नवीं तक।"

"तब तो बहुत पढ़ गए। अच्छा यह लो, तुम्हारा बयान तैयार करा दिया है। इसमें लिखा है कि तुम कल्याणी को ज़ोर-जबर्दस्ती से भगा लाए हो, उसे मर्जी के

खिलाफ रोक रखा है और उसके साथ बलात्कार करते रहे हो। चलो, दस्तखत कर दो अच्छे बच्चे की तरह। ज्यादा सजा नहीं होगी, सिर्फ चार-पाँच साल में वापस आ जाओगे।"

इरशाद ने क्षीण प्रतिवाद किया, "दस्तखत क्यों करवाते हो? इस बयान का क्या मतलब? यह भी कोई बात हुई।"

नेता ने हाथ से इशारा किया। जैसे रेलवे सिग्नल डाउन हुआ हो। एक युवक ने रिवॉल्वर निकालकर नाल इरशाद की कनपटी से सटा दी, "ज्यादा बात नहीं माँगता, ज्यादा लफड़ा नहीं माँगता। सीधे-सादे दस्तखत करो वरना अल्लाह को याद कर लो, ले लो रसूल का नाम। समझो, आ गई कयामत की घड़ी। लाश बोरे में भरकर, साथ में दो पत्थर ठूँसकर यमुना में डाल दी जाएगी। न नमाज-ए-जनाजा का चक्कर, न कब्र खुदवाने का।"

इन जालिमों पर न तो हाथ जोड़ने का असर पड़नेवाला, न ही कोसने का। जिंदगी की शाम—होटल सवेरा में!

कल्याणी के अंदर की बच्ची अचानक बुजुर्ग हो गई। वह चीख उठी, "रे कर दे दस्तखत। मैं भी करती हूँ। जान है, जहान है। जो होगा, देखा जाएगा।"

ये दरिंदे नहीं बनने देंगे परिंदे! चलो, नहीं उड़ना अब! पंख नहीं खोलने, सिकोड़कर रखने हैं। किसी विकलांग भिखारी की तरह घिसटना ही लिखा है शायद!

कमअक्ल समझी जानेवाली औरतें अवसर आने पर ज्यादा व्यावहारिक होती हैं। मौत तो निश्चित है, अटल है, पर कल्याणी इतनी जल्दी अपने प्यार को मरने नहीं देना चाहती थी। शरीर ऐसे थरथरा रहा था, जैसे तेज आर.पी.एम. पर मशीन कंपित होती है।

दोनों ने तथाकथित इकबालिया बयान पर हस्ताक्षर कर दिए।

यह भी हिदायत दी गई कि पुलिस और न्यायालय के सामने यही बयान देने होंगे, वरना अंजाम बुरा होगा।

फोन कर पुलिस को बुला लिया गया। पुलिस के सामने भी उन लोगों ने वही बयान दिए जो दिलवाए गए। इरशाद को गिरफ्तार कर लिया गया। वे मंजिल के करीब पहुँच चुके थे, बस थोड़े से वक्त के फेर से वह मृगतृष्णा बन दूर खिसक गई। क्या खुशी उसके भाग्य में नहीं?

कमल के घर हिंदूवादी संगठन के लोग अकसर आने लगे—प्रलोभन और भयभीत करने की दुधारी तलवार भाँजते हुए। वे उपहार भी लाते और धमकाते भी

कि कल्याणी ने न्यायालय में बयान बदला, तो झोंपड़ी में आग लगा दी जाएगी। कहीं भी रहने का ठौर नहीं मिलेगा। अनुकूल बयान देने पर किसी हिंदू युवक से विवाह करा दिया जाएगा। विवाह-व्यय में भी मदद की जाएगी। समुदाय के स्वघोषित 'चरित्र निरीक्षक' हर कीमत पर विधर्मी से विवाह रोकना चाहते थे।

□

न्याय का मंदिर—विशाल और ऊँची छत वाला। छत से चमगादड़ की तरह लटके पचास-साठ साल के दो प्रौढ़ पंखे, जिनकी मरणासन्न ध्वन्यात्मक चाल उन्हें 'स्लो रेस' में भाग लेने के प्रबल उम्मीदवार के रूप में प्रस्तुत कर रही थी। कक्ष की बरसों से पुताई नहीं हुई थी और जगह-जगह निकल चुके चिप्पड़ों से 'मॉडर्न आर्ट' का सहज स्मरण होता था। फर्नीचर की वस्तुएँ उन्नीसवीं शताब्दी की पुरावस्तुएँ लगती थीं, जिनके पंजीकरण न कराने पर विधिक कारवाई का प्रावधान है। माननीय न्यायाधीश की कुरसी के सामने की लकड़ी की रेलिंग में मैल की परत जमा थी, जो निश्चय ही गवाहों, मुलजिमों और वकीलों का सौजन्य-चिह्न थी। रेलिंग में हरे रंग का परदा बँधा था, जिसमें छेद-ही-छेद थे।

न्यायाधीश ने रिटायरिंग रूम से कक्ष में प्रवेश किया। शोर थम गया और सुई-पात सन्नाटे के बीच लोग सीट से उठकर खड़े हो गए। न्यायाधीश गंभीर मुद्रा में अपनी कुरसी पर विराजमान हुए। दाईं ओर बैठा पेशकार बाहर से जितना सुस्त और घामड़ नजर आता था, अंदर से वह उतना ही चंट और घाघ था। वह मुलजिमों, मुवक्किलों और पैरवीकारों से पैसे लिये बगैर बाज न आता था। रेलिंग की रिक्ति से वह बेखटके मुद्रा थामता और इस क्रिया के दौरान ऐसे मुँह बनाता जैसे पेट में वायुगोले हलचल मचा रहे हैं। लगता था, रेलिंग की रिक्ति उसके सुविधार्थ यानी सुविधाशुल्कार्थ बनाई गई थी। सामने मेज पर रखा फाइलों का गट्ठर आड़ की अद्भुत निर्मिति थी। पिछली दीवार के पास हेड कांस्टेबल किसी रजिस्टर में कुछ लिख रहा था। पुलिस विभाग के इस नुमाइंदे की कड़क और हनक गायब थी और इस समय न्यायाधीश के सामने सड़क का यह खौफनाक शेर निरीह चूहा बना बैठा था।

पेशकार से संकेत पाकर चपरासी ने उच्च स्वर में पुकार लगाना शुरू किया। उसका उच्चारण इतना शैलीगत, गूढ़ और रहस्यमय था कि उससे 'सरकार बनाम ...हाजिर हो" के अलावा बीच का कुछ भी स्पष्ट सुनाई नहीं देता था। नाम जानने के लिए चपरासी की मुट्ठी गरम करनी पड़ती थी। लोकतंत्र में अपना-अपना हुनर

पैदा करने की आजादी लोगों ने ले रखी है।

'सरकार बनाम इरशाद' की पुकार हुई, पर किसी वकील की मृत्यु हो जाने के कारण वकील लोग श्मशान घाट चले गए थे। इसलिए सुनवाई नहीं हुई और तारीख लग गई।

आगे शुरू हुआ तारीखों का अंतहीन सिलसिला। इरशाद के वकील ने एक के बाद एक जमानत की दरखास्तें दीं, जिन्हें अभियोजन पक्ष की आपत्ति के बाद न्यायाधीश अस्वीकार करते चले गए। लड़की को डरा-धमकाकर भगाने, इच्छा के विरुद्ध रोके रखने और बलात्कार करने की संगीन धाराएँ लगाई गई थीं।

तारीख लगना जारी रहा। कभी वकीलों की हड़ताल, तो कभी संबंधित पक्षों का कोई वकील अन्य न्यायालय में तथाकथित रूप से व्यस्त। कभी माननीय न्यायाधीश अन्य महत्त्वपूर्ण मुकदमों में व्यस्त। सबकुछ ठीक-ठाक दिखता, तो भी तारीख लगा दी जाती और पता तक न चलता कि तारीख क्यों लग गई। मुकदमा लड़ने में कितने अटूट धैर्य, अपरिमित समय और असीमित धन की आवश्यकता होती है, उभयपक्षों को अब पता चला। पीड़ितपक्ष हो या पीड़कपक्ष, पैसा हर हाल में चाहिए। अगर तारीख लग गई और स्वयं आपका नुकसान हुआ, तब भी पेशकार हाथ फैला देता है। दुनिया का यह अनोखा स्थान है, जहाँ हानिकर भी देना पड़ता है, यानी तारीख लगने से हानि भी हुई और कर भी देना पड़ा।

इरशाद जेल में सड़ता रहा। काफी कुछ कल्याणी के बयान पर निर्भर करता था और बयान की नौबत ही नहीं आ रही थी। न्यायालय के चक्कर लगाते-लगाते कल्याणी और उसके 'बाबा' कमल परेशान हो गए। तारीख लगने पर दोनों अपने काम का नुकसान कर न्यायालय पहुँचते थे। कमल और श्यामली कल्याणी को झिड़कते कि उसके कारण इतनी परेशानी, इतनी बदनामी झेलनी पड़ रही है। वह हालात और भाग्य पर इतना रो चुकी थी कि आँसुओं ने भी साथ छोड़ दिया था। मुसीबतों के पहाड़ की ऊँचाई लगातार बढ़ती गई। कभी-कभी लगता कि इस ऊँचाई से छलाँग लगाकर सदा के लिए सारे झंझटों से मुक्ति पा ले। परिंदे की तरह उड़ना कितना मुश्किल है! पर मन पर बाँध बाँधना भी कम मुश्किल नहीं।

जिसका प्रारंभ है, उसका अंत भी—जिसका सौर है, उसका सारा भी। आखिर कल्याणी के बयान का दिन आया। ग्यारह बजे बयान शुरू हुआ, पेशकार ने बेरहम फुरती से कागज का हाशिया मोड़ा और बयान लिखने के लिए सन्नद्ध हो गया।

कल्याणी ने ईश्वर के नाम की शपथ लेते हुए बयान देना शुरू किया, "जज

साहब, बताऊँगी तो सारा ही बताऊँगी। हमारा परिवार बरसों पहले पूर्वी पाकिस्तान से—जिसे अब बांग्लादेश कहा जाता है—दिल्ली आया था। उस समय बांग्लादेश का युद्ध शुरू ही हुआ था, हमारे दादाजी यहाँ दिल्ली में यमुना पुश्ते के पास बस गए। युद्ध समाप्ति के बाद बहुत से शरणार्थी परिवार वापस चले गए, पर हमारा परिवार यहीं रह गया। देखा गया कि यहाँ के खाते-पीते हिंदू परिवार मुसलमान स्त्रियों को घरेलू नौकरानी के रूप में नहीं रखते। इस पर हमारे दादा ने घर के सभी लोगों के मुसलमानी नाम बदलकर हिंदू नाम रख दिए। नाम बदलते ही मेरी दादी को घरेलू नौकरानी का काम मिल गया। मेरी माँ भी बांग्लादेशी मुसलमान परिवार से हैं, उसके परिवार के लोग मेरठ के पास हस्तिनापुर में बसे हुए हैं। माँ को भी हिंदू नाम 'श्यामली' के सहारे घरेलू नौकरानी का काम मिला। मैं पैदा हुई तो मेरा नाम कल्याणी रखा गया। मैंने भी पारिवारिक परंपरा का पालन करते हुए घरेलू नौकरानी का काम पकड़ लिया। मेरे दादा बहुत चतुर थे। उन्होंने सरकारी राशनकार्ड ही नहीं बनवाया, मतदाता सूची में भी बालिग सदस्यों के नाम डलवा दिए।

"काम पर आते-जाते इरशाद से मुलाकात हुई। हम एक-दूसरे को प्यार करने लगे। दोनों ने शादी करने का निश्चय किया, पर मेरे माँ-बाप को यह रिश्ता पसंद न था। वे प्रेमविवाह को बहुत बुरा मानते हैं। उनके अनुसार प्रेमविवाह का प्रस्ताव रखनेवाले मर्द शोहदे-लुच्चे होते हैं। वे लड़कियों को फँसाकर शादी का बहाना करते हैं और बाद में छोड़ देते हैं या कोठे पर बैठा देते हैं। उन्हें इरशाद बिल्कुल पसंद नहीं। कहते हैं, देखने में गुंडा लगता है, आँखों से चार सौ बीसी टपकती है। जज साहब, जैसा कि आपने देखा है, इरशाद हट्टा-कट्टा है, दाढ़ी रखता है, पान-मसाला खाता है, पर वह गुंडा कतई नहीं। मैंने माँ-बाप को समझाने की बहुत कोशिश की, पर मानकर नहीं दिए। उलटे मेरे साथ मारपीट करने लगे।

"जब देखा कि माँ-बाप किसी भी तरह शादी के लिए राजी नहीं, तो हमने भागकर शादी करने का इरादा किया। हम लोग नारायण क्षेत्र के 'सवेरा होटल' पहुँचे। इरशाद का एक दोस्त वहाँ नौकरी करता था। हम लोग इरशाद के एक दूसरे दोस्त के पास रोहतक जाने के फिराक में थे। वहीं निकाह होना था। घंटे भर में निकलने वाले थे कि पकड़ लिये गए। मुझ पर हर तरह का दबाव डाला गया कि बयान दूँ कि इरशाद मुझे डरा-धमकाकर लाया है, उसने मुझे जबर्दस्ती रोक रखा है और मेरे साथ बलात्कार किया है। समाज के कुछ ठेकेदारों ने इरशाद के साथ मारपीट की, जान से मारने की धमकी दी। मजबूर होकर उनके कहे के अनुसार

झूठा बयान देना पड़ा, जज साहब! पर आपके सामने सच कहूँगी। ईश्वर के नाम की शपथ ली है, झूठ नहीं बोलूँगी। मैं इरशाद से बेइंतिहा प्यार करती हूँ, उसी से शादी करना चाहती हूँ। कोई हमारे मामले में क्यों दखल दे? (हाथ जोड़कर) जज साहब, आप इरशाद को छोड़ दीजिए, उसने कोई जुर्म नहीं किया। मैं राजी-राजी उसके साथ गई थी। बीस साल की हूँ, अपनी मरजी से शादी करने का कानूनी हक है। मैं अब अपने माँ-बाबा के घर नहीं जाना चाहती। इस बयान के बाद वहाँ मुझे अपनी जान का खतरा है। मैं ईरशाद के घर जाना चाहती हूँ।"

स्वर में असामान्य दृढ़ता, जुनूनी जज्बा और शहीदाना अंदाज। अनपढ़ लड़की की जबान पर मानो सरस्वती विराज रही। भय मानो भाप बनकर उड़ गया। बयान खत्म करते ही उसने दो हिचकियाँ लीं और फूट-फूटकर रोने लगी।

न्यायाधीश ने बयान के बाद दोनों पक्षों की बहस सुनी और दोपहर बाद निर्णय सुनाने की घोषणा कर दी।

शाम साढ़े चार बजे मुकदमा खारिज कर दिया गया। इरशाद को दोषमुक्त करते हुए कल्याणी को इच्छानुसार इरशाद के परिवार के साथ जाने की अनुमति प्रदान कर दी गई।

बयान ने सबकुछ उलट-पुलट दिया। सारा षड्यंत्र ध्वस्त हो गया, सारा कूटखेल बिगड़ गया, सारी शतरंजी चालें नाकाम हो गईं। मामले के नाटकीय मोड़ से संगठन के लोग हतप्रभ रह गए, सारी हवा निकल गई। आम की झकझोरी डाल, निचुड़ा नींबू हो गए। मुसलमान लड़की, मुसलमान लड़के के साथ जा रही है, इस स्थिति में संगठन की प्रत्यक्ष या परोक्ष कोई भी भूमिका नहीं बनती। अब मुसलमान लड़की का तो उद्धार करने से रहे। कहने को या करने को कुछ भी नहीं था। पराजित प्रत्याशी की भाँति वे फैसले से पहले ही दुम दबाकर खिसक लिये।

कमल न्यायालय से बाहर निकला। अब वह निपट अकेला था। पर कल्याणी अकेली नहीं रह गई थी।

कल्याणी को लगा कि विकलांग भिखारी की तरह घिसटने का वक्त खत्म हो गया। उसने पंख फड़फड़ाए और फागुनी शाम के खुले आकाश में उड़ने लगी।

□

बहू-बेटी

कस्बेनुमा गाँव में बब्बा का अच्छा खासा प्रभाव था। जाति-चौधरी होने की कारण जाति के लोगों के बीच उनकी स्थिति 'बिग बुल' जैसी थी। क्षेत्रीय सांसद और विधायक तक लिहाज करते थे। उनकी मजबूरी भी थी, क्योंकि बब्बा के हाथ में बहुत सारे वोट थे।

जैसे कुछ लोग शासित होने के लिए अभिशप्त होते हैं, वैसे ही कुछ लोग शासन करने के लिए वरदानित। बब्बा दूसरे वर्ग के थे। वे उन ढोल के पोल मार्का लोगों में नहीं थे, जो बाहर तो दबंग होते हैं, पर घरेलू मोर्चे पर दबे-दबे, ढीले-ढाले। हेकड़ी घर के भीतर भी कायम रखते थे। किसी को भी ओवररूल करने का अधिकार अपने पास सुरक्षित रखते थे।

घर के सामने गोलाकार बैठक थी, जिसकी ऊँची, कड़ीदार छत ईंटों के खंभों पर टिकी थी। यहाँ से दिन में नीला आकाश और रात में तारे बखूबी दिखते थे। नित्यकर्म से निवृत्त होने के बाद बब्बा इसी खुली, हवादार बैठक में लगभग स्थायी तौर पर स्थापित हो जाते। गुरुत्वाकर्षण इस सीमा तक कि घर के अंदर हों या कहीं बाहर गए हों, जल्दी-से-जल्दी बैठक में पहुँचने के उतावलेपन में होते। मानो वहाँ प्राण बसते हों। कौन बैठक में आ गया होगा, कौन नहीं, कौन आनेवाला होगा, किसे आना चाहिए, किसे नहीं? किससे क्या कहना है, क्या नहीं? इन बातों को लेकर व्यग्र रहते। बैठक उनके लिए सबसे अच्छा स्थान था, यद्यपि यही बात दूसरों के लिए नहीं कही जा सकती थी।

बब्बा घर में प्रवेश करते, तो शोर की ही नहीं, मानो समय की भी सुइयाँ चिपक जातीं। मौन दहशत की छह फुटी डोलती आकृति के विकिरण से मानो दूर-दूर तक दहशत का प्रभामंडल छा जाता। लोग मन-ही-मन मनाते रहते कि मौन दहशत जल्दी-से-जल्दी बैठक में लौट जाए और घर का भीतरी भाग सामान्य

स्थिति की ओर लौट सके। आमतौर पर बब्बा कुछ कहते नहीं थे, पर जरा भी संशय नहीं कि कह सकते थे और यह 'कह सकने का भय' 'होने के भय से' कई गुना वजनी था।

कुछ लोगों का स्वभाव ही नहीं, व्यक्तित्व भी दबंग होता है। बब्बा इसी श्रेणी में आते थे। छह फुटा कसरती शरीर, चौड़ा सीना, एकदम तनी रीढ़ की हड्डी, आकाश की ओर निशाना साधती घनी-कड़कदार मुँछें। बड़ी-बड़ी वेधक आँखें घूर भर दें कि बड़ों-बड़ों की हवा सटक जाए। वे कुशल पहलवान की तरह विशिष्ट अंदाज में गरदन झटकते, तो लोग अनुमान लगा लेते कि कसरत से नाता छूटा नहीं है और अब भी दो-दो हाथ करने का दम है।

वे सहज ढंग से बात करते, तो भी लगता, हड़का रहे हैं। निवेदन में भी अकड़ होती। एक बार विकास कार्यों के सिलसिले में कलेक्टर भ्रमण पर आए थे। बब्बा ने अपना दृष्टिकोण रखा। कलेक्टर बोले, "आपकी नाराजगी किस बात को लेकर है?"

बब्बा ने पहले की तरह अकड़ू अंदाज में कहा, "नाराज कहाँ हूँ, मैं तो अपनी बात रख रहा था।"

बब्बा के दो बेटे थे। बड़े बेटे सुहास ने रसायनशास्त्र में पी-एच.डी. कर स्थानीय महाविद्यालय में प्रवक्ता के रूप में ज्वॉइन किया था। छोटा बेटा विभास मेकैनिकल इंजीनियरिंग के दूसरे साल में था। बेटी कोई थी नहीं। नौकरी लगते ही सुहास के लिए वैवाहिक प्रस्तावों में अचानक बाढ़ आ गई। परिवार भी ब्याह देने के मूड में था। बब्बा ने अपने कार्ड ओपेन करते हुए पत्नी से कहा, "देखो, लड़की-वड़की देखने का काम तुम लोग निबटाना। पसंद करके बता देना। मुझे बहू से इतनी ही अपेक्षा रहेगी कि साड़ी का पल्ला सिर से करते हुए थोड़ी इज्जत बख्श दे।"

लड़की देखने जाना वे अपनी प्रतिष्ठा से नीचे की, स्तरहीन बात मानते थे। उनके लिए वह छोटा काम था। वे ठहरे बड़े कामवाले!

सम्मान उनके शब्दकोश का महत्त्वपूर्ण शब्द था। एक तरह से अनिवार्य, पर स्वयं के संदर्भ में ही। स्वयं को सम्मानित देखा जाना उनकी दुखती रग थी। सम्मान यानी एक तरह से जी-हुजूरी। अच्छे-से-अच्छा व्यक्ति सम्मान न करे, तो वह कौड़ी का तीन।

अगली सर्दी में सुहास का विवाह करने का निर्णय लिया गया। बहुत से प्रस्तावों में तीन नाम शॉर्टलिस्ट किए गए—फतेहपुर की विजयिता, उन्नाव की अपर्णा और लखनऊ की मीमांसा।

बब्बा-परिवार के लोग बीच की स्थिति के थे—न पूरी तरह से शहरी संस्कृति अपना सके थे, न ही पूरी तरह से ग्रामीण संस्कृति त्याग पाए थे। एक तरह से फलती-फूलती हाइब्रिड कल्चर के लोग। इतने पिछड़े भी नहीं कि लड़की न देखें और इतने आधुनिक भी नहीं कि प्रेम-विवाह पचा ले जाएँ।

तीन कन्याओं की अच्छी तरह जाँच-पड़ताल के बाद घर में खूब सलाह-मशविरा हुआ— दिन को, रात को। सुबह और शाम को भी। जहाँ तक सुंदरता का प्रश्न था, पहला स्थान अपर्णा का था और दूसरा मीमांसा का। शैक्षिक योग्यता में मीमांसा सर्वश्रेष्ठ थ्रू आउट फर्स्ट क्लास, इकोनॉमिक्स में एम.ए., विश्वविद्यालय में तीसरी पोजीशन। सुहास का झुकाव मीमांसा की ओर था, जिससे माँ और छोटा भाई विभास सहमत हुए।

सोच-विचार कर, मन पुख्ता करने के बाद बच्चों की माँ ने बब्बा को निर्णय से अवगत करा दिया। जितना पत्नी ने बताया, उससे ज्यादा बब्बा ने पूछा नहीं। इतना जरूर कहा, "एक दिन और सोच लो। बात आगे बढ़ाऊँ और बाद में तुम लोग पैर पिछाड़ी रखने लगो, तो मर्दवाली बात नहीं होगी। लिबिड़-शिबिड़वाला काम ठीक नहीं।"

अगले दिन पत्नी ने फिर धरना दे दिया, ''फिर सोचा, बच्चों से भी बात की। हम लोगों की ओर से मामला फाइनल समझो।"

बब्बा की आँखें चौड़ी हुईं, माथे पर बल पड़े। मानो बैठक में कोई मुकदमा आया हो, जिसके निर्णय का दायित्व उन पर हो और बड़ी ही सूझ-बूझ से निर्णय लेना हो। बोले, ''तो फिर ठीक है। आज ही फोन कर लड़की के पिता से कहता हूँ कि परसों आ जाएँ। संयोग से मंगलवार है, शुभ दिन है।"

बब्बा का हर काम जल्दी होता था। किसी भी चीज को टालने में विश्वास नहीं रखते थे। उनकी यह जल्दी कभी-कभार घरवालों पर भारी पड़ती थी।

□

लखनऊ से विजयशंकर यादव अपने छोटे भाई और बेटे के साथ पधारे। विवाह संबंधी वार्त्तालाप शुरू हुआ। रवानी पर आने से पहले ही बब्बा के निर्णायक वक्तव्य ने वार्त्ता का करीब-करीब पटाक्षेप कर दिया, "देखो भाई, जो चाहना दे देना, जो न चाहना न देना। लेनी-देनी में मेरी ओर से कोई दबाव नहीं। बस एक बात चाहूँगा, स्वागत-सत्कार में कमी न हो, जिससे बाराती मेरे लड़के का नाम लेकर बरसों तक चमगोइयाँ न करें।"

अपने यहाँ विवाह किश्तों में तय होते हैं। बकरा जो है, किश्तों में हलाल होता है! शुरुआत यहाँ से होती है, "अभी लड़के का विवाह करना ही नहीं।" एक स्टेज ऐसी आती है, "बहुत से प्रस्ताव आए हैं। अमुक जी का भी।" फिर, "अमुक जी इतना दे रहे हैं।" या "युअर ऑफर इज मिनिमम।" लड़कीवाला बीसियों चक्कर लगाता है, उसके धैर्य की अग्निपरीक्षा होती है, खिझाऊ-जानखाऊ, आत्मघाती वार्त्ताएँ लंबे समय तक खिंचती हैं। तब जाकर विवाह तय हो पाता है। इस पर भी विवाह तक और कभी-कभी विवाह के बाद भी किसी-न-किसी बात को लेकर तकरार की आशंका बनी रहती है। लड़केवाले को लगता है, कमियाँ रह गई हैं। लड़कीवाला कहता है, इन चीजों के बारे में बात ही नहीं हुई थी। लड़केवालों का बदले में जवाब होता है, ये चीजें तो अंडरस्टुड होती हैं।

विजयशंकर यादव किश्तोंवाली, विकट, पीड़ादायक वार्त्ताओं के लिए मानसिक रूप से तैयार होकर आए थे। पर यहाँ सिर्फ पौन घंटे में संबंध तय हो गया था। बब्बा की निर्णायक बात सुनकर वे भावविह्वल हो उठे और चरणस्पर्श के लिए लपके। बब्बा ने उनके हाथ अपने हाथों में लेकर सीने से लगा लिया और समधी का धर्म निभाया।

□

आदर्श बैठक के लिए खुशामदी श्रोतावर्ग की जरूरत होती है। चूँकि बब्बा प्रभावशाली थे, प्रभामंडलवाले थे, लाभ पहुँचा सकने की स्थिति में थे, इसलिए श्रोतावर्ग का संकट न था। किसी को बीज की जरूरत, तो किसी को बटाई के खेत की। किसी को फलों की फसल ठेके पर लेने की दरकार, तो किसी को उधार पैसे की जरूरत। किसी को ट्रैक्टर, तो किसी को ट्यूबवेल के पानी की। दबंग, मुँहफट और गुस्सैल तबीयत के बावजूद बब्बा काफी उदार थे। कभी किसी की मजदूरी नहीं मारी, कभी किसी का पैसा नहीं दबाया, जबकि इसकी पूरी सहूलियत थी। "लिबिड़-शिबिड़ का काम ठीक नहीं होता" यह उनका तकियाकलाम था, तो खुद भी लिबिड़-शिबिड़ नहीं करते थे। उनकी दुखती रग थी कि लोग उनकी अधीनता स्वीकार कर लें। अधीनता स्वीकार किए व्यक्ति के लिए वे उदारता का पिटारा खोलने को तत्पर रहते। पर ऐसा न करनेवाला व्यक्ति उनके ठेंगे पर।

बब्बा अपने न्याय, जिसे गाँव के लोग 'नियाव' कहते थे, के लिए भी जाने और माने जाते थे। गाँव के लिए उनकी न्यायाधीश की भूमिका थी। सस्ते न्याय की बात चलती तो बहुत है, पर सच मायने में उनका न्याय देश का सबसे सस्ता न्याय

था। न कागज, न कलम, न स्टैंप, न स्टैंप पेपर। वकील-पैरोकार की भी जरूरत नहीं और न ही निरंतर टलती तारीखों की समस्या। लोग मौखिक शिकायत करते, प्रतिवादी भी अपनी बात मौखिक रखते। गवाही मौखिक, तर्क-वितर्क भी मौखिक। जब इतना कुछ मौखिक होता तो, जाहिर है, निर्णय भी मौखिक होता। आज के युग में मौखिक का महत्त्व या तो बब्बा जैसे लोगों के यहाँ सुरक्षित था या फिर तस्करों की दुनिया में! बस निर्णय हो भर जाए, उसका कार्यान्वयन किसी भी न्यायालय के लिखित निर्णय से ज्यादा होता।

बब्बा के न्यायालय की एक विशेष बात थी—जल्द निर्णय। मुकदमे अनंतकाल तक लटके न रहते। न्यायालय की लोकप्रियता का यह बहुत बड़ा कारण था। छोटी-छोटी समस्याओं से लेकर बड़े-बड़े विवाद जल्द निबटा दिए जाते। गुटरू ने मँगरू के दो चाँटे लगाए। बब्बा ने निर्णय दिया, मँगरू गुटरू के तीन चाँटे मारे। दो चाँटे हिसाब-किताब बराबर करने के, तीसरा चाँटा कानून अपने हाथ में लेने का दंड। लल्लू ने रज्जू के बाग से पाँच किलो आम चुराए, तो उसे दस किलो आम रज्जू को देने पड़े। नरेश ने रूप कुमार के खेत का पानी काट लिया, तो नरेश को रूप कुमार के खेत की निराई करवानी पड़ी। जीवन के जानवर उजागर का खेत चर गए। जीवन को हुए नुकसान से दोगुना गेहूँ देना पड़ा।

सुहास का विवाह संपन्न हो गया। मीमांसा ब्याह कर घर आ गई, पर एक पेंच फँसा था। बहुत बड़ा पेंच, जो सुहास को ही नहीं, उसकी माँ को भी खाए जा रहा था। सब बब्बा से डर रहे थे। बब्बा से भी नहीं, आसमान सिर पर उठा लेनेवाले उनके गुस्से से। विवाह संबंध में उनसे एक बात छिपाई गई थी। अब संकट यह कि बात प्रकट हुई तो क्या होगा?

बहू मीमांसा लखनऊ जैसे महानगर में पली-बढ़ी थी। साड़ी पहनने का न उसे अभ्यास था, न ही रुचि। टॉप-जींस में रहती आई थी। कभी-कभार सलवार-कमीज पहन लेती थी, पर साड़ी बाँधने और सँभालने के नाम पर पिंडलियाँ काँपने लगती थीं। किसी तरह साड़ी में लिपटाकर जयमाल और विवाह-संस्कार संपन्न कराया गया था। दूसरी बात थी कि वह थी बॉब्ड हेअर और इसके अलावा कुछ सोच भी न सकती थी।

उधर बब्बा कहते आए थे, "मुझे बहू से इतनी ही अपेक्षा रहेगी कि साड़ी का पल्ला सिर से करते हुए थोड़ी इज्जत बख्श दे।" पर एकमात्र अपेक्षा भी पूरी नहीं हो रही थी।

चार-पाँच दिन में रिश्तेदार अपने-अपने घर लौट गए। घर अपने पुराने माहौल में लौट आया।

रहस्य कुछ ही दिन तक छिपा रह सकता था। उसे प्रकट होना ही था। पर कैसे प्रकट हो, कौन प्रकट करे, ये महत्त्वपूर्ण बिंदु थे। ऐसे कठिन मोर्चे, जिनमें फजीहत की पूरी आशंका हो, अकसर माँ सँभालती हैं। यहाँ भी बच्चे मैदान से भाग गए और माँ को फ्रंट पर कर दिया कि वही बब्बा को वास्तविकता से परिचित कराएँ। बार-बार इस बात पर जोर, "जब बब्बा का मूड बहुत बढ़िया हो, तभी नरमी से, बहलाने-फुसलानेवाले अंदाज में कहें।"

□

धूप आँगन से ही नहीं, मुँड़ेर से भी गायब हो चुकी थी। पर चिराग-बत्ती के लिए अभी वक्त था। बब्बा बैठक से घर आए। बरामदे में लंबे हत्थोंवाली अपनी आरामकुरसी पर बैठ गए। पत्नी भी आ गईं।

"बच्चे नहीं दिख रहे।" बब्बा ने पूछा।

"छत पर हैं।"

वह चाय बनाकर ले आईं।

जब चाय के चंद घूँट बब्बा के बदन में सनसनी पैदा कर चुके, तो बब्बा की बब्बी ने कहना शुरू किया, "एक बात कहनी है, पर नाराज न होना।"

"पहले बात तो बताओ।"

दोबारा नाराज न होने की शर्त लगाई गई, तो वे हत्थे से उखड़ सकते हैं, बदरफट्ट होकर मूसलाधार बरस सकते हैं। वह बिना लाग-लपेट के सीधे-सीधे विषय पर आ गईं कि बहू को साड़ी पहनना-साधना नहीं आता और वह 'बॉब्ड' है। स्पष्टीकरण का पुछल्ला लगाना भी न भूलीं, "यह लड़की हर तरह से सुहास के लिए उपयुक्त थी और इसे हम हाथ से जाने नहीं देना चाहते थे, इसलिए वेशभूषा की बात आपसे छिपा गई। अब जो चाहो, मुझे सजा दो। बहू को कुछ मत कहना।"

बब्बा की बड़ी-बड़ी बुलबुले जैसी आँखें तीखी हुईं। मानो बाहर निकलने को हों। माथे पर बल खिंच आए, भृकुटि तन गई। निर्वाक् रहते-रहते हाथों में सिर थाम लिया।

दिल घबराया कि विस्फोट होने को है। कहीं हाथ न छोड़ बैठें इतने बरस बाद!

अचानक बब्बा ने गरदन उठाई। आँखें कोटरों में थीं। भृकुटि शिथिल, माथे

से बल गायब। कुछ देर के मौन के बाद पहलवानी अंदाज में गरदन झटककर बोले, "जो हुआ, सो हुआ। हम लोगों के बेटी नहीं। समझूँगा, बहू नहीं, बेटी घर आ गई है।"

अप्रत्याशित? कानों में मिश्री घुल गई हो मानो! भावावेश में आँसू छलक आए। बब्बा पहली बार अपनी बात से डिगे थे। पहली बार 'अबाउट टर्न' और 'ओवररूल' हुए थे। मात खाए भी तो घर में चंद दिन पहले दाखिल हुई बहू से! नई बहू पुराने बब्बा पर भारी पड़ी! मर्द पर औरत की, पुरानी पीढ़ी पर नई पीढ़ी की, परंपरा पर आधुनिकता की जीत हुई। एक मायने में बैठक पर चौखट की जीत!

□

धोखाधड़ी डाट काम

कविता वेणुगोपाल—सी.ई.ओ., कामकनेक्ट। जानी-मानी कंपनी का जाना-माना नाम। कंपनी उसके नाम से जानी जाती थी और वह कंपनी के नाम से। सिर्फ 43 की उम्र में सारी दुनिया में मशहूर। गेहुँए, छरहरे, मखमली गात पर कमनीयता का निर्दोष प्राकट्य। बड़ी-बड़ी, कजरारी, झील जैसी आँखें। चमकते काले बाल कंधे तक 'लेयर ब्लंट' शैली में कटे हुए। लंबी, सुडौल नाक। पतले ओठ, जिनकी मुसकराहट से गहरी यारी। आभूषण के नाम पर गले में पतली चेन।

आंध्र प्रदेश के श्रीकाकुलम जिले के छोटे से गाँव महेंद्रपल्ली की कविता वेणुगोपाल मँडराते-मँडराते अमेरिका की सिलिकॉन वैली के पालो आल्टो शहर की मशहूर कंपनी की सी.ई.ओ. बन बैठी। पाँचवें तक की शिक्षा गाँव से प्राइमरी स्कूल में, बारहवीं तक की श्रीकाकुलम में, बी.टेक. आई.आई.टी., मद्रास से और एम.एस. अमेरिका के मैसाचुसेट्स इंस्टीट्यूट ऑफ टेक्नॉलॉजी से। दो साल नौकरी करने के बाद पी-एच.डी. ज्वॉइन की और पूरी भी की। ग्रेट लीप फारवर्ड! जब कामकनेक्ट की सी.ई.ओ. बनी, तो दुनिया भर के अखबारों और न्यूज चैनलों की सुर्खियाँ बनीं।

कविता वेणुगोपाल का जहाँ-जहाँ निवास रहा, जहाँ-जहाँ परिचय-वृत्त रहा, वहाँ-वहाँ दबी जुबान चर्चा जरूर होती रही—मैडम उच्च शिक्षा प्राप्त हैं, सुंदर हैं, आखिर वह मिस से मिसेज क्यों नहीं बनीं? पुरुष होता, तो भले ही कोई हँसी-मजाक के लहजे से या अन्यथा पूछ लेता, पर स्त्री होने के कारण कविता से पूछने की कोई हिम्मत नहीं जुटा सका। वैसे ज्यादातर का मानना था कि मैडम सुपर कैरियरिस्ट हैं, दायित्वों के निर्वहन में सिर से पैर तक डूबी रहती हैं। शादी की फुरसत ही कहाँ रही?

जब कविता ने एम.एस. का पहला साल पूरा किया था, तो उसे समर ट्रेनिंग

के लिए सेंटा क्लारा के इंटेल कॉरपोरेशन में भेजा गया। साल भर बाद जब एम.एस. पूरा हुआ, तो चार बड़ी कंपनियों के ऑफर मिले, जिनमें इंटेल भी था। उसने सॉफ्टवेयर इंजीनियर के रूप में इंटेल ज्वॉइन कर लिया।

पी-एच.डी. खत्म भी नहीं हुई थी कि महेंद्रपल्ली में बैठे घरवालों ने विवाह के लिए दबाव बनाना शुरू कर दिया। विदेश में कॅरियर बना रही अत्यंत सुशिक्षित-सुयोग्य कन्या के लिए गाँव या उसके आस-पास उपयुक्त वर मिलने से रहा। इसलिए वर की खोज हेतु आधुनिक तरीका अपनाया गया, यानी वैवाहिक वेबसाइटों का सहारा लेने का निश्चय किया गया। यह कार्य कविता को ही करना था। उसने अपना 'प्रोफाइल' तीन वैवाहिक वेबसाइटों पर पोस्ट कर दिया।

प्रस्ताव तो बहुत से आए, पर जो उपयुक्त लगे, उनमें से ज्यादातर तेलुगु भाषाभाषी थे, जो शायद सोचते थे कि वह तेलुगु भाषाभाषी से ही विवाह करना चाहेगी। उधर गैर-तेलुगु भाषाभाषी शायद यह सोचते रहे कि वह गैर-तेलुगु भाषाभाषी से विवाह नहीं करेगी, जबकि ऐसा कोई घेरा उसने अपने प्रोफाइल में खींचा नहीं था और 'कास्मोपालिटन' विकल्प को चुना था। वैसे यह भी संभव है कि गैर-तेलुगु भाषाभाषियों के बड़े वर्ग ने तेलुगुभाषी कन्या से विवाह करना ही न चाहा हो। बहरहाल, इतना तो स्पष्ट था कि तथाकथित आधुनिकता के बावजूद युवावर्ग के ज्यादातर लोग रूढ़ियों से बुरी तरह जकड़े थे, वे जाति-धर्म-क्षेत्र की सीमा से बाहर निकलने को तैयार न थे।

वैवाहिक वेबसाइटों से ज्ञान के नए-नए द्वार खुले, नए-नए अर्थ मिले। पता चला कि 'ह्वीटिश' का मतलब श्याम होता है, 'फेयर का अर्थ गेहुआँ', 'वेरी फेयर' का मतलब सामान्य गोरा और 'वेरी-वेरी फेयर' या 'एक्सट्रीमली फेयर' का अर्थ 'गोरा' होता है। रूप-रंग अपने हाथ नहीं होता, अपनी-अपनी पसंद का सवाल होता है और किसी रंग को खराब नहीं कहा जा सकता। असल मुद्दा सच और झूठ का है। इस आधुनिक युग में आप कैसे पढ़े-लिखे और समझदार हैं, जो अपने रंग को सही-सही नहीं लिख रहे ? क्यों फोटो को फोटोशाप पर एडिट कर डिस्प्ले करते हैं ? विवाह से पहले जब मिलना-जुलना, देखा-देखी कार्यक्रम होगा, तो क्या झूठ पकड़ा नहीं जाएगा ? क्या विवाह की पांडुलिपि झूठ से लिखी जाएगी ?

लड़कों की कमाई ज्यादातर बढ़ा-चढ़ाकर दिखाई जाती है। जो व्यक्ति अपने संभावित जीवनसाथी से अपनी सैलरी के बारे में झूठ बोल सकता है, उस पर कैसे भरोसा किया जा सकता है ? कुछ अन्य सूचनाएँ भी झूठी या अतिशयोक्तिपूर्ण दिखाई

जाती हैं। यहाँ प्राय: 'जो भी है, जैसा है' के बजाय 'जैसा होना चाहिए' की आदर्शमयी, पर झूठ स्थिति प्रदर्शित की जाती है। ऐसे में सही आकलन कर पाना दुष्कर होता है।

कविता वेणुगोपाल कुछ 'मि. राइट' लोगों से मिली—कुछ से अपनी पहल पर, कुछ से दूसरे पक्ष की पहल पर। ऐसे ही एक 'मि. राइट' थे विनय त्रिपाठी, जिनसे सनीवेल के हिंदू टेंपल में मिलना तय हुआ। उसने फ्लावरी प्रिंट का कुरता और क्रीम कलर की सलवार पहनी। हमेशा की तरह गले में चेन डाली। मेकअप के नाम पर फेस क्रीम का प्रयोग किया और ओठों पर न्यूड लिपस्टिक लगाई। चलने को हुई तो खिड़की पर गैरेज की छत पर चिड़िया चहचहाईं। माँ की सहसा याद आ गई। यहाँ होतीं तो पक्षियों और उनकी चहचहाहट से शुभ-अशुभ का विचार करतीं। माँ की याद आने पर शुभकारी 'दही-शक्कर' का भी स्मरण हुआ। पतले ओठों पर मुसकराहट तैर गई। जीने से उतरकर कार निकाली और रिमोट कंट्रोल से गैरेज बंद कर चल दी।

मंदिर पहुँची। विनय से मुख्य दरवाजे के बाहर, हॉल के पास भेंट हुई। दोनों ने शिवलिंग पर जल चढ़ाया और विभिन्न देवी-देवताओं और संतों की प्रतिमाओं के सामने श्रद्धा से नमन किया। दर्शन के बाद साथ-साथ भोजन जैसा 'प्रसादम्' ग्रहण किया। विनय ने आयोवा युनिवर्सिटी से एम.एस. किया था और एप्पल कंपनी में सीनियर सॉफ्टवेयर इंजीनियर था। ठीक-ठाक बातें हुईं। चलते समय कविता ने कहा, "चलिए, फिर मिलेंगे।"

"मिलेंगे, मिलते रहेंगे।" विनय त्रिपाठी ने लंबी मुसकान फेंकी, वेव किया और अपनी कार की ओर बढ़ गया।

विनय त्रिपाठी का और उसके फोन का इंतजार करती रही। नहीं आया। शंका ने अपने चमगादड़ी डैने फैलाने शुरू कर दिए। आखिर एक दिन खुद फोन किया। उठा नहीं। कई बार फोन किया, फिर भी नहीं उठा। पीड़ा हुई। मामला आगे न बढ़े, पर फोन तो उठाना चाहिए था। इतनी भी कर्टेसी नहीं कि एक टेक्स्ट ही कर दे कि आगे बढ़ना नहीं चाहता। 'मेल शाउवेनिज्म' आड़े आ गया। एम.आई.टी. से एम.एस. होने और उससे ऊँचे पद टीम लीड पर होने को पचा नहीं पाया। यद्यपि आपत्ति होनी चाहिए थी, तो उसे होनी चाहिए थी, क्योंकि उसका कॅरियर बेहतर था, पद ऊँचा था और वेतन ज्यादा था, पर पैर पीछे विनय ने खींचा।

कुछ फोन वार्त्ताएँ। उसके बाद दोनों पारस्परिक सहमति से पाश एरिया स्टीवेंस क्रीक के सैंटाना रो के मैग्गियानोज लिटिल इटली रेस्टोरेंट में मिले। औपचारिक

बातों के बाद अर्पित अरोड़ा ने प्रस्ताव रखा, "कविता, चाहता हूँ कि हम दोनों हफ्ता-दस दिन के लिए कहीं बाहर चलें, जैसे हवाई द्वीप या अलास्का। कुछ दिन साथ रहकर एक-दूसरे को समझ लें। उसके बाद विवाह के लिए आगे बढ़ें।"

कविता चौंकी। फिर दृढ़ता से कहा, "सॉरी अर्पित, मैं इस तरह बाहर नहीं जा सकती।"

महेंद्रपल्ली के अवशिष्ट संस्कार आड़े आ रहे थे।

"कविता, गलत न समझें। हम बाहर किसी ट्रिप पर जाएँगे, कुछ दिन रिलैक्स होकर साथ रहेंगे। तभी एक-दूसरे को ठीक से समझ सकेंगे।" उसने सफाई देते हुए अपना तर्क रखा।

"अर्पित, समझने के लिए बाहर जाने की जरूरत नहीं है—ऐसा मेरा मानना हे। छुट्टी जाएगी वह अलग से। हम यहीं रहते हुए एक-दूसरे से मिलकर समझने की कोशिश कर सकते हैं, वैसे ही जैसे आज मिले हैं।"

"पर मैं नहीं समझता कि इस तरह हम एक-दूसरे के करीब आ सकते हैं और समझ सकते हैं। आप इसको सही नजरिए से देखें। अगर हम साथ-साथ ट्रिप पर जाते हैं, तो लौटने के बाद आपको पूरा अधिकार रहेगा कि मुझे रिजेक्ट कर दें। मैं बिल्कुल बुरा नहीं मानूँगा और आपके रास्ते से हट जाऊँगा। उसी तरह लौटने के बाद अगर मैं समझता हूँ कि आपके योग्य नहीं, तो मुझे भी अधिकार रहेगा कि आपके रास्ते से हट जाऊँ।" उसने कविता को कन्विंस करने का प्रयास किया।

यानी कि कुछ दिनों तक फ्लर्ट करो, फिर लोकतांत्रिक अधिकार का वास्ता देते हुए विवाह से इनकार कर दो।

"अर्पित, मैं आपके प्रस्ताव से सहमत नहीं।"

"कविता, आपको लगता नहीं कि हम आधुनिक युग में हैं और हमारी सोच भी उसी के अनुसार आधुनिक होनी चाहिए।" उसने परोक्ष रूप से कविता को पुरातनपंथी करार दिया।

कविता अपने दृष्टिकोण पर दृढ़ रही, "आधुनिकता तो विचारों से होती है, लगभग अनजान व्यक्ति के साथ ट्रिप पर जाना ही आधुनिकता नहीं है।"

"सॉरी कविता, आपके मामले में मैं आगे नहीं बढ़ सकता।" उसने कंधे उचकाए, स्प्रिंग जैसे झटके से उठा और कविता को अकेला छोड़कर रेस्टोरेंट के बाहर चला गया।

कविता बची हुई कॉफी सिप करने लगी।

वह रेस्टोरेंट से बाहर निकली। काले बादल, जो कुछ समय पहले तय छाए थे, बगैर बरसे न जाने किस ओर उड़ गए थे और ढकी-तुपी धूप अपने तीखेपन के साथ प्रकट हो गई थी।

पी. हरिकृष्ण। मेक्सिकी रेस्टोरेंट 'ऑन द बॉर्डर' में भेंट हुई। उसने अपने बारे में बताया। क्या पसंद है, क्या नापसंद है, क्या अपेक्षाएँ हैं, क्या अनपेक्षाएँ हैं, क्या अभिरुचियाँ हैं, वगैरह। कविता से कुछ पूछा तक नहीं। बताने का भी अवसर नहीं दिया। अपने व्यक्तित्व को धो-पोंछकर, चमकाकर प्रस्तुत करता रहा। डामिनेटिंग और एग्रेसिव लगा। प्रोफाइल में लिखी विशेषताओं से पूरी तरह प्रतिकूल दिखता व्यक्तित्व! अगले दिन कविता ने खुद उसे मना कर दिया। फोन पर इनकार की वजह पूछता रहा। बताया तो तेलुगु में भद्दी और सड़कछाप शब्दावली पर उतर आया।

'मि. राइट' लोगों से मिलने में डर लगने लगा। कहीं 'आ बैल मुझे मार' वाली स्थिति फिर न हो। सवाल यह कि बगैर आमने-सामने बात किए किसी को जाना-परखा नहीं जा सकता और मिलने के बाद आगे बढ़ने में असमर्थता व्यक्त करे, तो दुश्मनी मोल ले।

अखबार में पढ़ी कुछ घटनाएँ कौंधी। एक युवती ने वैवाहिक वेबसाइट के माध्यम से एक दूरस्थ लड़के से विवाह कर लिया। बाद में पता चला कि वह गारमेंट फैक्टरी का मालिक नहीं, कर्मचारी मात्र है। एक अन्य युवक ने स्वयं को अमेरिका में कंप्यूटर इंजीनियर बताते हुए एक कंप्यूटर इंजीनियर युवती से विवाह रचा लिया। अमेरिका आने पर युवती को पता चला कि एक कंपनी में वह कंप्यूटर ऑपरेटर मात्र है और ग्रेजुएट भी नहीं है। बाद में वह पास में रहनेवाले एक भारतीय की सहायता से किसी तरह पीछा छुड़ाकर भारत लौट सकी। भारत में ही एक डॉक्टर लड़की ने एक डॉक्टर लड़के से विवाह कर लिया। दस-एक दिन जब तक मेहमान रहे, ठीक रहा। उसके बाद उसका पति रोज पीने लगा और पीकर मारपीट करना रोज की कहानी हो गई। आखिर उसे वापस मायके जाना पड़ा।

चंद असफलताओं के बावजूद कविता वेणुगोपाल 'डाट काम' पर 'मि. राइट' की तलाश करती रही। इस क्षेत्र में भले ही सफलता न मिली हो, पर प्रोफेशन के मोर्चे पर सफलता के झंडे गाड़ती रही। इंजीनियर, सीनियर इंजीनियर, टीम लीड, टेक्निकल मैनेजर और सीनियर टेक्निकल मैनेजर। एक दिन ऐसा आया कि लगा 'मि. राइट' मिल ही गए—वह भी सिलिकान वैली में। लक्ष्मण रेड्डी एप्पल कंपनी

में टेक्निकल मैनेजर थे। वह आंध्र के ही थे, अनंतपुर नगर के। प्रदेश एक, भाषा एक, संस्कृति एक और प्रोफेशन एक। दोनों मिले, कई बार मिले। बहुत सी बातें हुईं। फिर अपने-अपने माता-पिता को खबर दी। दोनों के माता-पिता आपस में मिले। वैवाहिक व्यवस्थाओं के बारे में बातें हुईं। विवाह तय हो गया, तिथि भी तय हो गई। भारत में दोनों घरों में तैयारियाँ भी शुरू हो गईं।

करीब दो महीने बाद रविवार की सुबह लक्ष्मण का फोन आया, "कविता, एक जरूरी बात करनी है। आप फ्री हैं?"

"हाँ, मैं फ्री हूँ इस समय।"

"कविता, आई ऐम सॉरी टु से, मैरिज के मामले में हम अब आगे नहीं बढ़ सकते। आई वेरी मच अंडरस्टैंड, दिस विल क़ाज ए ग्रेट इन्कंवीनियेंस टु यू। बट दिस इज फाइनल स्टैंड फ्राम अवर साइड। आई कांट हेल्प इट।"

"लक्ष्मण, क्या कह रहे हो? आई कांट बिलीव इट।" स्वभाव के प्रतिकूल वह चीख उठी।

"बट यू हैव टू।" अपने निर्णय पर चट्टान की तरह दृढ़।

"अरे विवाह की तारीख तय हो चुकी है। मेरे पिताजी ने श्रीकाकुलम् में सारी बुकिंग करा रखी है। बारात के रुकने का स्थान, हमारे पक्ष के लोगों के रुकने का स्थान, कार्यक्रम स्थल, कैटेरर, टेंटेज, यहाँ तक कि पुरोहितजी की भी···।" वह बाहर से ही नहीं, अंदर से भी काँप रही थी।

"इसलिए मैंने पहले ही कह दिया, आई ऐम सारी···, दिस इज फाइनल स्टैंड···आई कांट हेल्प इट···।" टोन ऐसी जैसे फिल्मी संवाद बोल रहा हो।

''पर हुआ क्या, जो तुम इस लेट स्टेज पर निर्णय बदल रहे हो।'' स्वर में तेजी और तुर्शी।

"दरअसल मेरे पेरेंट्स और मैंने तय किया है कि मैं जल्द ही रिलोकेट कर अनंतपुर में अपनी पेरेंटल प्रापर्टी सँभालूँ। तुम्हें यू.एस. में ही रहना है। हम नहीं चाहते कि विवाह के बाद मैं और मेरी वाइफ अलग-अलग रहें। यह भी नहीं चाहता कि तुम अनंतपुर में हाउसवाइफ बनकर रहो और अपना कॅरियर चौपट करो। रहना भी चाहो तो रह नहीं पाओगी, इतना जानता और समझता हूँ।" स्वर ऐसा जैसे कुछ हुआ ही न हो और जीता-जागता व्यक्ति नहीं, प्रोग्राम किया हुआ रोबो बोल रहा हो।

"पर पहले तो ऐसा कभी नहीं बताया। उलटे यही कहते रहे कि यू.एस. में ही

जाब करोगे। याद करो, तभी बात आगे बढ़ी थी।" उसने लक्ष्मण के स्मृति-तंतुओं को झकझोरा।

"कहा था, पर अब नहीं कहता।" निर्लज्ज, धूर्तता और निपट मुँहफटपना।

"तुम्हें लगता नहीं कि यह निर्णय लेने में तुमने बहुत देर कर दी?"

"देर तो हुई, पर।" आगे शब्द ढूँढ़े नहीं मिले।

"बट दिस इज बेरी बैड। यू हैव काज्ड ए ग्रेट इन्कंवीनियेंस टु मी ऐंड माई फैमिली। लक्ष्मण, आई ऐम शाक्ड, डिस्टर्ब्ड ऐंड परटर्ब्ड। इन फैक्ट, यू हैव डिसीव्ड ऐंड हर्ट मी।" वह फफक पड़ी। जो अंदर था, बाहर फूट पड़ा।

"इसलिए मैंने पहले ही माफी माँगी ली।" मक्कारी के पलोथन में लिपटे शब्द।

"आखिरी बार बताओ। क्या यह तुम्हारा फाइनल डेसिशन है?" आखिरी जवाब की चाह में किया गया शायद आखिरी सवाल।

"यह फाइनल डेसिशन है। अगेन आई एम···।"

"नथिंग मोर।" कविता ने फोन काट दिया।

मन पैन में चढ़ी चाय की तरह खदबदा रहा था और दिल पनचक्की की तरह धड़क रहा था। इन्हीं लक्ष्मण रेड्डी ने अपने 'प्रोफाइल' में लिखा था—मैं नैतिक मूल्यों में विश्वास करता हूँ। प्रतिबद्धता मेरी पूँजी है। जो वादा करता हूँ, उसे निभाता हूँ···।

वह बिस्तर पर औंधे मुँह पसर गई और जोर-जोर से रोने लगी। पर यहाँ कोई सुननेवाला नहीं। कोई नहीं, जो सिर पर हाथ फिराकर सांत्वना के दो मीठे बोल बोल सके। रोते-रोते कब आँख लग गई, पता ही न चला।

शाम—जब भारत में सुबह थी—पिता को फोन पर सूचना देते हुए कहा कि सारी बुकिंग कैंसिल करा दें।

पिता ने पूछा, "मैं लक्ष्मण के पिता से अनंतपुर बात करूँ?"

कविता ने रोक दिया, "बिल्कुल नहीं। कोई फायदा नहीं। जिसे विवाह करना है, वही मुकर गया, तो माता-पिता कुछ नहीं कर सकते। लक्ष्मण उनकी भी नहीं सुनेगा, मैं अच्छी तरह से जान गई हूँ।"

पिता का परेशान चेहरा आँखों के सामने तैर गया।

कुछ दिनों बाद कविता ने देखा कि लक्ष्मण एक फिरंगी स्त्री के साथ कास्को स्टोर्स में शॉपिंग के लिए जा रहा है। देखते ही रास्ता बदल दिया। एक अन्य दिन

उन्हें थाई रेस्टोरेंट में देखा। कुछ दिनों बाद सेंटा क्रुज बीच पर फिर दोनों दिखे—एक दूसरे से लिपटते, एक-दूसरे को ओढ़ते, बिछाते। तो लक्ष्मण ने झूठ बोला था। वह इंडिया रिलोकेट नहीं कर रहा। पहले ही उसकी बात पर शक हुआ था। तो निर्णय बदलने की वजह बीच पर उसके साथ घूम रही है!

हवा जिसकी सनसनाहट सितार के मद्धम स्वर की याद दिला रही थी, उसमें अब कोई स्वर नहीं था। अगर कुछ था तो कसैलेपन की लहरें···। होंठ बुदबुदाए—मैरिज इज नाट योर कप ऑफ टी! विवाह का रास्ता पीछे छूट चुका है और वह आगे बढ़ चुकी है। पीछे लौटना अब संभव नहीं। मान लेगी कि विवाह प्रोफेशन से हुआ है। भारत में स्त्रियों का विवाह पेड़-पौधों के साथ करने की परंपरा रही है! फिर जीवन में कई चीजें ऐसी होती हैं, जो भूलती नहीं, भुलाई जाती हैं। इच्छा त्याग देने से दुख नहीं होता या कम होता है।

कविता वेणुगोपाल को वर की खोज के लिए न तो पारंपरिक तरीका रास आया था और न ही आधुनिक 'डाट काम' वाला तरीका, जो उसके व्यक्तिगत जीवन में 'धोखाधड़ी डाट काम' बनकर उपस्थित हुआ था।

वह अकेले टहल रही थी। बीच की खुनकीली हवा जैसे उड़ा ले जाने को आतुर हो। पर वह सधे कदमों से पैर जमाते हुए आगे बढ़ रही थी···। सूरज के सागर में समाने में अभी वक्त था।

□

पैंतरेबाज

सितारों ने करवट बदली थी और उनकी गहरे से आँख लग गई थी। अँधेरे ने छँटना शुरू कर दिया था, पर मुहल्ला अभी भी औंधे मुँह पसरा पड़ा था। पुरवाई मद्धम में बह रही थी। चाय की चुस्कियों के साथ या बगैर चाय की चुस्कियों के अखबार पढ़ने का वक्त अभी फासले पर था। दूध, बिस्कुट, डबल रोटी वगैरह के जुगाड़ में निकलने का समय अभी शुरू नहीं हुआ था। यहाँ तक कि जवाँमर्दों के टहलने का समय भी नहीं आया था। बस चंद बुजुर्ग ही टहलने की हिम्मत जुटा सके थे।

दो बुजुर्ग दोस्त टहलने के उद्देश्य से बाहर निकल पड़े थे। उनमें से एक बुजुर्ग ने—जिसके कान काफी चुस्त-दुरुस्त-ग्रहणशील बने हुए थे— ठिठकते हुए दूसरे से कहा, "यार, नाले की ओर से किसी नन्हे बच्चे के रोने की आवाज आ रही है।"

दूसरा भी ठिठक गया, "यहाँ नाले के पास कहाँ बच्चा? किसी कुतिया का पिल्ला होगा जो 'कूँ कूँ' कर रहा होगा।"

"नहीं, आवाज में फर्क है, चलो देखते हैं।" पहले वाले बुजुर्ग ने कहा।

दूसरा बोला, "क्या देखते हैं? सुबह-सुबह नाले की खुशबू सुँघाना चाहता है क्या? चल, आगे बढ़।"

"नहीं यार, जरा देर के लिए चलने में हर्ज क्या है।" पहले वाले से रहा नहीं गया।

"हो सकता है, झोंपड़पट्टी की कोई औरत फारिग होने के लिए आई हो, साथ में उसका छोटा बच्चा हो। अमा यार, अब जवान नहीं रहे, सभ्य भाषा में 'सीनियर सिटिजन' हो गए हो, पर नंगी औरत देखने की ललक अभी तक गई नहीं।" उसकी जबान सरौता हो रही थी।

पहले वाले ने छड़ी तान दी, "स्साले, बहुत चरबी चढ़ गई है। अपनी ताक-झाँक की आदत मुझ पर लाद रहा है। चुपचाप चलता है या दूँ खींचकर।"

"भगवान् बुद्ध—महात्मा गांधी का नाम ले। अबे, क्यों सुबह-सुबह हिंसक पशु हो रहा है ?"

दोनों हँसते हुए नाले की ओर बढ़ लिये। वहाँ जो दृश्य सामने था, उसे देखकर चौंक पड़े। सहमे भी। सामने चार-पाँच महीने की बच्ची फटे-पुराने चद्दर पर लेटी रो रही थी। फट रहे अँधेरे के बीच दिखा कि आँसू कोरों के नीचे से उतरकर चद्दर तक पहुँच गए थे। वह रोए जा रही थी और हाथ-पाँव निरंतर चला रही थी।

उन्होंने अपने-अपने मोबाइल फोन निकाले और मुहल्ले के कुछ लोगों को बुला लिया। पुलिस को भी फोन कर तुरंत पहुँचने के लिए कह दिया। एक-दूसरे से सुनकर 'माउथ पब्लिसिटी' से मुहल्ले के कई लोग इकट्ठे हो गए। कुछ लोगों ने शक किया कि किसी आदमी या औरत ने अपनी बच्ची को यहाँ छोड़ दिया है। लड़की को बोझ समझा होगा। या फिर यह अवैध संतान हो सकती है। कुछ आवाजें ऐसी भी आईं कि बच्ची को कोई घातक बीमारी या विकलांगता हो सकती है और यही यहाँ छोड़ने का कारण बना हो। कुछ ने कहा कि किसी संगठित आपराधिक गिरोह का काम हो सकता है।

सूरज ने हौले से अँगड़ाई ली थी और उठ बैठा था। मुहल्ले की खुमारी अप्रत्याशित तौर पर टूट गई थी। भीड़ जुट गई थी। लोग बच्ची के माँ-बाप को, उनकी निष्ठुरता को, उनकी निर्दयता को कोस रहे थे। घटना को लेकर अनुमानपरक किस्से अब भी जारी थे। जितने मुँह, उतनी बातें। तभी पुलिस की जीप आ गई। इंस्पेक्टर और दो सिपाही उतरे। इंस्पेक्टर ने चाइल्डकेयर हेल्पलाइन 'वरदान' को पहले ही फोन कर दिया था। कनफुसकियाँ अचानक स्थगित हो गईं। लोग इंस्पेक्टर से शहर की गिरती कानून-व्यवस्था की शिकायत करने लगे। यह भी कि मुहल्ले में अब रात के समय पुलिस गश्त नहीं होती। इसलिए चोर, उचक्के, शराबी, जुआरी, ड्रग एडिक्ट आदि बेफिक्र और बेलगाम घूमते रहते हैं। गश्त होती रहती, तो किसी की हिम्मत न पड़ती कि मासूम बच्ची को इस तरह छोड़ जाए। एक व्यक्ति ने जोर से कहा कि पुलिस पर कैसे भरोसा किया जाए कि वह बच्ची छोड़नेवाले को पकड़ेगी और सजा दिलवाएगी।

इंस्पेक्टर आगे-आगे घटनास्थल की ओर बढ़ रहे थे। भीड़ पीछे-पीछे चल रही थी। की गई शिकायतों पर इंस्पेक्टर एक भी शब्द नहीं बोला था। साफ

संकेत—बकते रहो जो चाहो, मैं धेले भर परवाह नहीं करता! मेरे ठेंगे से! तभी चाइल्ड हेल्पलाइन 'वरदान' के प्रतिनिधि सेंट्रो कार से आ गए। इंस्पेक्टर ने पहले ही कह रखा था कि पुलिस काररवाई के बाद देखभाल के लिए बच्ची को 'वरदान' को सौंप दिया जाएगा।

इंस्पेक्टर ने घटनास्थल का बारीकी से निरीक्षण किया। अपराधी के आने-जानेवाले मार्ग का अनुमान लगाया। अपराध-स्थल की चौहद्दी का विवरण नोट किया। फिर लोगों से पूछताछ शुरू की। सबसे पहले उन दो बुजुर्गों का बयान लिया, जिन्होंने बच्ची को सबसे पहले देखा था। पास के घरों के लोगों से पूछताछ की।

तफतीश जारी थी। तभी एक स्त्री भीड़ को चीरते हुए आगे आई। स्वरूप शरबती श्यामल और बदन भरा-भरा था। चेहरा सुडौल-सानुपातिक था। नाक लंबी और ओठ पतले थे। माँग में अच्छा-खासा सिंदूर फैला था। माथे पर बड़ी सी लाल बिंदी और चिंता की रेखाएँ थीं। हिरनी जैसी आँखों में कोई उत्साह, कोई सपना नहीं था। दैहिक कमनीयता को गंदुमी, पुराने और मसके साड़ी-ब्लाउज तथा बिखरे-उलझे बालों ने छीन लिया था। एक हाथ में सूरज गुदा था, दूसरे में चाँद। बाएँ हाथ में मौली बँधी थी। स्त्री रोते हुए बोली, "साहब, यह बच्ची मेरी है। मैं इसकी अम्माँ हूँ। इसे मुझे दे दो। मैं अपनी बच्ची किसी को नहीं दूँगी।"

मजमे में स्तब्धता छा गई। गोया अपराधी खुद सामने हाजिर है!

स्त्री लगातार रोए जा रही थी और एक ही रट बार-बार लगाए थी, "बच्ची मेरी है। मैं इसकी अम्माँ हूँ। इसे मुझे दे दो। मैं अपनी बच्ची किसी को नहीं दूँगी।"

इंस्पेक्टर ने उसे संदेह की दृष्टि से घूरा, फिर जोर से डपटा, "चुप रह। जो पूछता हूँ, सच-सच, सही-सही बता। तेरी बच्ची है, तो तूने इसे यहाँ क्यों फेंका था?"

उसने कहना शुरू किया, "दरोगाजी, मेरे दो बेटियाँ थीं। यह तीसरी हो गई। मेरे आदमी ने खूब बुरा-भला कहा, खूब कोसा, खूब दोष मढ़ा। कहा, तुम्हारे करम खराब हैं, मुकद्दर खराब है, इसलिए बार-बार लड़की हो रही है। मारपीट करता रहता है। उसने दबाव डाला कि इस तीसरी को नाले के पास फेंक आऊँ। कहता है, इतनी लड़कियों को पाल-पोस नहीं सकता। शादी-ब्याह में भी भारी खर्चा होगा जिसे बर्दाश्त नहीं कर पाऊँगा। फिर लड़कियाँ तो दूसरे घर चली जाती हैं।"

वह रुकी, धोती के खूँट से अपने आँसू पोंछे और फिर कहना शुरू किया, "झगड़ा-झंझट और मारपीट से तंग आकर आदमी के दबाव में आज बहुत तड़के

इसे यहाँ छोड़ दिया। फिर पेड़ की ओट में छिप गई कि बच्ची को कुत्ते, बिल्ली जैसे जानवर नुकसान न पहुँचाएँ। चाहती थी कि यह किसी भले आदमी के हाथ लग जाए जो इसे पाल ले। थोड़ी देर बाद ये दो बुजुर्ग आदमी—जिनके हाथों में छड़ी है—आए और मोबाइल से फोन कर लोगों को बुला लिया। थोड़ी देर में लोग बटुर आए और हंगामा काटने लगे। फिर आप आ गए, दरोगाजी। अब आप मेरी बेटी को ले जा रहे हैं और इसे जेल में बंद कर देंगे। मेरी नन्ही सी बच्ची की वहाँ कौन देखभाल करेगा? यह तो वहाँ जाकर मर ही जाएगी।"

इंस्पेक्टर ने उसे टोका, "अरी बेवकूफ, इसे जेल में नहीं रखा जाएगा। एन.जी.ओ. को दे दिया जाएगा, जो इसकी देखभाल करेगा।"

"दरोगाजी, अब मैं अपनी बच्ची किसी को नहीं दूँगी। खुद पालूँगी। मुझे मेरी बच्ची दे दीजिए।" उसने माथे को पोंछा, यद्यपि वहाँ पसीना नहीं था।

इंस्पेक्टर ने जद्द-बद्द बकने की एक अदद खेप खिसकाई, "बदमाश, मक्कार, निर्दयी कहीं की। इसे यहाँ फेंकते वक्त नहीं सोचा था। अब माया-मोह सता रहा है, टेसुए बहा रही है। मामले की जाँच हो रही है। अब नहीं दी जा सकती। सरकार इसकी देखभाल करवाएगी। तेरा क्या है, कल फिर तू इसे फेंक देगी। निर्मोही जो है! सुबह-सुबह दौड़ा दिया, दिमाग खराब कर दिया। अपशकुन कर दिया। अब सारा दिन खराब बीतेगा। जा परे हट। बच्ची नहीं दी जाएगी।"

स्त्री के माथे पर बल पड़ आए। वह हाथ जोड़कर इंस्पेक्टर के पैरों पर गिर पड़ी, "साहब, हुजूर, मानती हूँ कि गलती की। पर माफ किया जाए। वादा करती हूँ कि बच्ची अपने पास ही रखूँगी। फिर कभी ऐसी गलती नहीं करूँगी।"

इंस्पेक्टर ने सात पुश्तों का तर्पण करते हुए कुछ भद्दी बातें कहीं, फिर उसे झटक दिया, "पीछे हट।"

सोच रहा होगा कि इसके बालों के जुए उस पर न चढ़ जाएँ। छूत की कोई बीमारी न पकड़ ले।

स्त्री प्रायश्चित्त स्वरूप अपने गालों पर थप्पड़ जड़ने लगी। रो-रोकर बुरा हाल। कुछ समय बाद उठी और सिपाही के हाथों से बच्ची छीनने लगी। सिपाही ने झटक दिया। नीचे गिर पड़ी और मछली की तरह तड़पने लगी। गिरने के कारण और बच्ची को ले पाने में असफल रहने के कारण रोने की ध्वनि तेज हो गई। वह गेहूँ की नई बाली की तरह लगातार काँप रही थी।

कुछ समय तक वह बदहवास सी रोती-कलपती रही। सहसा सिकुड़ा मन

बेहिसाब फैल गया। चेहरा चूल्हे की तरह दहकने लगा और शेष शरीर मानो अदहन की तरह उबल रहा हो। वह स्प्रिंग के झटके की तरह उछली और बिजली की गति से झपटकर असावधान सिपाही तक पहुँची। चोट खाई बाघिन की तरह लपककर बच्ची छीन ली। फिर कुछ दूर जाकर जमीन पर बैठ गई और ब्लाउज से अपना सुपुष्ट स्तन निकालकर बच्ची के मुँह में दे दिया। बच्ची का रोना बंद हो गया और वह दूध पीने लगी। सबकुछ पलों में घटित हो गया। स्त्री में ऐसा तेवर, ऐसा जज्बा कि पूरे प्रदेश की पुलिस होती, तब भी बच्ची छीनकर ही दम लेती। भावावेश में आँखें भर आईं और साड़ी का पल्लू भीगने लगा।

सभी हतप्रभ। अचानक हुए आक्रमण से सिपाही हक्का-बक्का रह गया। वह स्त्री की ओर झपटा, वहाँ तक पहुँचा भी, पर ठिठक गया। दूध पिलाती स्त्री से बच्ची छीनने का साहस नहीं जुटा सका। पहलवानी धरी-की-धरी रह गई। गरीब, अनपढ़ और जाहिल स्त्री के तात्कालिक चातुर्य ने सबको चारों खाने चित्त कर दिया था।

भीड़ में सन्नाटा पसर गया था। यद्यपि सिपाही रुक चुका था, फिर भी भीड़ के अनगिनत स्वर एक साथ उभरे, "रुक जाओ, रुक जाओ, बच्ची मत छीनो।"

बच्ची को दूध पिलाने की भावनात्मक, संवेदनात्मक और संवेगात्मक घटना ने स्त्री की भर्त्सना करती, विरोध में खड़ी भीड़ को अचानक उसके पक्ष में ला खड़ा किया। उनके मन में ओस भीगी मटर की फली की तरह कोमलता-तरलता दौड़ गई।

छड़ीवाले बुजुर्ग, जिनकी बच्ची की तलाश में मुख्य भूमिका थी, इंस्पेक्टर तक गए और खौलते मन पर पानी डालने की कोशिश की, "इंस्पेक्टर साहब, हम सबकी राय है कि इस मामले को यहीं खत्म कर दीजिए। यह तो जाहिल ठहरी, गलती तो हम सबसे भी हो जाती है। अभी तो तफतीश चल रही है। मामला दर्ज नहीं हुआ है। छोड़िए अब। इसे हम कायदे से समझा देंगे, इसके पति को भी कि आइंदा ऐसा न हो।"

इंस्पेक्टर ने नाक के कोए फड़फड़ाए और साइलेंसर मुक्त मोटरसाइकिल की तरह गुर्राया, "कैसे छोड़ दूँ? अभी तो आपके लोग लैक्चर पिला रहे थे कि पुलिस कोई काररवाई नहीं करती, मुझे नौकरी करना सिखा रहे थे। अब जब कार्रवाई कर रहा हूँ, तो आप ही लोग काररवाई रोकने की बात कर रहे हैं। पता नहीं किस मुँह से कह रहे हैं? आप लोग अपना काम कीजिए, पुलिस को अपना काम करने दीजिए।

अब तो न्यायालय में मामला जाएगा। न्यायालय जैसा चाहेगा, वैसा ही होगा। आप लोगों को जो कहना हो, वहीं कहिएगा।"

इंस्पेक्टर लिखा-पढ़ी करता रहा। तभी पास के मंदिर से लाउड स्पीकर पर शैलेंद्र का लिखा, मन्ना डे का गाया 'सीमा' फिल्म का गीत गूँजा—

तू प्यार का सागर है, तेरी इक बूँद के प्यासे हम···
लौटा जो दिया तूने, चले जाएँगे जहाँ से हम···
घायल मन का घायल पंछी, उड़ने को है बेकरार,
पंख हैं कोमल आँख है धुँधली, जाना है सागर पार···
अब तू ही इसे समझा, राह भूले थे कहाँ से हम···
इधर झूम के गाए जिंदगी, उधर है मौत खड़ी,
कोई क्या जाने कहाँ है सीमा, उलझन आन पड़ी···
कानों में जरा कह दे, कि आए कौन दिशा से हम···

गीत के बोल सुनते ही इंस्पेक्टर की कलम थम गई और वह डायरी के कोने पर लकीरें बनाने लगा। उसका सारा ध्यान गीत पर केंद्रित हो गया, गीत के एक-एक शब्द को पीने लगा, सारी तल्लीनता गीत में समाहित हो गई।

गीत समाप्त हुआ। इंस्पेक्टर को लगा कि गीत में नन्ही बच्ची, उसकी माँ और खुद वह मौजूद है। उसने कलम जेब के हवाले किया और डायरी बंद कर दी। सिपाहियों से चलने का संकेत कर वह उठ खड़ा हुआ और चल दिया। स्त्री की आँखों में खुशी की लहर मचलने लगी। वह घने कुहासे में प्रकाश की लकीर में मानिंद इंस्पेक्टर को देखती रही।

लोग 'धन्यवाद' 'थैंक यू' और ऐसे शब्द बोलते रहे, पर इन शब्दों की ओर बगैर कोई ध्यान दिए, बगैर किसी की ओर देखे और बगैर कुछ बोले वह जीप में बैठ गया। जीप चल दी। गीत अभी भी उस पर हावी था और अभी भी वह दूसरी दुनिया में था!

□□□